DESINTEGRAÇÃO

Scott Nicholson

Tradução de Christiane Jost

Copyright ©2014 Scott Nicholson
Haunted Computer Books
ISBN: 978-1-62647-087-3

Haunted Computer Books
P.O. Box 135
Todd, NC 28684 USA

CAPÍTULO 1

Jacob Wells sentiu o cheiro de fumaça dezessete segundos antes de o inferno abrir a porta.

A noite nas Apalaches estava fria o suficiente para exigir uma colcha e ele buscara o calor do corpo de Renee sob o lençol. Uma das pernas de sua esposa estava enroscada na dele, a unha do dedão enterrada em sua canela. O peso da cabeça dela estava sobre aquele espaço familiar acima da axila dele e o cabelo espalhado sobre o ombro. Sonolento, ele tentou lembrar-se de onde estava, quando viu os números vermelhos. 1:14.

O alarme ia tocar às 6h00, uma hora ruim que sempre chegava rápido demais. Jacob raramente dormia antes da meia-noite. Toda noite, o sono diminuía, os sonhos espremiam-se em fendas cada vez mais apertadas e escuras, os pensamentos em espirais, como água suja descendo pelo ralo. Ele havia fracassado, e a consciência disso tinha dentes enormes que o rasgavam por dentro.

Nessa noite, o sonho fora de um espelho dentro do qual ele havia caído, de alguma forma, como se fosse um mar prateado. Ele tentou arrastar-se para fora, pois não conseguia respirar. Mas, quando começou a sair do espelho, seu reflexo estava do outro lado, empurrando-o de volta para baixo. Desesperado, ele agarrou o reflexo e puxou-o para dentro do espelho. Eles lutaram naquele vazio sem fundo, sem som, parecendo uma massa retorcida que afundava, cada vez mais longe da luz.

Os olhos abriram-se para o teto escuro. O travesseiro estava úmido contra o seu pescoço. Uma brisa soprava de algum lugar, talvez uma rachadura na porta ou na janela, carregando os odores de lama e crisântemos de março. Renee mexeu-se a seu lado, cutucando-o com um cotovelo sonolento. Os roncos dela eram suaves e femininos.

O cheiro dela inundou suas narinas, o xampu com perfume do campo e o odor que ficara depois que fizeram amor. Ela sempre fora muito limpa, com uma loucura crônica por arrumação que quase chegava à obsessão. Mas ela odiava perfumes e se sentia bem com o próprio odor natural. Era uma das coisas que Jacob mais gostava nela. Ele respirou fundo novamente, como se pudesse levar essa memória para dentro dos sonhos e obter algum conforto.

Mas isso trouxe inquietação, não conforto. Alguma coisa estava errada no ar espesso demais. Jacob forçou-se a afastar a sonolência. Não estava enganado.

Fumaça.

Eles tinham acendido velas sobre a cômoda, um ritual que começara quando eram tímidos e desajeitados, na época da faculdade, quando a luz suave ocultava pequenas falhas e deixava as pupilas atraentemente grandes. Mas as velas tinham apagado há muito e esse cheiro não era de velas.

Ele tinha um traço químico e, sob isso, o corpo áspero de madeira queimando.

Jacob nadou para fora das águas sonolentas e empurrou a perna de Renee para longe. Talvez um dos vizinhos estivesse queimando lixo. Era aquela época do ano em que havia trabalho no jardim, quando as folhas e os galhos rachados pelo gelo eram empilhados em grandes montes, com a energia do primeiro sopro da primavera que invadia os donos das casas. Mas quem começaria a queimar folhas e galhos depois da meia-noite?

Renee resmungou contra o travesseiro onde seu rosto caíra. Jacob sentou-se e colocou os pés no chão, rangendo as molas da cama. Ele ligou o abajur. Na cômoda, coberta por uma leve camada de poeira, estava uma fotografia emoldurada de Mattie. Exceto pelos dentes tortos em seu sorriso, ela parecia uma miniatura de Renee: olhos verdes, cabeço loiro avermelhado, sardas espalhadas pelas bochechas. Jacob olhou para o rosto confiante.

Havia outra fotografia atrás dela, perdida nas sombras. Ele respirou fundo novamente. Fumaça, com certeza.

Ele levantou-se, inteiramente acordado, o ar agora mais espesso, fazendo o nariz arder. Jacob pegou o roupão grosso, ainda úmido do banho, e correu para a porta.

— Jakie? — Renee resmungou, desorientada entre as cobertas amontoadas e espremendo os olhos contra a intrusão da luz. — O que foi?

— Não sei — disse ele. Eles tinham trancado a porta, um hábito desde que Mattie entrara no quarto uma noite, há dois anos, pegando-os em pleno ato, depois do que passaram quinze minutos fazendo uma encenação improvisada para explicar como os adultos eram bobos e faziam exercícios na cama. Agora a fechadura parecia trabalhar de forma contrária, mantendo Jacob prisioneiro, e não o resto do mundo.

Enquanto Jacob lutava com a fechadura, um sopro de ar quente bateu em seus pés.

— Que cheiro é esse? — Perguntou Renee. Ela também estava totalmente acordada agora.

Jacob abriu a porta, e foi então que o inferno chamou, arrastando-se à frente em uma explosão de amarelo e vermelho, garras e línguas de fogo batendo e lambendo, o portão de Satã aberto em boas-vindas.

O calor queimou as sobrancelhas dele, a fumaça parecendo um tapa com a palma bem aberta. Ele levantou os braços contra o calor.

— Jake! — Renee gritou da cama.

— Ligue para a emergência.

— Ah, meu Deus. Mattie.

— Vou pegá-la. Saia daqui.

Jacob fechou a porta atrás de si, torcendo para que isso desse a Renee um minuto extra. Ele abaixou-se e ficou sobre as mãos e os joelhos, mantendo a cabeça baixa onde o ar estava menos poluído. As chamas estalavam como celofane amassado e ele conseguia sentir o cheiro do vapor saindo do roupão.

O quarto de Mattie ficava três portas adiante, três portas fáceis, depois da lavanderia e do berçário vazio, depois da curva, onde ela compartilhava o maior quarto do andar de cima com uma dúzia de bichos de pelúcia, duas centenas de livros e uma locomotiva de madeira grande o suficiente para que ela coubesse lá dentro.

Jacob engatinhou à frente, o carpete arranhando os joelhos nus. O chão estava quente e ele tentou imaginar até onde o fogo havia se espalhado, se já havia engolido o andar de baixo para dentro de seu coração azul-branco faminto. O alarme não disparara. O detector de fumaça estava pendurado no teto como uma testemunha silenciosa do desastre.

— Mattie. — Ele passou a língua nos lábios, a garganta seca como um cachimbo de crack. Ele gritou o nome dela novamente, a palavra soando como o balido desesperado de uma ovelha à beira da morte.

Ele passou pela lavanderia, a porta entreaberta, as chamas mal entrando lá. Antes de dormir, Renee colocara as roupas de trabalho na secadora, calças de náilon azul-marinho com uma blusa que ficaria bem com uma pasta. Se a secadora tivesse pegado fogo, a lavanderia teria queimado completamente. Portanto, a origem do fogo era outra.

Não que importasse onde o fogo começara. O que importava é onde ele terminara.

Jacob forçou-se a passar pelo berçário, sem ousar ir mais devagar, pois isso o faria pensar no berço vazio lá dentro, e ele não tinha tempo para isso. O melhor antídoto para o fracasso era a dor. O calor fazia a pele brilhar, deixava vermelho o torso das mãos, esticava a pele da testa e invadia os pulmões. Ainda assim, ele continuou a se arrastar.

— Mattie! — Ele gritou, mas o nome podia muito bem ter sido gritado para as paredes revoltosas de um tufão.

Ele chegou à curva do corredor. A corrente de ar agora era mais forte, subindo pela escada. As chamas saltavam com uma nova fúria sobre o influxo de oxigênio. Jacob estava tonto com a inalação de fumaça e a asfixia, mas não se deixaria cair no chão. Ele não podia fracassar novamente.

Tudo o que precisava fazer era chegar ao quarto de Mattie, quebrar o vidro, pegá-la nos braços e pular dois andares, sobre a cerca de rododendros lá embaixo.

Ele podia fazer isso, mesmo com os pelos dos braços parecendo fios eletrificados e os olhos como uvas cozidas.

A porta de Mattie estava logo à frente, fechada contra a tempestade de fogo. A enorme besta amarela e vermelha mastigava o teto, lambia a tinta das paredes, mastigava o corrimão da escada. Uma luminária caiu, espatifando-se a um metro à esquerda de Jacob. Ele continuou arrastando-se, ignorando os pedaços de vidro que lhe rasgavam as mãos e os joelhos.

Ele não fracassaria.

A porta o chamava, seu formato retangular perdido na fumaça tremeluzente. Ele piscou para umedecer os olhos e concentrou-se na maçaneta. O latão refletia a conflagração, uma explosão caleidoscópica, limão ácido, tangerina nuclear.

Só mais uns três metros.

Ele impulsionou-se à frente, comandou seus membros

inúteis a trabalhar, abraçando a dor. Os pulmões eram dois tijolos de cinzas, as narinas em carne viva. Na risada crepitante do inferno à sua volta, Jacob ouviu sussurros suaves: *Durma, renda-se, deite e perca.*

Os olhos suplicavam para fecharem-se. A fumaça torcia-se em furacões escuros. A voragem dourada inchou com nova paixão ao chegar à estrutura de madeira dentro das paredes, sentindo o pinho doce e gostoso. A casa tremeu no primeiro estertor da morte. O detector de fumaça finalmente atingiu a massa crítica e emitiu uma série de bipes estridentes.

A maçaneta tornou-se o único objetivo de Jacob. A gravidade do fracasso o pressionava de todos os lados, com o peso de chumbo derretido. Ele engatinhou como se fosse uma criatura primitiva e ridícula arrastando-se para longe da gosma fumegante. O senso de determinação quase o havia abandonado e os músculos gritavam em rebeldia à medida que ele se movia.

A porta.

Abra-a.

Porque atrás dela estava tudo.

Mattie.

Seu aniversário fora em 3 de fevereiro. Ele dera a ela de presente uma câmera de 35 mm e um livro sobre pássaros, Renee dera uma bicicleta. O bolo fora de chocolate, as nove velas arrumadas para formar um *M*. As crianças da vizinhança sentaram-se em torno da mesa, gritando enquanto Mattie sorria dentre o esplendor de fitas coloridas e papel de presente. Princesa por um dia.

Princesa todos os dias, no coração de Jacob.

Ele não podia se render.

As chamas pareciam sussurrar com a voz de seu pai: *Um Wells nunca fracassa.*

Ele levantou-se, o corpo tomado pela febre, as chamas

chorando e gritando, pedaços da construção caindo no andar de baixo, grandes pedaços de madeira, prateleiras, móveis. Ele só podia imaginar o caos abaixo deles, quente como líquido, e ficou imaginando se o chão desmoronaria antes que ele conseguisse entrar no quarto de Mattie. O vapor subiu do carpete, rodopiando e tremendo.

— *Mamãe...*

Primeiro Jacob achou que Mattie havia chamado, mas a voz era surda, metálica.

A voz falou de novo: "*Faça um desejo.*"

Jacob dera a Mattie uma Barbie Rock Star de Natal que grava sons curtos. Apesar de a qualidade e o tom serem os mesmos que bonecas comuns, com a nova tecnologia o dono podia gravar pedaços de músicas. Mattie e Jacob divertiram-se gravando e ouvindo mensagens tolas, mas ela não tinha como saber sobre "Faça um desejo". A gravação explodiu em risadas, uma alegria pervertida que se misturou com a sinfonia caótica do holocausto.

Brinquedos quebrados. Nada além de brinquedos quebrados.

Ele esticou o braço até a maçaneta, tocou nela com os dedos. Ele sabia que, se abrisse a porta, o oxigênio criaria uma corrente. Ele não tinha certeza se a corrente sopraria para dentro ou para fora, nem o quanto ele colocaria Mattie em perigo com isso.

— Mattie! — Ele gritou novamente, a voz perdida no fogo, tornando-se o fogo, tudo uma coisa só, um rugido furioso que consumia tudo e devorava o céu. O detector era um falcão elétrico, gritando sobre sua cabeça.

— Papai?

Não era uma gravação. Ela estava lá, viva.

Ele colocou as mãos em torno da boca e gritou. — Afaste-se da porta, querida.

— Papai? — Soluços acompanharam a palavra, bem como lágrimas que evaporavam antes de chegar à porta.

— Afaste-se. — Havia uma meia perto da porta que Renee não vira em sua última limpeza compulsiva. Ele a enrolou sobre os dedos e segurou a maçaneta. Era como colocar a mão dentro de uma forja, como se estivesse tentando derreter os dedos em um tipo de arma fria.

O fogo acumulava-se atrás dele como um espectador, inchado, prendendo a respiração em expectativa.

Jacob girou a maçaneta e recuou, a abertura na porta escura, até que amarelo, vermelho, azul e branco saltaram por ela como chapas torcidas e uivantes de metal derretido.

As chamas saltaram sobre Jacob, correram por seu corpo, incendiaram os pelos nos braços, no peito e na virilha. Ele caiu para trás contra o tumulto quente no momento em que o fogo abriu a porta totalmente. O oxigênio vital do fogo pulsou em ambas as direções e afunilou-se em direção ao combustível do corredor. Jacob rolou no chão, o coração pesado como uma pedra ao arrastar-se novamente para o quarto de Mattie.

Ela estava encolhida no pé da cama, com o pijama de Ursinho Puff, bichos de pelúcia amontoados em volta para protegê-la. As chamas rastejavam das bordas do teto. O papel de parede com os personagens da Vila Sésamo descolou e caiu, mostrando os rostos escuros do Garibaldo, do Ênio e do Come-come.

— Fique abaixada, querida — Jacob gritou, a respiração como um enxame de navalhas atravessando a garganta.

— Papai — disse ela, suplicando, como se ela fosse um detector de fumaça programado para emitir um único som terrível.

Ele forçou-se a erguer-se um pouco e ficar agachado, movendo-se através do retângulo laranja da porta em chamas. Ele podia ver os olhos dela agora, arregalados, assustados, olhos iguais aos de Renee. O medo por Renee tomou conta dele, espalhou-se em sua corrente sanguínea como menta e ele pensou em por que deixara a esposa sozinha. *Porque você não é como ele. Porque você não pode fracassar.* Ele não podia fracassar. Não Jacob Daniel Wells, o homem que podia tudo. Não o Jake à prova de balas, que comprava a sorte e cujas escadas só tinham um sentido: para cima. Não o homem com o toque de Midas, que tinha ouro na ponta dos dedos, ouro para aplacar a culpa e, agora, ouro devorando sua casa e sua família, reclamando tudo o que lhe havia sido dado. Não. Ele não levaria Mattie. Ele não permitiria.

Ele arrastou-se em direção a ela, soprou a fumaça, bufando como o lobo da história de Mattie. O fogo sibilou para ele, furioso com seu desafio. A voz insistente arranhou a membrana seca dentro de seus ouvidos e encheu sua cabeça: *Renda-se.*

Somente um de nós pode ter tudo, e não é você.

— Não! — Gritou ele, esticando o braço em direção a Mattie. Porque ele a viu, inteira, a fumaça afastando-se como se o mestre do fogo quisesse jogar um último jogo cruel de revelação.

O pijama havia derretido sobre a pele dela. O corpo dela estremecia, frio e quente, a pele encolhida até os ossos. O jacaré de pelúcia havia se dissolvido em uma gosma de fibras sintéticas em torno da mão dela. Ela não podia falar nem gritar. Só com os olhos.

E os olhos dela gritavam o suficiente.

— Faça um desejo — diziam eles.

Ele a tocou, com medo de tocá-la, não sabendo onde estava menos ferida. Ele esquecera-se do fogo, como se fosse um Mar Vermelho que se dividira, um milagre que não permitiria que ele escapasse, mas que era um caminho para sua alma eterna.

Então ele a ergueu, o vidro explodiu com o calor e com a

força da madeira que despencara, o detector gritou pela última vez em agonia, o teto desabou, o fogo atiçou-se, as brasas caíram sobre suas costas, a noite empurrou sua bota negra sobre os dois e seu último pensamento foi de que havia esquecido de dar um beijo de boa noite em Mattie depois de colocá-la na cama.

E agora ele não podia mais fazê-lo porque ela não tinha lábios.

CAPÍTULO 2

Esse sonho era de escuridão, em um lugar frio e perdido no tempo, como a parte submarina de uma gruta. Jacob descobriu que, dessa vez, não precisava respirar. Respirar tinha sido um incômodo o tempo todo, um exercício infindável de futilidade, ar para dentro e para fora sem finalidade. Sufocar era muito mais fácil. Não respirar quase parecia um estado natural.

Lá em cima, como uma lua distante em um céu espesso, havia um círculo suave de luz. Sua gravidade incomodava a paz dele, um puxão leve, mas insistente, que espelhava o efeito da lua nas ondas do mar. Ele tentou lutar, mas os músculos insistiam na rendição, em subir. Os braços e as pernas flutuavam sem esforço nas águas frias da gruta, os pulmões encheram-se, os olhos observaram o círculo enevoado de luz que ficava cada vez maior.

Enquanto subia, as camadas de sonhos separaram-se como uma série de peles, retiradas uma a uma até que ele estava cor-de-rosa, nu e cru. E agora a lua estava mais brilhante, a água mais quente, o céu mais próximo. Os pulmões doíam, o líquido calmante saindo e sendo substituído por pedras afiadas. O puxão da gravidade intensificou-se, puxando-o mais rapidamente para uma superfície de confusão.

Jacob queria gritar, mas a gruta comeu suas palavras. O brilho cada vez mais forte da lua correspondia aos sentimentos brilhantes de seus dedos, fagulhas de gelo, estática ártica.

A lua ficou mais branca, tomou conta do mundo e ele reconheceu a energia que agora fluía pelo corpo.

Dor.

Ele acordou para navalhas, agulhas, lascas de vidro e o esmagar insensível de toneladas. Por um momento de pânico, ele achou que estava sendo cremado vivo, que havia retornado à consciência para um tormento final antes de ser levado ao sono eterno.

A dor perdeu as milhares de pontas afiadas e tornou-se uma onda gigante de agonia, cuja amplitude era ainda maior. A onda transformou-se em um grito que colidiu com o eco do nome de sua filha.

Matilda Suzanne Aldridge Wells.

Matilda por causa da mãe de Renee, uma mulher que odiara o próprio nome. Suzanne porque fora a primeira escolha de Jacob e eles haviam discutido sobre colocar um hífen no sobrenome de Mattie. Aldridge-Wells. Mas Renee argumentou que ela havia assumido o nome Wells e o hífen não faria sentido, a não ser que ela mudasse seu nome para o de solteira. Ou Jake teria que colocar o sobrenome de Renee. Em qualquer um dos casos, a papelada era enorme: formulários de segurança social, cartões de crédito, apólices de seguro, os registros do negócio de Jake, armadilhas de uma sociedade americana moderna em que cada pessoa tem um número e pais demais estavam inventando nomes confusos para os filhos.

E Matilda virou Mattie, apesar de Jacob chamá-la de "Matilda" na luz suave do quarto dela, no espaço entre as histórias para dormir e os beijos de boa noite, ou naquelas raras ocasiões em que o mau comportamento de Mattie classificava-se como um crime que merecia o nome inteiro. Ela era Matilda nos dois extremos da emoção, na raiva profunda e no agrado gentil e amoroso. E era esse o nome que cruzava os lábios dele agora, quando ele chegou à superfície e a lua explodiu ao seu redor.

— O quê? — Ele ouviu uma voz estranha, provavelmente a voz daquela lua estranha levada por um vento seco.

— Matilda — seus próprios ouvidos não reconheciam o som que passavam pelos lábios.

— Não fale, Sr. Wells.

Jacob tentou falar mesmo assim, mas sentiu o tubo que repousava sobre a língua e serpenteava garganta abaixo. Ele piscou para a face lunar brilhante, mas a visão confusa permaneceu. Havia gazes sobre seus olhos. Ele estremeceu na luz branca, com medo de tudo, torcendo para que a gruta o sugasse de volta para as águas plácidas.

Uma mão gentil tocou seu braço e ele gritou com o contato. Uma máquina sibilou em um ritmo que imitava a vida, mas também zombava dela. Era a respiração dele, enviando oxigênio pelo tubo, até os pulmões, o coração e a corrente sanguínea. Jacob tentou levantar a cabeça, mas ela estava impossivelmente pesada, um pedaço de granito queimado.

— Relaxe, Sr. Wells.

A voz era calmante, distante. Jacob passou a língua nos lábios em torno do tubo. Pela gaze, ele podia vislumbrar o rosto moreno, o casaco branco, a luz que ele erroneamente achara que era a lua.

— Sede — disse Jacob, tendo problemas para falar por causa da secura na boca.

— Você está no soro — a voz distante disse. A voz tinha um sotaque rico, africano ou algo igualmente exótico. — Talvez daqui a um ou dois dias possa beber novamente.

Jacob piscou contra a gaze, os olhos ardendo. Depois de um momento observando as formas vagas das máquinas e tubos pendurados ao seu redor, ele fechou os olhos. — Onde estou?

— Littlejohn Memorial.

Hospital.

Kingsboro, Carolina do Norte.

Onde ele vivera e provavelmente ainda vivia.

Então aqui não era o céu, nem uma antecâmara para a terra dos mortos. Ou talvez fosse. Talvez esse fosse seu castigo, um purgatório de dor e equipamentos, uma condenação perpétua por seus fracassos.

— Há quanto...? — Jacob não tinha certeza do que queria perguntar. Há quanto tempo estava morto? Há quanto tempo ele não estava mais morto?

— Você está aqui há trinta e seis horas. Você tem muita sorte. Edema nas vias respiratórias superiores, queimaduras de segundo grau em mais de 50% do corpo, quadril deslocado. — Uma mão tocou o braço de Jacob novamente. — Sou o Dr. Masutu.

Jacob estremeceu, a carne fria, mas com a pele como a de uma batata assada, áspera, quente e seca. Ele flexionou os dedos, que pareciam balões cheios de água. O médico deve ter notado o movimento.

— Você está um pouco inchado no momento. É normal que vítimas de queimaduras ganhem de dez a quinze quilos por causa do acúmulo de líquido. Seu metabolismo está em modo hiperativo agora, tentando curar os ferimentos.

Uma memória surgiu na cabeça de Jacob, mas foi varrida por uma onda amarela de dor. A onda espalhou-se nas praias de sua alma, a espuma fez cócegas e a dor recuou. A dor o lembrava de alguma coisa, como se fosse parte dele e ele não podia ser poupado. A língua estava grossa contra o tubo e ele não sentia os dentes.

— Ajustei a dose de morfina — disse o Dr. Masutu. — Agora que acordou, provavelmente sentirá um pouco de desconforto. Infelizmente, temos que ir devagar com os supressores, pois seu sistema respiratório está sobrecarregado.

Médicos sempre usavam a palavra "desconforto", em vez de "dor".

— E antibióticos extras — prosseguiu o médico. — As queimaduras sararão, mas é um momento perigoso para o corpo. Como o corpo está lutando muito para criar nova pele e repor os fluidos, você está vulnerável a infecções. Mas estamos indo bem.

Jacob sentiu-se escorregando de volta para a languidez da gruta. Alguma coisa que o médico dissera, uma palavra no meio daquela sequência de sílabas, fez com que ele abrisse os olhos logo antes de sucumbir à escuridão.

Queimaduras.

Queimaduras significam calor.

Calor significa fogo.

Fogo significava que o outro sonho não era um sonho e a memória das chamas devorando as paredes voltou. O passado ressurgiu das madeiras escurecidas, empilhadas como troncos, pregadas umas às outras para formar uma casa cambaleante.

Fogo. Casa.

E um nome.

E então as palavras não significavam nada, porque ele estava na gruta novamente, a água macia contra a pele. A escuridão fria o envolveu e ele a abraçou.

Uma voz familiar o acompanhou em sua próxima jornada à superfície.

— Querido? Pode me ouvir?

Jacob conseguia ouvir Renee, mas não podia responder. A língua parecia uma meia, a boca parecia um sapato de couro. Ele forçou os olhos a se abrirem e a luz fez com que ardessem. A gaze havia sido removida. Os cantos do quarto nadavam na beira da visão.

— Doutor, ele abriu os olhos.

Ele sentiu movimento e sombras caíram sobre seu rosto. As mãos e os pés estavam amortecidos. O peito estava frio e, por um momento, ele achou que estava nu. Jacob baixou os olhos o suficiente para ver que um lençol cobria seu corpo. Ou talvez fosse uma mortalha.

— Bem-vindo de volta, Sr. Wells — disse uma voz que ele reconheceu vagamente. — É o Dr. Masutu.

Os lábios de Jacob separaram-se e ele empurrou a língua para fora o suficiente para sentir a pele rachada em torno da boca. As bochechas estavam cobertas com um gel frio. Ele tentou levantar o braço para limpá-las, mas o médico segurou sua mão.

— Vamos com calma. Você ainda está com uma agulha espetada no braço.

Jacob olhou para o rosto escuro e comum do homem sobre ele. E viu a pessoa à direita do médico. O formato do cabelo era familiar, a forma como ele curvava para fora na altura dos ombros. Ele tentou focalizá-la, mas sua cabeça latejava, explodindo sua visão em pequenos fragmentos de imagens sem sentido. Ele fechou os olhos novamente.

— Relaxe, querido. Vá devagar — disse Renee.

Vá devagar. Ela havia sussurrado aquilo quando fizeram amor pela primeira vez, quando Jacob e Renee eram colegas novatos na universidade estadual da Carolina do Norte. Antes de Mattie e do outro. Antes que Joshua retornasse.

Jacob tinha ido devagar muitas vezes, mas nunca tão devagar como agora. Porque a gravidade ainda o esmagava, cada respiração induzida pela máquina causava raios de agonia e os membros pareciam parasitas alienígenas presos ao torso. Ele tentou juntar as partes de si mesmo, reunir carne com ossos, integrar os órgãos em uma cooperação funcional. Desistiu. A única conexão entre as várias partes era uma rede de dor.

— Renee — disse ele em um chiado.

— Não fale.

Ele não estava falando. Ele estava ofegando, engasgando, emitindo ar sem sentido. Ele abriu os olhos novamente.

Renee estava inclinada sobre ele, o rosto enchendo o círculo nebuloso onde estivera a luz. Ela não era nada além de olhos e uma fileira de dentes. Os olhos pareciam estrelas binárias perdidas contra a profundidade infindável do espaço. Aqueles olhos pareciam familiares.

Olhos de quem? Verdes daquele jeito—

E tudo voltou como um grito, o fogo, o teto desabando, Mattie em meio aos bichos de pelúcia queimados. Ele lutou para se sentar, mas estava fraco demais. O movimento enviou um raio de agonia ao seu quadril esquerdo.

— Onde está Mattie? — Perguntou ele, dessa vez conseguindo ar suficiente para encher o quarto com as palavras. Elas ecoaram nas superfícies estéreis de tijolos, cromados e vidro do quarto.

Ele não conseguia ver Renee bem o suficiente para ter certeza, mas o rosto dela parecia ter desmoronado, como uma flor murchando no vapor.

— Shhh, querido — sussurrou ela. — Podemos falar sobre isso mais tarde.

Mais tarde? Como ela acha que ele conseguiria sobreviver até *mais tarde*, a não ser que soubesse? Garras gigantes espremeram seus intestinos, um monstro dentro dele querendo libertar-se. Jacob lutou contra ele como se fosse uma ânsia de náusea. — *Onde está ela?*

Renee virou a cabeça para o médico e eles devem ter trocado um olhar. O Dr. Masutu acenou secamente. Renee pegou a mão dele, os dedos pequenos dela escorregadios na pomada que cobria a pele dele. Ele apertou a mão dela fracamente, implorando com toda a força que conseguiu evocar.

— Onde? — Ele sussurrou, já sabendo, não querendo saber nunca.

— O fogo... quando o segundo andar desabou e jogou você para longe do fogo, ela ainda estava lá e... ela ficou muito queimada...

A voz dela falhou em sincronia com a falha no coração de Jacob.

Mattie não.

Não. Não. Não.

Ela era a Garota do Sorriso Alegre, que brincava de médico para que as bonecas se sentissem melhor e fazia festinhas para os bichos de pelúcia. Ela era a favorita da turma para todas as professoras na Escola Fundamental Middlewood. Ela adorava futebol, pular corda, desenhos animados nas manhãs de domingo, aqueles que passavam logo antes dos programas religiosos assustadores. Ela era linda, a coisa que o ligava espiritualmente a Renee, a criatura que o conectava ao futuro, e não a um passado que ele odiava.

Um som estranho saiu de seus pulmões, o monstro interno transformando-se em um vômito de voz. Se não fosse a dor intensa ao passar por sua garganta, ele não teria reconhecido a voz como sendo sua.

Renee apertou sua mão com mais força, agora com as duas mãos, enquanto ele se revirava sob os lençóis. O Dr. Masutu caminhou em torno da cama, tentando acalmá-lo com terminologia médica incompreensível. Jacob sacudia a cabeça de um lado para outro, o teto um borrão de riscos prateados e brancos.

— Vai ficar tudo bem — disse Renee, engasgando, o rosto próximo do dele, a respiração fria na bochecha dele.

O monstro rasgou suas entranhas, garra, dente e osso afiado. O monstro riu, sacudindo a verdade em seu peito como uma foice batendo em um xilofone. O monstro mastigou seu coração, cuspindo pedaços de carne em triunfo. A dor interna ficou igual à dor externa e continuou crescendo de forma insuportável.

Jacob gritou, uma súplica a Deus, uma maldição para Deus. Ele soluçou e tossiu, empurrou o tubo na boca com a língua.

Ele havia prometido a si mesmo que seria mais forte dessa vez, que ele a protegeria contra Joshua. Que ele protegeria a todos eles. Mas havia fracassado novamente. E saber disso era como garras ácidas rasgando-o.

Renee levou um lenço de papel aos olhos. Seu sussurro era suave, como o chiado constante do respirador: — Jake.

— Onde está ela? — Repetiu ele, os dentes cerrados em torno do tubo. Ele olhou para o espelho sobre a pia como se Mattie estivesse no quarto.

O Dr. Masutu aproximou-se, um modelo de eficiência. — É melhor sair, Sra. Wells. Não podemos arriscar mais um sedativo com o sistema respiratório dele tão comprometido.

Jacob apertou a mão dela, os músculos apertados pelo desespero. O suor escorria-lhe pela face. — Onde está ela?

Renee afastou-se e a pomada fez com que a mão de Jacob escorregasse. Ele olhou para a parte de trás da mão, as bolhas brancas, a pele cor-de-rosa soltando-se. Sua aliança havia sumido. Tudo havia sumido. Joshua havia levado tudo.

— Ela está aqui — disse Renee.

Ele sentou-se e a tontura o envolveu. O quarto balançou, o rosto do Dr. Masutu aumentava e diminuía, Renee parecia um navio afastando-se em direção ao horizonte.

Jacob tentou mover as pernas, mas elas não obedeceram. Ele inclinou-se sobre a borda da cama e desabou sobre a grade. A bolsa de soro caiu, explodindo sobre o chão frio. O

Dr. Masutu segurou-o pelos ombros e tentou colocá-lo de volta na cama.

— Devagar, Sr. Wells — disse o médico. Seu hálito cheirava a desinfetante, o primeiro odor que Jacob notara desde que despertara.

— Quero vê-la. Onde ela está? — Ele gritou para Renee. Não importava se ela mentisse. Ele só precisava de uma resposta, qualquer resposta, ou o concreto duro em seu peito não deixaria passar mais ar algum.

Renee parou na porta, encolhida e tremendo. Ela colocou as mãos no rosto e encostou-se na parede, escorregando para baixo lentamente como se fosse a vítima de um esquadrão de fuzilamento.

— Sr. Wells — disse o médico, empurrando-o contra o travesseiro. — Não me faça pedir ajuda.

— Foda-se você — disse Jacob, soltando-se e puxando-se sobre a grade. Ele capturou um breve reflexo de si mesmo no espelho, um animal de laboratório com olhos selvagens, libertando-se de um experimento cruel, a carne cheia de manchas vermelhas. E então ele caiu. O tubo do respirador deve ser se soltado, porque o oxigênio escapou com um sibilar alto. O tubo solto saía da boca de Jacob quando o corpo bateu contra o chão, uma perna presa na grade da cama, a outra presa nos lençóis. Ele soltou as pernas, ignorando a dor que o dilacerava como centenas de machados afiados.

Ele arrastava-se pelo chão como um caranguejo paraplégico, o Dr. Masutu atravessando o quarto com pressa, Renee tremendo. O chão estava frio contra sua pele e a camisola do hospital havia se soltado. As faixas desciam por suas pernas, acendendo pavios de bombinhas. Seu corpo inteiro estava esquentando, uma dinamite inchada, um vulcão prestes a entrar em erupção.

Ele alcançou Renee e puxou as mãos dela do rosto. Os

olhos verdes estavam mergulhados em vermelho, o rosto vinte anos mais velho do que ele se lembrava. Ela era uma estranha, ele era um estranho, e nenhum deles pertencia a esse mundo. Não onde coisas como essa aconteciam.

Jacob agarrou o tubo do respirador com uma mão e arrancou-o da garganta. Um pedaço de pele rasgou-se do lábio e ficou presa no plástico transparente. Se pelo menos ele pudesse rasgar-se, um pedaço de cada vez, como um quebra-cabeça ao contrário, e desfazer sua própria existência. Mas, mesmo se ele desaparecesse, Joshua ainda estaria lá. E então Joshua teria tudo.

— *Diga-... me...* — disse ele. — *Onde?*

Ela virou-se e soluçou algumas palavras contra a superfície branca da parede.

Ele tocou o cabelo dela, lutou contra a ânsia de prender os dedos nos fios e bater a cabeça dela contra a parede até que ela contasse a verdade.

As palavras dela eram balas invisíveis: — Você disse que não aconteceria de novo.

O Dr. Masutu mexeu-se em algum lugar acima deles e mais alguém entrou no quarto. Eles podiam ser sombras na parede, Jacob não os notou e não se importava. O Dr. Masutu gritou algum tipo de ordem, mas Jacob agora só obedecia a um mestre: sua vontade nua de saber.

— Onde está ela? — Ele segurou o queixo de Renee, forçou-a a olhar para ele. Mãos o seguraram, desenterrando novas ondas de agonia em seus ombros.

— Onde você acha? — Os lábios de Renee tremiam, mordidos em algumas partes, as bochechas brilhando com lágrimas. Ela parecia ter escapado do fogo sem se ferir. Pelo menos, ferimentos físicos. Visíveis.

— Ela está no hospital, não está?

— Você disse que nada nunca aconteceria com ela.

— Por favor, Sr. Wells — a voz do Dr. Masutu parecia vir de outro mundo, no qual a razão prevalecia e esperava-se que os pacientes forçassem-se a ficar saudáveis.

Jacob deu uma cotovelada no médico e segurou-se em Renee, a perna esquerda mole e inútil. Metade dele queria arrastar-se para dentro dela e esconder-se, buscar aqueles lugares suaves que sempre lhe ofereceram santuário. A outra metade queria que ela sangrasse, sofresse, engasgasse com as palavras. E essa metade estava tomando conta.

Ele levou a mão para trás para bater nela. O Dr. Masutu tentou segurar seu pulso, mas ele conseguiu soltar-se, perdendo outro pedaço de pele. A mão dele voou em direção ao rosto dela. Os olhos de Renee prenderam-se nos dele, sem piscar com o golpe. Convidando-o. Desafiando-o.

E ele parou.

Ela não podia vencer. Não assim.

Ele caiu em posição fetal, a pomada grudenta contra o chão. O piso tinha cheiro de pinho e desinfetante. O Dr. Masutu deu ordens à enfermeira e alguém estava limpando fluidos do chão. O Dr. Masutu ajoelhou-se e tomou o braço de Jacob. Dessa vez, Jacob não resistiu quando a agulha entrou na parte interna do braço.

— Mattie *está* no hospital, Jakie — disse Renee.

A dormência subiu pelo braço, entrou na cabeça e o remédio massageou o cérebro com dedos frios.

— No andar inferior — disse Renee, à medida que Jacob deslizava de volta para a gruta, rendia-se novamente ao líquido calmante negro da inconsciência.

Ele afogou-se com as últimas palavras de Renee: — No necrotério.

CAPÍTULO 3

Renee não sabia o que era mais terrível, enterrar uma criança mais velha ou enterrar um bebê. Mães não deveriam viver mais que seus filhos. Mães deviam ir primeiro, de acordo com qualquer regra do universo, qualquer decreto de um Deus generoso. Ela limpou os olhos e o sabão fez com que ardessem. Ela só tinha três pratos, que estavam limpos, mas os lavou novamente mesmo assim. O mesmo com a xícara de café. Ela a esfregara até que não houvesse mais nenhum traço de café. Se esfregasse a xícara um pouco mais, provavelmente partiria a cerâmica.

O apartamento não tinha personalidade nenhuma. Sofá bege, poltrona da mesma cor, mesa de carvalho sólida na cozinha com bancos combinando. Paredes nuas de branco antigo, um carpete grosso cinza. Perfeitamente sem vida.

Ela tinha medo de nunca mais se sentir viva. Claro, os pulmões inflavam e o coração bombeava sangue, os dedos das mãos e dos pés se moviam, os olhos piscavam. Mas a vida era mais do que a soma de partes que funcionavam.

Uma vez, ao fazer amor com Jacob no primeiro ano de casamento, ela tivera a sensação de flutuar fora do corpo. Ela vira os dois lá embaixo, Jacob de costas, ela com os cabeços loiros balançando enquanto eles se moviam com um ritmo suave dos quadris.

— Como eles parecem felizes e vivos — a parte desencarnada dela pensara. Mesmo sem os óculos, ela podia ver com grande clareza de seu ponto de visão etéreo. Uma culpa meio de voyeur a empurrou de volta para o corpo e a sensação passou, mas não a noção de que ela estava total e absurdamente no exato local em que Deus queria que ela estivesse.

Ela tivera a mesma sensação de desencarnar no ano passado, quando o motor estava baixando o caixão de Christine para dentro do buraco retangular e vermelho da Terra. Não houvera prazer na sensação daquela vez, só uma divisão indiferente, e ela subiu como um balão poluído. Ela chorou com a cena, um dia de setembro frio, com vento, frágil, perfeito para os mortos do inverno. As pedras do cemitério pareciam icebergs quebrados, a maior parte de seu mistério oculta sob a superfície. O bordo antigo ao lado do portão de aço já tinha perdido as folhas, e parecia tão desamparado quanto o padre enquanto o motor rangia. Jacob estava usando um casaco de lã escuro, segurando Mattie. Mattie usava luvas pretas, que tinham as pontas úmidas, pois ela limpara o nariz com elas.

O motor saltou uma engrenagem e o caixão inclinou-se, a corrente da qual estava suspenso enterrando-se na superfície brilhante. Laurence McMasters, o diretor de funerais, manteve os lábios cerrados em um pesar estoico e bem treinado enquanto tentava conduzir a família sofrida para longe.

A Renee que ela deixara para trás no chão não conseguia tirar os olhos do caixão, que começou a girar desajeitadamente meio metro para dentro do local de seu repouso final, batendo contra as paredes de pedra do túmulo e espalhando terra. O operador do motor praguejou e o Padre Rose fez o sinal da cruz. Jacob chamou o nome de Renee e depois o de Christine. Renee ficou grata pelo serviço principal ter sido em St. Mary e pelo serviço do funeral ter sido restrito à família mais próxima.

Uma família que agora estava reduzida.

Ela testemunhou o fiasco da segurança distante do céu e

lembrou-se de ter olhado para si mesma com pena, apesar de parte dela estar feliz por ter-se libertado momentaneamente da dor. Ela não tinha ilusões de ser um anjo. Daquela perspectiva desolada e impossível, ela viu-se como realmente era: assustada, frágil, apegada a fios de uma realidade cujo tecido ameaçava desfiar-se.

Não era em nada como ela se via no espelho, quando a vaidade batalhava com a insegurança e o rosto era sempre familiar, simples e velho demais. Aquela mulher parada ao lado do buraco oblongo era uma completa estranha, sozinha e sem futuro, desconectada da carne que ela criara e da qual cuidara.

A escapada havia sido breve demais e o vento puxara seu espírito de volta para o corpo, a ilusão dissolvera-se ou o episódio dissociativo de pesar terminara. E tudo o que sobrara tinha sido o caixão balançando na ponta da corrente, como a ferramenta de um hipnotizador brutal.

Louças. Ela colocou as mãos novamente dentro da água com sabão. Os pratos precisavam estar brilhando, como nas propagandas de detergente. Saiam, manchas malditas.

Alguém bateu na porta. Ninguém a visitava há vários dias, quando o último de seus amigos veio dar os pêsames obrigatórios. Sua melhor amiga, Kim, que sabia de segredos sobre ela que nem mesmo Jacob poderia imaginar, havia se resignado com o fato de que Renee queria passar por aquilo sozinha. Uma loira teimosa, era como Kim sempre a chamara, e que, se precisasse de um ombro para chorar, bastava um telefonema. Caso contrário, eis uma panela e não se preocupe em devolvê-la tão cedo.

Renee secou as mãos em uma toalha que estava enrolada na maçaneta da geladeira. Ela não queria companhia agora. A casa estava uma bagunça. Não, "casa" não era a palavra certa, casa tinha conotação de lar e, o que fora seu lar, agora era uma pilha de cinzas escuras e mortas. Esse apartamento não era sua casa, era uma câmara de dormir temporária para a alma. A batida soou novamente, mais insistente, autoritária. *Seja educada*, ela disse para si mesma. Uma boa anfitriã. Sra. Jacob Wells. Ela abriu a porta.

Era a chefe do departamento de bombeiros de Kingsboro, vestida com um uniforme informal, calças escuras e camisa azul. O cabelo vermelho estava preso para trás, mas o sol capturava alguns fios soltos que brilhavam como pavios de bombinhas. Renee ficou imaginando se a cor do cabelo levara a mulher a escolher a carreira, o resultado de alguma atração psicológica homeopática. Ou talvez ela tivesse sofrido algum desastre no passado que a havia levado ao serviço público.

— Olá?

Renee esquecera o nome da mulher, pois a primeira vez que se encontraram fora logo após a tragédia. A Tragédia, com *T* maiúsculo. Era como ela se referia à noite, tanto em conversas forçadas quanto nas profundidades ocultas de seus pensamentos privados. Mas, agora, ela viu o nome acima do distintivo, Davidson, e lembrou-se de que haviam conversado bastante, apesar de não se lembrar de uma palavra que qualquer uma das duas dissera.

— Davidson, Departamento de Bombeiros de Kingsboro. Desculpe perturbá-la novamente.

— Não tem problema — disse Renee, lutando para afastar as imagens da Tragédia da mente: a confusão ao sair das cobertas, o cheiro de fumaça química, os números piscando no despertador, os gritos de Jacob, sua tentativa de segui-lo antes que as chamas a impedissem, a corrida escada abaixo, a descida para o inferno, a fuga para o ar da noite e, depois disso, a descida contínua para um inferno ainda mais profundo.

— Eu gostaria de fazer mais algumas perguntas. Posso entrar?

Renee afastou-se e o deslizar da máscara invisível sobre o rosto foi quase uma sensação física. — Desculpe a bagunça. E limpe os pés.

Davidson olhou para as botas que havia limpado no tapete de boas-vindas na porta. Ela limpou-as novamente e mais uma vez no tapete do lado de dentro. Renee conduziu Davidson até o sofá e sentou-se à frente dela, na poltrona. O apartamento parecia pequeno demais.

— Primeiramente — disse Davidson — sinto muito por sua perda. Se tivéssemos tido alguma chance de resgate—

— Eu sei. Tenho certeza de que vocês fizeram tudo o que podiam. Ninguém os culpa. — Porque Renee carregava toda a culpa, exceto por aquele pedacinho escuro que ela concedera a Jacob.

— Entendo como isso é difícil, mas precisamos de mais algumas informações para ajudar a determinar a causa.

— Você já tem meu depoimento.

— Sim, senhora. Mas ele foi feito no que chamamos de "calor do momento". — Ela deu um sorriso, mas a expressão no rosto de Renee fez com que ele desaparecesse rapidamente. A voz de Davidson passou para um tom oficial. — As pessoas, algumas vezes, lembram-se das coisas mais tarde, depois que suas mentes assentaram um pouco. Poderia, por favor, repassar a sequência de eventos novamente??

Renee fechou os olhos e tentou separar os fatos reais de seus pesadelos nas últimas duas semanas. A realidade e o pesadelo tinham se fundido em uma tempestade infernal gigante, uma série de imagens bruxuleantes que atacavam sua mente e incendiavam seus nervos. — Eu acordei — disse ela finalmente — e Jake estava sentado na beira da cama.

— Tem certeza? Você não acordou primeiro e depois o

acordou?

— Não, eu tenho o sono pesado — Renee esfregou as pálpebras inchadas. — Quero dizer, eu costumava ter o sono pesado. Jake sempre precisava me cutucar para que eu parasse de roncar. Pelo menos, é o que ele diz. Ainda não estou convencida de que ronco e o desafiei a gravar para prová-lo. Parece pouco feminino, respirar pelo nariz como um lenhador em um desenho animado.

Davidson assentiu e Renee sabia que estava falando baboseiras. Mas o ato de lembrar a havia empurrado para a beira perigosa do despenhadeiro, o vento estava soprando, o abismo era escuro e profundo e seu equilíbrio não era bom. Renee apressou-se, temendo que, se fizesse uma pausa, voltaria para aquele local assustador interior que a havia atraído com a promessa de isolamento e segurança.

— Eu acordei e olhei para o relógio, porque achei que era de manhã e estava na hora de arrumar Mattie para a escola. Acho que é dever da esposa colocar o café da manhã na mesa e oferecer à família um bom começo de dia. É nosso acordo, Jake trabalha e eu cuido da casa. Quero dizer, não é nada pessoal, você é uma mulher em um trabalho masculino, isso deve ser difícil, especialmente aqui nas montanhas onde todos são tão conservadores.

Aquilo quase fez Davidson encolher-se, mas seu rosto manteve a impassividade. — É difícil o suficiente ser uma mulher, em qualquer caso — disse ela.

— Quando Jake me acordou, senti cheiro de fumaça e, claro, a primeira coisa em que pensei foi Mattie. Gritei para Jake, mas ele me disse para ficar, que cuidaria dela. Nós treinamos, é claro. Tivemos treinamentos para incêndios, colocamos aqueles pequenos adesivos de identificação infantil no vidro e tínhamos uma daquelas escadas de corda sob a cama. Tudo o que se deve fazer. Mas a coisa de verdade nunca é como um treinamento e não acho que seja possível treinar da forma como realmente acontece. Mas acho que você sabe disso melhor do que ninguém.

— Segui Jake até a porta, mesmo depois de ele me dizer para ficar, porque eu normalmente o obedeço, mas estava meio dormindo e confusa, e a fumaça me deixou tonta. Eu estava quase chegando no corredor quando Jacob gritou e bateu a porta. E eu confiei que ele fosse salvar Mattie—

Um soluço subiu pela garganta de Renee pela primeira fez, interrompendo o fluxo impensado de palavras. Davidson esperou, sem fazer nenhum gesto de simpatia. Mãos grosseiras, rudes, que ficavam confortáveis em torno do cabo de um machado. E um pedaço de grama úmida estava presa na ponta de sua bota. Mentir era mais fácil agora. Renee fungou e continuou.

— Eu esperei talvez um minuto e coloquei a mão na porta. Ela estava quente e eu me lembrei o que dizem sobre o fogo precisar de ar para respirar. O alarme estava gritando loucamente—

— Desculpe-me. Seu marido a acordou ou foi o alarme?

Renee balançou a cabeça. No pesadelo, o alarme soava como a buzina de neblina de um navio cargueiro e Jacob colocara uma coberta sobre a cabeça dela, apertando com força, cortando o ar e abafando os gritos. — Eu acho que o alarme já tinha sido acionado. Mas isso já acontecera antes, como quando Jacob ficou acordado até tarde e queimou uma torrada ou algo parecido, e o som não me acordou imediatamente. Ele meio que se transformou no que eu estava sonhando e tornou-se parte do sonho. Eu disse que tenho o sono pesado. Jacob diz que eu devia fazer um exame de apneia do sono, porque ela pode matar.

— Ok. Você está parada na porta esperando que seu marido diga quando deve sair?

— Sim. Acho que ele me disse para pular pela janela, mas a escada contra incêndio estava sob a cama de Mattie. Quando treinamos, nos reunimos no quarto de Mattie e a retiramos pela janela. Então achei que talvez o fogo ainda não estivesse tão forte, ele ia deixar tudo pronto, levar Mattie para baixo e voltar para me buscar. Eu não conseguia ver o fogo, só a fumaça, então não sabia como estava lá fora.

— Você viu as chamas antes que seu marido fechasse a porta? Quero dizer, no corredor?

— Eu vi um reflexo de luz no espelho da penteadeira logo antes de me levantar. Eu ainda estava na cama e mal havia acordado. Eu não sei dizer se o reflexo era do fogo ou se Jacob havia ligado a luz do corredor ou algo parecido. Ele gritou para que eu ligasse para a emergência. Tentei encontrar meus óculos, mas não consegui, então digitei os números de memória. Acho que errei da primeira vez, porque tive que tentar de novo.

— Mas você olhou para o relógio?

— Sim. Era uma e alguma coisa, mas eu estava sem os óculos, então achei que os primeiros dois números eram um sete, e por isso pensei que fosse de manhã. Essa é outra coisa que me deixa confusa ao acordar, porque minha visão é realmente ruim sem os óculos. Mal posso reconhecer-me no espelho sem eles.

— Por quanto tempo esperou na porta do quarto?

— Talvez mais dois minutos, quando ouvi alguma coisa rachando e acho que alguma coisa no andar de baixo caiu, pois houve um barulho alto. E foi quando fiquei preocupada de verdade pela primeira vez. Eu estava totalmente acordada nesse momento.

— Acreditamos que o fogo começou no andar de baixo — disse Davidson. — A porta de vidro deslizante estava aberta e algumas das janelas da cozinha. Com essa corrente de ar, o fogo pôde começar bem. Provavelmente ele já havia devorado metade do andar de baixo antes que a fumaça ficasse forte o suficiente para disparar os detectores no andar de cima. Diga-me, era comum que deixassem a porta de vidro deslizante aberta?

— Isso foi Jacob novamente. Ele é inquieto, algumas vezes levanta no meio da noite e trabalha no andar de baixo. Ele faz um lanche e senta no computador, algumas vezes fica lá metade da noite. Eu dificilmente noto, pois tenho o sono pesado. Mas ele gosta de ar fresco e essa vizinhança é segura.

Renee fez uma pausa, lembrando, pelo olhar de Davidson, que ela, Jacob e Mattie não moravam mais na casa em Elk Avenue. Ela olhou em torno para as paredes pálidas de sua nova vida sem vida.

— Tem certeza de que foi Jacob que a acordou? Ele estava na cama quando você ouviu o alarme pela primeira vez?

— Sim. Foi o que ele me disse. E lembro como se fosse dia, ele sentado de costas para mim, a luz da rua entrando suavemente pelas cortinas, e então ele correu, vestiu o roupão e saiu pela porta, eu estava começando a sair da cama. E eu conseguia ouvir o alarme, lembro disso, e estiquei o braço para pegar os óculos no criado-mudo, mas eles deviam ter caído no chão.

— Então você os encontrou, pois lembro-me de que os estava usando quando chegamos.

— Não, aqueles eram os óculos extra. Pessoas com visão normal não sabem como é, mas eu quase não conseguia encontrar o caminho até a porta. Quando finalmente ouvi Jacob gritar para mim, e gritar o nome de Mattie, eu abri a porta. Tudo o que eu conseguia ver era um borrão de chamas amarelas e vermelhas, fumaça preta e a casa parecia que estava desmoronando. Jacob disse-me para correr, ele pegaria Mattie e me encontraria do lado de fora. Tudo em que conseguia pensar era em como descer a escada, rapidamente, mas u deveria ter pulado pela janela, porque o andar de baixo era um fogo enorme, a fumaça me feria e eu estava tonta. Mas tive sorte de ir no momento em que o fiz, porque eu tinha acabado de sair pela porta de vidro deslizante quando pareceu que o chão desabou.

— A porta de vidro estava aberta quando você chegou no andar de baixo ou teve que abri-la?

Renee avaliou a mulher ruiva grosseira. Que direito tinha ela de agir com suspeita, agir como homem, invadir a casa e dançar sobre o túmulo de Mattie? Davidson provavelmente assistira a muitos programas de crimes forenses na televisão e, agora, um acidente nunca mais poderia ser um acidente. Alguém sempre tinha alguma coisa a esconder.

— Estava aberta — disse Renee. — Você já disse isso.

Davidson assentiu novamente, a cabeça baixa, as feições inflexíveis como uma máscara de borracha. — Isso mesmo. Eu esqueci. É melhor eu anotar isso tudo.

Davidson inclinou-se para a frente e puxou um bloquinho do bolso traseiro. Um pedacinho de papel caiu dos anéis de metal do bloco. Renee olhou para o pedaço de papel, que flutuou até parar ao lado do pé esquerdo da mulher. Ela quase inclinou-se para pegá-lo, mas não queria chegar perto da perna dela.

— Então você desceu a escada e saiu — disse Davidson, anotando no bloco. — E depois?

— Eu corri para o quintal e olhei para a janela de Mattie. Não conseguia ver nada e o fogo já estava quente demais para que eu voltasse para dentro. Eu corri para o carro—

— Havia dois carros na rua. O seu era o SUV ou o Subaru?

— O Subaru. Eu peguei minha bolsa—

— Sua bolsa. Você deixa a bolsa em um carro destrancado?

— É uma vizinhança segura, como eu disse. E quase nunca

carrego muito dinheiro. Mas eu sabia que precisava dos óculos ou seria inútil, não poderia ajudar Jacob e Mattie quando eles saíssem pela janela. Eu tenho óculos extra na bolsa.

— Você viu algo de incomum?

— Além da casa pegando fogo?

Davidson apertou os lábios, como se fosse um sapo meditando. — Por favor, Sra. Wells. Eu sei que isso é difícil, mas só estou fazendo meu trabalho. Você viu alguém por perto?

— Não. Algumas luzes acenderam nas casas mais abaixo na rua e acho que alguns cachorros estavam latindo. Mas tudo de que me lembro é o som do fogo, a madeira estalando, as paredes rachando e o vidro quebrando. E então comecei a gritar, e o grito transformou-se em uma sirene e vocês apareceram. Eu estava assustada, porque Jacob já deveria ter saído. O teto afundou um pouco e os bombeiros estavam batendo na porta da frente com machados, e acho que enlouqueci, porque tudo o que eu conseguia fazer era gritar e Jacob e Mattie ainda não tinham saído e ainda não saíram e ainda estão lá.

Renee deu-se conta de que esquecera Davidson e encontrou-se olhando fixamente para a parede, como se um filme do evento estivesse projetado lá.

Davidson levantou-se, fechou o bloco e o guardou. — Sinto muito, senhora. Essa é a parte mais difícil do meu trabalho, acredite. Eu avisarei se precisarmos de mais alguma coisa.

Renee olhou para o pedaço de papel e seguiu Davidson até a porta. A mulher parou no batente por um momento, olhando para os cumes das montanhas. — Ela está em casa com o Senhor, Sra. Wells. Foi um caminho difícil até lá, mas o principal é chegar.

Renee assentiu, os olhos turvos, querendo que o momento

desconfortável terminasse. O catolicismo a havia deixado desamparada quando mais precisou da fé. Ela vira a morte de Mattie pelos olhos de uma dúzia de filosofias e religiões, mas todas elas terminavam no mesmo beco sem saída. A jornada de mil milhas começa com um único passo, vá em direção à luz, ande na roda cósmica, suba a escada para o céu. Nenhuma delas fazia sentido. E nenhuma delas diminuía a dor.

Ela fechou a porta e foi pegar o pedacinho de papel no chão, colocando o que tinha como casa em perfeita ordem.

CAPÍTULO 4

O Hospital Littlejohn ficava na beira da cidade, a ponte brilhante entre o futuro urbano de Kingsboro e seu passado rural. Um shopping center e um complexo médico eram ilhas no mar de asfalto que levava à entrada dianteira, enquanto que um pasto espalhava-se na parte traseira, esperando que o desenvolvedor certo aparecesse. Na rua, três andares abaixo do quarto de Jacob, o tráfego do Dia do Soldado Morto sibilava em um conflito inútil. Alguém no corredor soltou uma gargalhada tuberculosa, cheia de satisfação fatalista.

Jacob sentou-se e olhou para a tela preta da televisão. Os tubos tinham sido retirados e as queimaduras estavam quase curadas, apesar de partes de seu corpo ainda receberem aplicações de pomada duas vezes por dia. Ele recebia várias doses de antibióticos e o pior já tinha passado, de acordo com o Dr. Masutu. Mas o médico era otimista. O pior recém começara.

Jacob olhou para a bandeja na mesa ao seu lado. Uma mosca pousara nos ovos mexidos e caminhava pela superfície amarela. Quando pequena, Mattie as chamava de "moscas de casa", uma corruptela fofa da frase "moscas caseiras". Ele observou a mosca alcançar o poço escuro de xarope para panquecas. Ela lutou, soltou-se, fez um círculo preguiçoso no ar e pousou no mesmo local grudento.

Renee entrou no quarto. — Olá.

Jacob fechou os olhos e afundou contra os travesseiros. A escuridão por trás das pálpebras era muito convidativa.

— Ouvi dizer que você irá para casa em alguns dias — disse ela.

— Casa — disse ele.

— Você sabe o que quero dizer.

— O maravilhoso Dr. Masutu me explicou a fórmula. Uma semana de internação para cada dez por cento de corpo queimado.

— Então você deveria ter sido liberado na semana passada.

— As queimaduras estão melhores — mentiu ele. — Eles estão tentando consertar o que está ruim no lado de dentro.

— Peguei um apartamento. A seguradora me deu algum dinheiro até que resolvam tudo. Donald conseguiu o apartamento. Tentei pagar, mas ele disse que a M & W absorverá o custo, já que você é dono de metade dela.

— Que apartamento?

— Ivy Terrace.

— Legal. Nós o lançamos no ano passado.

— Eu não sabia que vocês o construíram.

— Nós não o construímos, na verdade. Eu recebi uma comissão sobre a venda do terreno, subdividi alguns lotes, entrei como parceiro silencioso. A M & W só recebe o aluguel.

— Estou em uma unidade de dois quartos — disse ela, tão aliviada quanto ele de evitar a conversa. Ela abriu uma *National Geographic*.

Jacob deixou o olhar voltar para a janela. Ele confiara a seu parceiro, Donald Meekins, os cuidados com Renee até que ele fosse liberado. Donald telefonara para o quarto do hospital, mas Jacob recusou-se a falar com ele. Ele tinha receio do que poderia dizer. O fluxo de caixa ficaria apertado por alguns meses, mas, pelo menos, eles tinham seguro.

Ele contou as casas na colina do lado oposto do hospital. Havia pelo menos dois terrenos de bom tamanho que eram excelentes locais para desenvolvimento. Com o Hospital de Kingsboro abrindo uma nova ala de câncer e uma instalação de tratamento cardíaco, mais idosos ricos mudariam da Flórida e de Nova Iorque para as montanhas da Carolina do Norte. Esses idosos precisariam de casas, preferencialmente perto dos serviços médicos. A M & W havia construído um clube fora da cidade, completo com uma pista de golfe de dezoito buracos, mas aquelas casas já tinham sido vendidas. Era preciso novas casas para todas as futuras vítimas do câncer. Crescimento anormal era um setor de crescimento.

— Está quieto demais aqui — Renee disse.

Ele ouviu um clique e a televisão ligou. Um daqueles programas matinais idiotas, *Early NBC* ou *ABC Sunrise* ou qualquer coisa assim. Ele abriu os olhos. Pelo menos, ele podia se concentrar na tela, em vez de Renee. Um homem de terno azul estava entrevistando uma mulher que ficava puxando a saia curta, querendo mostrar as pernas enquanto projetava saúde e modéstia. Corta.

— Eu realmente gosto desse comercial — disse ele. Na tela, um lagarto falava com sotaque australiano, tentando convencer o espectador a comprar uma marca particular de seguro de veículo.

— Sobre o seguro — disse ela, como se o comercial tivesse aberto a oportunidade para levantar o assunto. — Eu não quis fazer muito sem você. Mas eu precisava de um teto.

— Ela valia muito, não é?

— Seu imbecil. Não comece com isso novamente. Teremos que lidar com algumas coisas, então é bom sermos civilizados.

— O dinheiro, você quer dizer.

— Cale a boca. Só o que estou pedindo é que assine os papéis e continuaremos com nossas vidas. O que conseguirmos salvar delas.

— Provavelmente economizamos muito na cremação, já que o trabalho estava meio feito quando você entregou o corpo para os urubus da funerária.

— Eu tinha que tomar providências. Eu não podia esperar—

— Para que eu estivesse presente no funeral de minha própria filha?

Renee bateu no controle remoto da televisão e tirou o som. Jacob observou a convidada silenciosa da entrevista lutando com a saia. Os joelhos da mulher eram muito ossudos para o gosto dele. Quer dizer, quando ele tinha gosto. Ele voltou a atenção para a mosca no xarope.

Não tinha um ditado sobre a mosca na pomada? O tranquilizante do Dr. Masutu fazia milagres, liberava sua mente para explorar baboseiras. Jacob parara de lutar e as injeções tinham sido trocadas por comprimidos duas vezes ao dia. Diazepam. O melhor.

Ou o fácil-de-esquecer.

Ou o não-dou-a-mínima.

— Jake, teremos que conversar sobre isso.

— Não há mais nada sobre o que conversar.

— Há muito.

— Não há nada. Tudo se foi.

— Não. Ainda há nós.

— Não há mais "nós". Há somente você e eu. Ou talvez só você.

— Não fale assim. Você sempre desprezou o fracasso. Os Wells não são assim.

— Tive muito tempo para pensar. Hospitais são bons para isso, talvez até melhor do que prisões. — Jacob puxou o canudo da caixa de leite e o enfiou no xarope perto da mosca. As asas da mosca bateram freneticamente.

— Eu sei que é terrível. Mas talvez possamos passar por isso juntos. Começar de novo.

— Como fizemos depois de Christine? Você viu no que deu.

Renee finalmente sentou-se na cadeira de carvalho e vinil perto da janela. O sol criara uma sombra mais amarela do lado de fora, sobre a neblina que esmaecia o horizonte. No velho mundo, no passado distante alegre, Jacob estaria em sua mesa no escritório da M & W, falando ao telefone, fechando acordos, alocando trabalhadores contratados. Ou então no canteiro de obras, olhando plantas enquanto uma escavadeira abria rasgões marrons na encosta da montanha.

Desenvolvendo.

Era uma palavra interessante, com várias conotações. Desenvolvedores faziam as coisas acontecer. Mas desenvolvimento também era o termo para o percurso de um bebê em todo o ciclo, de um ovo fertilizado microscópico a uma criatura alienígena do tamanho de um amendoim, até a realidade de choros e gritos.

— Engraçado, não é? — Perguntou ele. — As crianças nasceram nesse hospital.

— Não é tão engraçado assim.

— Pense bem. O primeiro ar que elas respiraram foi esse mesmo ar. O mesmo ar doentio. — Ele abanou a mão que segurava o canudo e a mosca finalmente se soltou e atravessou o quarto como se fosse um bombardeiro danificado voltando de uma corrida mortal.

A porta abriu-se. Um enfermeiro entrou, um homem com expressão azeda uma barba de dois dias. Ele olhou para Renee como se ela fosse a paciente, limpou as mãos no uniforme e colocou luvas de borracha. Ele espremeu a pomada de um tubo e esfregou-a suavemente na pele dos braços de Jacob.

— Você parece bem, cara — disse o enfermeiro. O crachá tinha o nome "Steve Poccora" e a fotografia logo abaixo mostrava um rosto sorridente e bem barbeado. O sorriso parecia ter sido gerado pelo computador em um programa de manipulação de fotografias.

— O médico disse que estou melhorando a cada minuto — disse Jacob.

— Não estamos todos? — Disse Poccora. E, depois, para Renee: — Nós o mandaremos para casa logo.

— Sem pressa — disse Renee.

Poccora começou a rir da piada, sentiu a frieza no quarto pela primeira vez e esfregou a pomada mais rapidamente. Jacob quase não sentiu o contato. A pele estava mais resistente e a maior parte da camada ferida havia caído. Ele estava novo de uma forma, cor-de-rosa como um bebê, escorregadio como uma cobra depois de trocar de pele.

Se pelo menos ele pudesse mudar de alma tão facilmente. Ele lera que o corpo se recompunha totalmente a cada sete anos, à medida que as células morriam e eram repostas. O que significava que ele fora um homem diferente quando Mattie nasceu. Um homem melhor.

Menos parecido com Joshua.

— Como está o apetite? — Perguntou o enfermeiro.

— Doido — disse Jacob. — Renee contrabandeou dois baldes da melhor comida.

— É por isso que você não gostou da gororoba do restaurante. — Steve Poccora moveu a mesa com rodas onde estava a bandeja para o canto do quarto. — Nem tocou nela. Achei que já teria se acostumado com ela.

— *Mez compliments au chef* — disse Jacob em um francês mutilado.

O enfermeiro mediu a pressão sanguínea e a pulsação, escreveu números em um gráfico. — Sua pressão diastólica está um pouco alta, mas nada que seja preocupante.

— Parece que eu estou preocupado? — Perguntou Jacob.

— Ele não é do tipo que se preocupa — disse Renee. — Eu me preocupo por nós dois.

Poccora olhou de um para o outro, como se estivesse

decidindo não ser a peteca naquele jogo entre eles. — Grite se precisar de alguma coisa.

— Gritar parece o certo. — Na televisão, o anfitrião do programa de entrevistas tinha um papagaio no ombro. O treinador do pássaro estava próximo, segurando um petisco. O anfitrião parecia nervoso, como se tivesse receio de um episódio desagradável envolvendo cocô. O pássaro deu um grasnido silencioso, aquecendo para uma piada indecente.

Poccora pegou a bandeja de comida. — Detesto papagaios — disse ele, olhando para a televisão. — Eles sempre cortam você, mas não tem como devolver. Eles são muito burros para entender. É como falar com um boneco de ventríloquo.

— Os piores são os bonecos que se parecem com o ventríloquo — disse Jacob. — Eles deixam à mostra seu lado mau.

— Ei, tente *você* ser simpático quando um cara estiver com a mão enfiada em seu reto — disse Poccora.

— Isso chama-se "exame de próstata".

O enfermeiro começou a rir e desistiu. Ele passou entre eles com a bandeja e fez uma pausa na porta. — Tem certeza de que não quer essas panquecas?

Jacob olhou em torno do quarto procurando a mosca. — Não, Steve. Pode ficar com elas.

Steve enfiou o dedo no xarope e fez de conta que o lambia. — Detesto ver o desperdício de uma boa comida. Mas essa não é boa. Eu sei das infecções que passam nesse lugar.

Ele saiu e o humor forçado voltou a ser uma tensão insuportável.

— Por onde começamos? — Renee perguntou depois de vinte segundos de silêncio.

— Por favor. Você está começando a soar como meus velhos psiquiatras. — Ele procurou o controle remoto, querendo aumentar o volume.

— Vamos começar pelo começo, então.

— O começo. Meu primeiro grande erro.

— Jake, não faça isso.

— É você quem quer que tudo se acabe. Não é o que queria o tempo todo? É ridículo que precise desse tipo de desculpa para enfrentar. — As lágrimas estavam quentes nos olhos dele, queimando com a memória do fogo e de tudo o mais. Ele pressionou o botão do volume. Renee avançou com uma velocidade furiosa e arrancou o controle remoto da mão dele. Ele olhou para a televisão silenciosa, com as cores borradas por sua visão úmida.

— Fale comigo, seu idiota — disse ela.

A garganta dele estava apertada, arranhada pelo tubo do ventilador que fora enfiado em seus pulmões. Ele tentou convencer-se de que o fogo o havia ferido, arrancado as palavras suaves de sua língua, deixando um punhado de cinzas na cavidade onde o coração antes batia. Parte dele desejou que ele tivesse morrido no incêndio. Parte dele *havia* morrido no incêndio. Mas não a parte certa, a metade que precisava morrer.

A respiração de Renee batia na bochecha dele, mas ele estava a quilômetros de distância, procurando a gruta fria que os remédios tinham entalhado nos recessos rochosos de seu cérebro.

— Você não pode fechar os olhos para sempre.

— Por tempo suficiente.

— Isso não fará com que as coisas desapareçam. Temos que lidar com elas. Você não pode rastejar para dentro de seu esconderijo e fazer de conta que nunca aconteceu.

— Fique com o dinheiro. Não importa.

— Donald me ligou. Ele queria saber quando você estará pronto para voltar a trabalhar.

— Para mim, acabou. — E tinha. A M & W Ventures, Inc. tinha construído dez complexos de apartamentos, uma meia dúzia de subdivisões, três shopping centers, o clube e dois hotéis. Isso se qualificava como o trabalho de uma vida, certo? Mesmo para o filho de Warren Wells. Talvez Donald Meekins pudesse usar a tesoura enorme que usavam para cortar fitas cerimoniais e arrancar fora o W do nome da empresa.

Jacob tinha deixado sua marca no mundo. Uma reputação que podia ser levada ao banco. Algo que podia ser usado como material de propaganda.

Ele poderia perder tudo, os filhos, a esposa, a alma, mas aqueles prédios continuariam de pé, um testamento da força de vontade e da visão. Asfalto para pavimentar o caminho para um futuro melhor. Ossos de aço, carne de concreto e uma planta baixa de sua alma. Provas materiais para o Dia do Julgamento Final, uma barganha do demônio.

— Não acabou — disse Renee. — Não vou deixar que acabe.

Ele ficou pensando o quanto daquilo tinha sido por ela. Quanto do apoio de esposa cruzava a linha da necessidade, o que separava o encorajamento da exigência rabugenta por perfeição e realização? O chicote que o mantivera na linha tinha sido a sua insegurança dele que o empurrara adiante, ou fora o desejo implacável dela pelo sucesso? Fora ela o ventríloquo cuja mão o guiara pela calçada da ganância?

Não. Ela não merecia tanto crédito. Onde ele estivera, para onde estava indo, eram decisões formadas na forja de seu instinto. Ele poderia culpar outras pessoas, e isso estava rapidamente se tornando sua mais recente tática de sobrevivência, mas as justificativas eram sempre vazias.

No final, só resta você e o estranho no espelho.

— Vá embora — disse ele.

— Isso não vai sumir, mesmo que eu vá.

Jacob sorriu. O movimento foi doloroso para os lábios rachados. — Já sumiu. — Ele sentiu a batida no peito do peso do controle remoto que ela jogou.

— Você e seu maldito ato de mártir — disse ela. — Como se você fosse o único que tem que sofrer.

— Eu lhe darei o maldito divórcio. O que quiser. O dinheiro, os carros, a casa...

A casa. Que não era nada mais do que uma pilha de carvão em uma das subdivisões de Kingsboro.

— E as crianças — disse ele, a voz assumindo um tom assustador. — Pode ficar com as crianças. Não vou brigar por elas. Nem mesmo quero direitos de visitação.

— Jakie.

Ele agarrou o lençol com as duas mãos, tentando espremer alguma coisa dele, apertando os dentes até que as têmporas doessem.

— Acalme-se. Você está me assustando. — Ela caminhou até a cabeceira da cama, onde estava o botão que tocaria na mesa da enfermeira.

— Você deveria ficar assustada.

— Você acha que é mais fácil para *mim*?

Jacob olhou para ela, os olhos verdes maiores por causa dos óculos. Ele deveria amar essa mulher. Ele sabia disso, alguma coisa forte batia dentro de seu peito, uma memória profunda revirou-se no túmulo de seu coração adormecido. Como algo tão certo e real transformara-se nisso? Como uma ligação eterna podia se dissolver como a neblina exposta ao brilho claro da manhã?

— Sinto muito — disse ele. Aquelas palavras idiotas e inúteis rastejaram para fora da boca seca. Ele não podia evitar. A resposta era automática. Ele dissera aquelas palavras com muita frequência nos últimos dez meses.

— Isso é impossível — disse ela. Ela puxou a bolsa para o

colo, abriu-a, retirou as lentes escuras e colocou-a sobre os óculos. Jacob ficou feliz, pois os olhos dela sumiram. Agora ele podia olhar de frente para ela.

— Há mais uma coisa — disse ela. Renee pegou um envelope amassado na bolsa. — Acho que você queria dar uma última virada na faca.

— Do que está falando?

Renee tirou um bilhete do envelope e leu em voz alta. — Espero que tenha gostado do presente para a casa. Com amor, J.

O estômago de Jacob transformou-se em uma enorme garra apertando os outros órgãos. — Onde você achou isso?

— Em meu carro. Acho que você imaginou que ele não pegaria fogo, pois estacionei na rua aquela noite.

— Não sei do que você está falando.

— É sua caligrafia, Jake. Pare com os joguinhos. Por favor. — Uma lágrima solitária deslizou por baixo da curva preta de uma das lentes.

— Ainda não sei do que está falando.

— O fogo, Jake. Os investigadores acham que pode ter sido criminoso.

— Eu sei. Eles falaram comigo sobre isso na semana passada. Eu disse a eles que não sei por que alguém incendiaria nossa casa. Não há nada de especial sobre ela. Nem é a melhor do quarteirão.

— Mas esse bilhete... — a voz dela falhou e tudo o que ela conseguia fazer era segurar o papel bege no ar, em frente ao rosto.

— ...não é nada — disse Jake, o coração batendo como um relógio frenético em seus ouvidos, uma contagem regressiva para uma explosão. — Jogue-o fora.

— É sua caligrafia. E o seguro...

— Não seja doida, querida.

— Só estou confusa. Nada disso faz sentido. E Mattie... *Ah, Jake.* — Ela amassou o papel em uma bola, levantando-se tão rapidamente que a bolsa caiu e espalhou o conteúdo no chão antisséptico. Ela inclinou-se sobre ele e colocou a cabeça gentilmente no peito dele.

Ele esticou uma mão machucada e acariciou o cabelo dela.

— Shh, vai ficar tudo bem. Prometo.

— Não deixe que termine assim, por favor — disse ela, os soluços fazendo com que a cama de hospital estreita sacudisse.

— Tudo vai voltar a ser como antes — disse ele, o coração pulando com tanta força que ele tinha certeza de que ela conseguia senti-lo através do algodão fino da camisola de hospital. — Confie em mim. Não vou deixar ninguém tirá-la de mim.

Especialmente Joshua. Não, ele não deixaria Joshua vencer dessa vez. Não de novo. Não como sempre acontecia.

Ao dizer as palavras para acalmá-la e acariciá-la com uma das mãos, a outra mão passou pelo corpo dela até encontrar o papel amassado no punho fechado. Ele puxou gentilmente e ela o soltou. Ele olhou para o papel, viu as letras cursivas inclinadas para a esquerda. Caligrafia familiar. Ele enfiou o papel sob o lençol, secretamente, e esperou que ela terminasse de chorar.

CAPÍTULO 5

Jacob Wells foi liberado do hospital em vinte e nove de maio. Steve Poccora o levou em uma cadeira de rodas do quarto até o elevador no dia da liberação. Jacob insistiu que estava bem, mas Poccora disse que era política do hospital tratar todos como enfermos até que chegassem à porta.

— Depois disso, é problema seu — disse Poccora. — Você pode tropeçar e quebrar a perna, que não me importo. Mas não podemos deixar que você processe o hospital por algo que aconteça aqui dentro.

Jacob não sabia dizer se o enfermeiro estava brincando. Portanto, sentou-se na cadeira de rodas e ficou observando as luzes do elevador piscarem ao passar em cada andar, até chegar ao térreo. O elevador abriu-se e um homem, que Jacob reconheceu da Câmara de Comércio, entrou com um buquê de rosas, tulipas e um laço. Jacob não se lembrava do nome dele, apesar de ele ter o pescoço grosso e as feições largas e vermelhas de um ex-jogador de futebol americano. Provavelmente alguém do setor de alvenaria.

— Jacob — disse o homem, dando um sorriso. — Como está? Você está bem?

— Nunca estive tão bem.

O sorriso esmaeceu. — Escute, sinto muito por... você sabe.

— Nem me fale.

— Estive rezando por você.

— Isso ajuda. Obrigado.

O homem apontou para as flores. — São para minha esposa. Ela está na maternidade, nosso terceiro filho acabou de nascer.

Jacob assentiu, olhando além dele para o saguão do hospital, o brilho de cera no chão industrial, o balcão de informações atendido por uma velha senhora de óculos. Poccora o empurrou para fora do elevador e as portas fecharam-se com um ruído suave, eliminando o cheio das flores.

— Dawson — disse Jacob.

— Hein? — Disse Poccora.

— O nome do homem é Dawson. Já aconteceu com você, dar um branco total quando está falando com alguém e o nome da pessoa pula na sua cabeça depois?

— Não, cara. Acho que você ficou aqui tempo demais.

Eles chegaram à entrada de vidro e Poccora parou a cadeira de rodas. Jacob ficou sentado olhando para o mundo lá fora, um mundo mudado, um mundo inferior.

— Fim do passeio — disse Poccora.

— É — disse Jacob.

— Sua esposa vem buscar você?

— Sim. Ela está lá fora. Eu telefonei para ela do quarto.

— Que bom. Vocês dois precisam resolver as coisas. Cuidar um do outro. Talvez ter outro filho algum dia.

Jacob levantou-se. Apesar de ter caminhado pelos corredores nos últimos dias, as pernas pareciam algodão doce. Acenou para Poccora e saiu, imaginando o quanto de si mesmo ele deixada no hospital. O ar do lado de fora era bem-vindo depois do ar viciado e reciclado do lado de dentro, mas, de alguma forma, deixava um gosto de fumaça na língua.

As montanhas estavam verdes por causa do novo plantio e uma chuva de primavera tardia havia lavado a poeira das ruas. Kingsboro tinha somente duas empresas de táxi, cada uma operada por motoristas solitários que mantinham os próprios horários. Jacob podia ter ligado para Donald ou qualquer um da meia dúzia de amigos e colegas de trabalho, mas a caminhada parecia um excelente desafio depois das semanas que passara na cama de hospital. Além disso, uma carona poderia encurralá-lo em uma conversa.

O papo passaria por assuntos banais, como a possível vitória dos Atlanta Braves esse ano ou como a neve tardia afetara os campos de golfe no clube. Qualquer coisa, menos o que Renee chamara de "o elefante de oito toneladas na sala de estar". A perda de Jacob. Ou *as perdas*, no plural, dependendo de até onde na história pessoal o amigo estaria disposto a ir. Ele nunca mais queria ouvir as palavras "Sinto muito".

A cura das queimaduras havia sido melhor do que ele merecia. A pele ainda estava meio brilhante e esticada, mas sem cicatrizes permanentes. O Dr. Masutu disse que ele tivera sorte. Se a casa não tivesse desmoronado e jogado Jacob para fora, o monóxido de carbono talvez tivesse acabado com ele. O médico tentara convencê-lo de que sua filha não tivera saída, não importa o que Jacob fizesse, mas ele não acreditava nisso.

Originalmente, ele considerava passar no escritório, sentar atrás de sua mesa e ver se a M & W Ventures ainda o atraía de alguma forma. Mas havia lembranças demais, fotografias demais. A mesa dele era somente mais um pedaço de um passado arruinado. Ele caminhou pela calçada, afastando-se do centro. Ele não tinha mais destinos, somente uma longa jornada para longe dos lugares que conhecera.

No lado leste da cidade, Kingsboro era uma mistura esquizofrênica de prédios. Consultórios médicos se apinhavam em torno do hospital como urubus de tijolos, enquanto que algumas fazendas antigas ficavam na rua atrás deles, os jardins mostrando os primeiros brotos de milho e batatas. Um posto de combustível próximo tinha bombas que não aceitavam cartões de crédito e o terreno era um amontoado preto de concreto, mas um aviso brilhante anunciava que o conglomerado de energia britânico moderno havia assumido o controle. Uma fileira de apartamentos desbotados tomava um terreno elevado além do hospital, algumas das janelas fechadas com fita adesiva. Pairando sobre aqueles telhados planos, havia um resplandecente Holiday Inn de sete andares.

O pai dele havia construído o Holiday Inn. Fora a última tentativa de Warren Wells de construir uma Torre de Babel dos Apalaches antes de sua morte. Jacob desviou os olhos do hotel, o prédio mais alto da paisagem. Mas seu pai tocara em alguma coisa em todos os horizontes, do centro de artes comunitário na rodovia aos campos recreativos nas colinas ao longo do rio que tinham o nome dos Wells. Warren Wells construíra coisas demais nessa cidade, seu fedor cívico pairando em uma centena de corredores. Jacob sucumbira à sedução de seguir aqueles passos.

Ter nascido aqui já era um erro e ter nascido quem ele era deixava as coisas ainda piores. Mas ele contribuiu ao retornar. Em algum momento, ele achou que sua fuga estava completa. E veio Renee com a vontade de que ele fosse bem-sucedido, empurrando-o para o único território em que as vitórias importavam, onde as realizações dele tinham uma vareta para medição. A vitória que subia do chão.

Agora Kingsboro era o lugar onde ele enterrava seus mortos.

Depois de pouco mais de um quilômetro, a calçada terminou e ele caminhou pela grama que beirava a estrada. A respiração era pesada e fria e o coração batia rápido demais, mas ele forçou seus pés a continuarem. Carros passavam, camionetes cheias de madeira e canos de esgoto, pais em SUVs, velhas senhoras a caminho do cabeleireiro, técnicos da televisão a cabo em suas vans compridas. Algo roncou no bolso do casaco de Jacob. Ele colocou a mão dentro do bolso, retirou o celular e olhou para ele como se fosse um artefato alienígena. Renee deve ter levado o casaco para o hospital, com o telefone plantado como subterfúgio para trazê-lo de volta ao que ele fora.

Jacob, o desenvolvedor, o construtor, o que carregava a linhagem. Jacob, o excelente cidadão e o marido amoroso. Jacob, pai de duas—

Ele virou-se e jogou o telefone o mais longe que podia, machucando o ombro com o esforço. O pequeno retângulo prateado girou no ar, desaparecendo em uma moita alta de roseira branca. Um muro torto feito de tábuas marcava o limite de um parque de acampamento atrás do mato. Um sinal pintado à mão, em inglês e espanhol, oferecia aluguel semanal, pagamento somente em dinheiro. Latas de cerveja amassadas e embalagens de comida, feitas de celofane, estavam presas ao mato. Esse lugar precisava muito de uma terraplenagem, uma limpeza cósmica.

Ele continuou caminhando, o tráfego diminuindo, a cabeça latejando sob o sol da manhã. Os pássaros tinham começado a jornada para o norte e algumas espécies que raramente via passaram sobre ele ou cantaram nos galhos de pinheiros. A paisagem mudou para grupos de pequenas casas, antigas, mas bem cuidadas, que pertenciam àqueles cujos ancestrais tinham vendido as propriedades que deixaram as pessoas de fora ricas. Jacob estava cansado, com as pernas fracas por falta de uso, mas ele continuou a avançar em uma ânsia deplorável de escapar.

Mas ele sabia que, não importava a velocidade ou a distância da fuga, não conseguiria escapar de si mesmo.

Um carro veio rugindo atrás dele, diminuiu a velocidade, passou. Ele viu os flancos verdes arranhados e imediatamente atribuiu o motorista à classe baixa. Era um carro familiar dos anos 1970, um pedaço de aço da Chevrolet que gastava muita gasolina, e que só um americano da zona rural dirigiria sem sentir vergonha. Os vidros estavam tão manchados que ele não conseguiu associar um rosto a tal monstruosidade de metal.

O carro reduziu a velocidade novamente, as luzes de freio piscando alguns metros à frente de Jacob. O carro ficou parado, com um ruído estridente do silencioso enferrujado. Jacob continuou caminhando. Ele passou pelo carro, olhando para a estrada, tentando imaginar onde estavam todos os outros carros. Mesmo nessa área residencial fora dos limites da cidade, havia ruas de menos para evitar um fluxo constante de veículos.

O motor do Chevy acelerou e a descarga ficou pairando no ar úmido. O carro moveu-se novamente, acompanhando Jacob, e o suor começou a escorrer sob seus olhos e no couro cabeludo. Ele deu uma olhada rápida em direção ao carro, sem virar a cabeça, e só viu o próprio reflexo no vidro manchado do passageiro. O carro continuou acompanhando Jacob e ele lutou contra a ânsia de sair correndo.

Talvez fosse um assalto. A criminalidade era baixa em Kingsboro, mas pessoas eram pessoas em qualquer lugar e, de vez em quando, alguém ficava desesperado. Jacob vestia um terno bem cortado, não era o tipo de pessoa que se via normalmente na rua. Ele estava fora de seu elemento, em um lugar ao qual não pertencia, pálido e trêmulo devido à sua longa recuperação. Os predadores de todas as espécies tinham o dom de discernir os fracos, de escolher as vítimas perfeitas.

Ele acelerou o passo, os olhos virando-se para o Chevy. O ruído do motor era o único som naquele pedaço do vale. Até mesmo os pássaros tinham sumido. Em ambos os sentidos, a estrada fazia curvas fora da vista, atrás de colinas verdejantes por causa da primavera. O parque para acampamentos ficava logo depois da curva, em sua desordem característica. Uma fazenda solitária era visível em meio a um conjunto de árvores, mas parecia abandonada, as cortinas fechadas e o caminho vazio, as portas do celeiro adjacente pregadas e trancadas. Um aviso pintado à mão, enfiado no quintal irregular, dizia "Vende-se".

O carro avançou um pouco, fez uma pausa e ficou parado, esperando que Jacob o alcançasse.

Se pelo menos ele tivesse o celular. Mas, mesmo que ele pedisse ajuda, o que ele diria à polícia? Que um carro estava à sua espreita? De qualquer forma, eles não chegariam a tempo de ajudá-lo. Ele podia sair da estrada, atravessar a vala e enfiar-se no meio das árvores. Mas o carro não tinha feito nenhuma ameaça, o motorista mantinha um percurso constante, sem sair da pista. A única ameaça era o andar lento, com o motor rugindo em uma fome imaginária.

Um ladrão, é só isso. Nada pior do que isso.

Jacob acelerou o passo, quase correndo. Ainda assim, o carro o acompanhou. Ele não tinha um relógio, mas parecia que o carro o estava seguindo há pelo menos trinta segundos. Com certeza, algum outro carro deveria ter passado nesse tempo. Era como se a estrada tivesse sido bloqueada em cada ponta do vale para que esse show pudesse ser conduzido de forma privada.

Os pulmões estavam tensos e doendo, as pernas prestes a desfalecer. Ele estava fora de forma. Mesmo se corresse, o motorista não teria problemas em persegui-lo. Lutar estava fora de questão. Como se luta contra quatro toneladas de aço cego?

Você sabe que é ele.

Talvez alguém estivesse somente tentando assustá-lo. Alguns de seus concorrentes o haviam acusado de truques sujos, como distribuir dinheiro entre os membros do conselho de planejamento do condado sempre que havia uma solicitação de alteração. Ele tivera discussões com alguns fornecedores e, algumas vezes, recusara-se a pagar quando o trabalho não atendera às especificações. Ele tinha informações sobre propriedades que tinham sido interditadas por inadimplência das hipotecas ou penhora fiscal. E seus negócios tinham jogado mais de uma família na rua, apesar de merecerem. Era culpa sua se as pessoas não pagavam as contas em dia?

Ser um Wells era motivo suficiente para ser um alvo. Esse povo da montanha tinha uma memória longa e Warren Wells havia sido desonesto com uma dúzia de homens. Em alguns casos, também com as esposas deles, de uma forma mais cruel, mas menos prejudicial em termos econômicos. Jacob havia herdado quilômetros de ressentimentos acumulados juntamente com inúmeras áreas de propriedades comerciais.

O motorista do carro verde poderia ser qualquer um. Alguém que ele conhecera no colégio? Ou alguém que conhecia Joshua? Algumas pessoas ainda o confundiam com seu irmão e Joshua fizera muitos inimigos. Mas Joshua fora esperto o suficiente e saíra da cidade, sem nunca olhar para trás.

É qualquer um. Não ele.

As pernas de Jacob recusaram o comando de moverem-se mais rapidamente e ele mal conseguia juntar energia para mais um passo. Portanto, ele parou, inclinou-se ligeiramente para recuperar o fôlego e virou-se para o lado do passageiro do carro. Ele esticou o braço como se fosse abrir a porta.

O Chevrolet rugiu, o motor em alta rotação, e as rodas traseiras giraram no asfalto. O odor doce de borracha e óleo queimado invadiram o nariz de Jacob. O carro arrancou, os pneus gritando e a traseira derrapando. O vidro traseiro estava manchado, um pequeno decalque da bandeira dos rebeldes no canto inferior esquerdo. Uma das luzes de freio estava quebrada, pendurada pelos fios sobre o para-choque cromado descascando. O carro acelerou na curva antes que ele pudesse ver a placa enlameada, mas as cores laranja, verde e branco indicavam uma placa do Tennessee.

O carro acelerou subindo o vale, os pistões gritando em fúria, movendo-se rápido demais na estrada sinuosa. A explosão ecoou nas colinas, sumindo enquanto o carro entrava cada vez mais no campo, até que não podia mais ser ouvido. No silêncio súbito, Jacob sentiu o martelar do coração nos ouvidos. Outros sons encheram o vazio: pássaros na floresta, um pequeno avião perdido no céu, um cachorro latindo à distância defendendo seu território.

Jacob agachou-se, aterrorizado. Um calafrio o percorreu. Ele apertou o casaco contra o corpo e olhou para a estrada à frente e atrás. Ele não sabia onde estava. Como ele chegara aqui, nessa estrada no meio do nada?

Não de novo.

Ele não tinha passado por um estado de fuga desde a adolescência, quando Joshua fazia seus truques cruéis. As fugas eram um mecanismo de proteção, garantira um dos psiquiatras. Nada sério, certamente nada que o colocaria em uma sala acolchoada. Era uma reação a estresse extremo, mais nada. Além disso, isso fora há muito tempo e ele não perdia mais a consciência.

Exceto que, se você estivesse sofrendo de períodos de esquecimento, não se lembraria, não é?

Qualquer coisa poderia ter acontecido e você não saberia.

Um som surgiu na parte de trás da colina, o sussurrar de rodas no asfalto.

Jacob esperava ver o Chevy verde gritando na curva, os faróis brilhando como os olhos de um assassino, o para-choque refletindo o sol. Ele não tinha forças para correr, só conseguiria ficar parado e assistir enquanto a grade dianteira se aproximasse e o devorasse com suas mandíbulas cromadas. Ele fechou os olhos e tentou rezar. Mas rezar era um ritual, uma arte treinada, não um alçapão de fuga para os malucos e os infiéis. O sussurro ficou mais alto, mas sem o rugido de um motor com rotação excessiva. Não era o Chevy.

Ele piscou quando a camionete passou. O veículo reduziu a velocidade e, em seguida, deu marcha a ré até ficar parado na faixa no outro lado da estrada. O vidro do lado do motorista desceu, mas, mesmo antes de Jacob reconhecer a cabeça escura e emaranhada, com o gorro cinza de lã sempre presente, ele leu a logo na porta: Construções Smalley.

Chick Smalley soprou a fumaça do cigarro e disse: — Sr. Wells, o que está fazendo por essas bandas? Está perdido ou algo assim?

Smalley tinha feito alguns trabalhos de empreitada para a M & W Ventures. Ele tinha licenças de encanador e eletricista, e também conseguia fazer paredes de gesso e tetos quando estava sóbrio. Ele nunca perdia o prazo, mas também não perdia a chance de pescar quando a vontade batia. Ele nunca mentiu sobre suas preferências. Se os peixes estivessem mordendo a isca, ele ligaria para o chefe e diria a ele para ir para o inferno durante a manhã. Ele compensaria à tarde trabalhando três vezes mais duro e aquela reputação o mantivera ocupado o suficiente para sustentá-lo do jeito como desejava.

— Olá, Chick — disse Jacob. Ele colocou as mãos nos bolsos para que Smalley não visse que estavam tremendo. — Você passou por um carro há um minuto, um Chevy velho com vidros manchados?

— Não — disse Smalley, olhando para a vala à frente como se esperasse ver o carro estragado de Jacob. — O senhor teve que sair da estrada? Pneu furado?

— Eu só estava... — Que diabos ele *estava* fazendo lá? Ele

não podia explicar o encontro com o Chevy e tinha receio de parecer um maluco se tentasse. Ele mesmo já duvidava de que o incidente tivesse mesmo acontecido. Mas havia as marcas de derrapagem, serpentes pretas gêmeas arrastando-se na superfície da estrada.

— O senhor não parece muito bem, Sr. Wells. Precisa de uma carona de volta para a cidade?

Um carro apareceu na curva, outro logo atrás dele. O tráfego voltara ao normal. Seja qual for o feitiço estranho que descera sobre o vale, tinha sumido. Jacob sentiu-se um tolo parado ao lado da estrada e perdeu toda a vontade de passear sem rumo. Ele atravessou a estrada correndo e subiu no lado do passageiro da camionete.

Smalley engatou a marcha. — Pode jogar esse monte de coisa no chão — disse ele, colocando o cigarro na boca e acelerando. Jacob empurrou trapos, uma fita métrica, um pote de massa, uma pistola de calafetação e algumas revistas velhas para o lado e, então, agarrou-se no painel em um espasmo de tontura. Deve ter sido a fumaça do cigarro, uma lembrança de sua tragédia recente. A fumaça sempre traria uma dor saudosa e o fogo sempre o levaria de volta àquela noite infernal.

— Que merda, Sr. Wells, o senhor parece branco como um fantasma. Quer que eu o leve ao hospital?

— Não — gritou Jacob, com mais força do que pretendia. — Leve-me para ca...

Ele não tinha casa. Essa compreensão o atingiu como o punho de Deus. Ele olhou pela janela para as árvores que passavam rapidamente, os diversos tons de verde enquanto a vegetação prepara-se para o verão. Esse era um planeta hostil, uma terra de dor e estranheza. Dava para comprar pedaços dela, deter escrituras e títulos, mas, no final, tudo o que tinha era a terra sobre você, a terra que cobria o caixão e enchia a boca e os pulmões. No final, você não era dono da terra, ela que era sua dona. Ela o sugava para baixo, o esmagava, abraçava e sufocava com afeição, as minhocas beijando-o até que dormisse, seu peso maior do que as toneladas de culpa, medo e fúria que você carregava na carne viva.

— Você sabe onde fica Ivy Terrace? — Perguntou ele, finalmente.

— Aqueles apartamentos que o senhor construiu no lado oeste? — Smalley olhou para ele como se estivesse decidindo se era melhor ir para o hospital, no fim das contas.

— Sim. Pode me levar até lá? — Ele botou a mão no bolso traseiro. — Eu pagarei, é claro.

— Ah, não, não vai. Trabalho é trabalho e favor é favor. Lembre-se disso na próxima vez que alguém precisar de uma mão.

Jacob olhou para o espelho lateral e, por um momento, achou que tinha visto o Chevy verde rugindo lá atrás. Ele esfregou os olhos.

— Fiquei sabendo do que aconteceu — disse Smalley, mantendo os olhos na estrada à medida que os grupos de casas ficavam mais densos. Jacob não tinha se dado conta da distância que havia caminhado. O sol já estava começando a entrar na tarde.

— É difícil entender os caminhos de Deus, às vezes — disse Smalley. Ele esticou o braço, pegou um casaco de trabalho manchado e puído atrás dele e empurrou-no em direção a Jacob. — Do jeito como vejo, Ele sofreu bastante na cruz, para que todos nós sofrêssemos um pouco também.

Jacob olhou pela janela, pensando em Mattie, lembrando-se de como, quando era pequena, ela sentava sobre o pé dele e pedia que a balançasse. O que Smalley sabia sobre sofrer? Ele não tinha família nem responsabilidade alguma. Ele tinha uma vara de pescar no suporte de espingarda e a caçamba da camionete cheia de pedaços de madeira e ferramentas enferrujadas. Ele fumava e tinha as unhas sujas.

Smalley mexeu nas dobras do casaco, abrindo-o para que Jacob visse a garrafa. O líquido âmbar pairava oleoso e espesso dentro dos limites do vidro, rolando para a frente e para trás em ondas com o movimento da camionete. — Mas Deus nos deu meios para reduzir o sofrimento. Essa é uma verdadeira bênção, se me perguntar.

Jacob olhou para a garrafa, a tampa de latão lisa, o rótulo marrom que sugeria uma tarde tranquila na plantação. Ele imaginou-se chegando na porta de Renee meio bêbado, uma desculpa para libertar uma fúria abusiva.

Não, não meio. Jacob não ficava meio bêbado há mais de uma década.

— Não, obrigado — disse ele, mais para si mesmo do que para Smalley.

— Como quiser. Diga-me, tem algum trabalho em vista?

Jacob não queria dizer ao homem que a M & W Ventures já era. Renee devia ser a primeira a saber e depois seu sócio. Talvez Donald comprasse sua parte e mantivesse as máquinas de terra bem alimentadas, continuasse a empilhar tijolos, a pavimentar e a erguer monumentos ao progresso e ao ego. Colocar o manto dos Wells sem o benefício da linhagem. — Estou por fora — disse ele.

— É, achei que sim.

Eles circundaram a beira da cidade, passaram pelos depósitos cinzentos e lojas fechadas enfileiradas ao lado da estrada de ferro abandonada. Jacob costumava pensar sobre essa seção como uma favela, acres sem fim que precisavam ser demolidos, um projeto de renovação urbana que uma vez ele calculara como investimento de longo prazo. Transformar o velho moinho têxtil em um mini shopping center, cobrar aluguéis ultrajantes de pequenas lojas cujos proprietários mendigariam cestos e roupas "artesanais" das Appalaches que eram, na verdade, produzidos em massa pela exploração de mão de obra em Taiwan. Afinal de contas, o consumidor estava somente comprando uma emoção. Um beco na cidade das montanhas que ofereceria nostalgia suficiente para aqueles que tinham saudades de dias melhores que nunca existiram.

Pela primeira vez, Jacob viu a beleza do vidro quebrado que brilhava ao sol que se punha. As moitas que cresciam ao longo da cerca de arame tinham sobrevivido ao concreto. O riacho marrom fedorento, desfigurado pelo escoamento de óleo, carregava os refugos do crescimento. Aqui e ali, entre os prédios, um gafanhoto pulava em direção ao céu, todo ouriçado com espinhos e desafiador.

Smalley trocou de marcha e subiu a colina em uma rua particular. Uma placa de madeira com base de pedra anunciava "Ivy Terrace". A placa fazia parte da paisagem, com galhos de pinheiro e flores não nativas. Aninhados dentre as árvores no cume, estavam os apartamentos que Jacob ajudara a construir. Mais de seu ego falso, um testamento zombeteiro da natureza efêmera da ambição.

E por trás de uma daquelas portas estava Renee. Outro testamento zombeteiro.

— Pare — disse Jacob.

Smalley olhou para ele e pisou na embreagem. Quando a camionete parou, Jacob abriu a porta do passageiro e saiu. Ele esticou o braço e puxou a garrafa de bebida de seu esconderijo.

— Uma pequena bênção — disse Jacob.

— Não o culpo. Avise-me se tiver algum trabalho.

— Farei isso, Chick.

— Rezarei pelo senhor.

— Mal não faz.

Nada fazia mal, não mais. Smalley deu a volta com a

camionete e foi em direção à cidade. Jacob escondeu a garrafa dentro do casaco e encaminhou-se para os arbustos que foram parte de um projeto de paisagismo que ele fizera, só se dando conta agora do tipo de esconderijo que ofereciam. Ele achou um buraco nos rododendros e arrastou-se entre os galhos retorcidos. O espaço havia sido usado antes. Garrafas de cerveja vazias, uma embalagem de camisinha, um saquinho de batatas fritas amassado e um monte de pontas de cigarro marcavam o local como o território dos hóspedes temporários. Jacob instantaneamente sentiu-se em casa.

Ele tirou a tampa de metal da garrafa e brindou o céu distante, que mal podia ser visto através das folhas espessas.

— A nosso sofrimento mútuo — disse ele.

O primeiro gole foi áspero e acolhedor. O segundo foi simplesmente acolhedor.

CAPÍTULO 6

Renee apoiou o telefone contra o ouvido. Ela estragara o esmalte da unha abrindo uma lata de refrigerante. Sentar em um apartamento pelo qual não estava pagando e falar sobre dinheiro deixava-a com a cabeça meio zonza. Apesar do dinheiro que Jacob acumulara no começo do casamento, esse dinheiro parecia irreal, quase doentio. — São dois milhões de dólares, Kim.

— Minha nossa — respondeu a voz da melhor amiga. Kim trabalhava como técnica no hospital, fazendo exames em amostras de sangue. O som do hospital de vez em quando surgia no fundo, doutores sendo chamados, macas chacoalhando, campainhas das enfermeiras soando.

— Não compensa o que aconteceu. Nem um pouco.

— Eu sei, querida. Já conversamos sobre isso. Você não tem mais lágrimas para chorar.

— Eu era a beneficiária. Jacob fez assim. Depois que Christine morreu, ele fez um seguro para nós três, de um milhão de dólares cada. Disse que era assim que o pai dele sempre fazia.

— E você deixou?

— Bem, é o tipo de coisa sobre a qual você não pensa muito. Não pode deixar que pese sobre você, que a tragédia aconteça novamente. Achei que já tivéssemos passado da nossa cota com Christine.

— Eu sei que vocês têm uma vida boa, mas um milhão é um milhão, mesmo com a inflação. O que vocês vão fazer com o dinheiro?

— Esse é o problema. Ele está fugindo disso.

— Esqueça-o por um minuto. O que *você* quer?

Renee olhou para a urna sobre a cornija. Ela não queria as cinzas por perto como uma lembrança constante da Tragédia. Ela tinha lembranças suficientes dentro dela.

Ela esperara que Jacob se recompusesse e passasse pelo processo de sofrimento, decidisse com ela o que fariam com as cinzas. Já tinham se passado dois meses e ele ainda se recusava a ter contato com ela. — Eu quero que Jake seja feliz. É só o que me resta, Kim.

— Seus pais já foram embora?

— Sim, na semana passada. Papai não está muito bem. Disse que agora não tem mais netos para mimar. Mamãe ajudou, mas não posso conversar com ela sobre as coisas mais sérias.

— Bem, estou aqui para quando precisar de mim.

Renee sentiu um nó na garganta e as lágrimas escorreram sem aviso. Ela colocou um dedo por trás dos óculos e limpou os cílios. — Não consigo continuar por muito mais tempo. Quero Jake.

— Ele não ficou estranho depois de Christine?

O peito de Renee ficou apertado. — Sim, ele se ausentou totalmente. Mas eu estava tão concentrada em Mattie que nem notei direito.

— Ele vai resolver tudo logo, logo. Ele verá o quanto precisa de você. Você sabe o que eu sempre digo sobre os homens.

Renee soltou um som que era meio soluço, meio risada. — Eles não podem ver a luz porque as cabeças estão sempre enfiadas na bunda.

— Enquanto isso, você precisa investir esse dinheiro. O que está feito, está feito, mas você ainda precisa viver.

— É, acho que sim.

— É o que Mattie iria querer.

— Claro.

— E, se o pior acontecer, você sempre pode chutar Jacob e vir morar comigo.

— Você não é meu tipo. É muito estável emocionalmente e sua casa é muito bagunçada.

— É, esse sempre foi o meu problema.

Uma sombra interrompeu a luz do sol que atravessava as cortinas. Alguém estava do lado de fora da porta. O apartamento dela, como todos os outros em Ivy Terrace, tinha uma entrada privativa. Os andares superiores tinham escadas compartilhadas, mas cada uma tinha a própria varanda. Ela esperou uma batida, que não aconteceu. Devia ter sido um entregador perdido.

— Preciso voltar ao trabalho — disse Kim, trazendo Renee de volta ao telefone.

— As coisas estão agitadas no laboratório?

— Você sabe como é o sangue. Parece que as pessoas não podem viver sem ele.

— Ok, obrigada por me deixar choramingar.

— Renee?

— Sim?

— Detesto dizer isso, mas você ganhou um milhão da forma mais difícil.

— Eu pagaria cem vezes esse valor para ter Mattie de volta.

— Eu sei. Parece um pouco estranho, só isso. Como um brilho prateado em uma nuvem negra.

— É. — Ela não queria começar a chorar novamente. — Ah, tem uma coisa que eu queria perguntar, já que está aqui há bastante tempo. Você sabe alguma coisa sobre Joshua Wells?

— O irmão da Jacob? Não estou aqui há muito mais tempo do que você. Ouvi algumas histórias, mas parece que ele saiu da cidade há muitos anos.

— Que tipo de história?

— O normal, coisas de moleque rico perturbado. Vandalismo, furto em lojas, drogas, prostitutas. Jacob nunca contou a você?

— Eu acho que ele tinha vergonha. Ele sempre falava sobre ficar à altura do nome Wells.

— Consiga ajuda para aquele homem. Ajuda para vocês dois. Agora preciso correr. Tenho um O positivo aqui implorando para que o teste de HIV dê negativo.

— Tchau, Kim. — Ela desligou e olhou para a janela novamente.

A sombra estava de volta. As madeiras da varanda rangeram com os passos. Ela ficou imaginando se era Davidson bisbilhotando. Ela estava prestes a ir até a porta quando o telefone tocou.

Ela olhou da porta para o telefone. Ivy Terrace era um lugar de classe alta, seguro. E ela tinha trancado a porta. Ela sempre trancava a porta. Era Jake que não tinha cuidado com essas coisas, como deixar a porta de vidro aberta na noite do incêndio—

Ela pegou o telefone. — Alô?

A linha chiou vazia. Quatro segundos se passaram.

— Kim? — Perguntou ela.

— Sou eu.

— Jake! Estive morrendo de preocupação! Onde está você?

— No lugar aonde eu disse que nunca iria.

— O quê? Sua voz está terrível. Está gripado?

— Tenho outro presente para você.

— Não quero um presente. Quero que fale comigo.

A voz de Jacob ficou mais distante. — Entrega especial.

Ele falou alguma outra coisa que ela não conseguiu ouvir, pois um carro com silencioso estourado passou no estacionamento do lado de fora.

— Jake, precisamos de ajuda. Precisamos resolver as coisas. Sobre o dinheiro e sobre nós.

— Mattie — disse ele.

— Sim, isso também. Precisamos devolvê-la à terra. É algo que devemos fazer juntos, não importa como se sinta sobre mim.

— Minha filha.

— Minha também.

— Eu não sabia.

— Jake, você está bem? Por favor, não me diga que ainda está bebendo. Você sabe o que o estresse faz com você.

— A porta — disse ele, e a linha ficou muda.

Era ele quem estivera do lado de fora da porta? O sinal do telefone estivera claro e estável, não flutuando como a maioria dos sinais sem fio faziam nas montanhas. Havia um orelhão na lavanderia do apartamento, mas quem estava na porta não teria tido tempo de chegar até ele entre o momento em que ela viu a sombra e atendeu o telefone.

Renee penteou o cabelo e pegou a bolsa. Depois do que Kim dissera sobre Joshua Wells, ela planejava ir ao departamento de polícia de Kingsboro e verificar a ficha criminal dele. Ela ouvira pessoas que moravam ali há muito tempo mencioná-lo de vez em quando, mas não sabia quase nada sobre ele, exceto que havia saído da cidade logo depois da morte de mãe. Joshua nem mesmo estivera presente na leitura do testamento de Warren Wells. É claro, Jacob já recebera o dinheiro todo, então ela não podia culpá-lo.

Ela abriu a porta e estava pegando os óculos escuros quando o pacote caiu a seus pés. Ele devia estar encostado contra a porta. Ela uma caixa de papelão simples, mais ou menos do tamanho de um pacote de biscoitos. Ela foi até o parapeito da sacada e olhou para os lados, esperando ver uma van da UPS ou do FedEx. O estacionamento estava quase vazio, a maioria dos moradores trabalhando ou passeando. Ela pegou o pacote. Não tinha etiqueta. A caixa era leve, quase parecia vazia. Ela a levou para a mesa estreita da cozinha, pegou um facão e cortou a fita entre as duas dobras de cima do papelão.

Ao abrir a caixa, o odor de carvão velho assaltou suas narinas. Dentro havia um pedaço manchado de pano branco. Ela o tocou e, então, reconheceu o laço de brocado em torno do pescoço pequeno. Era o vestido que Mattie usara na primeira comunhão.

Ela puxou o vestido para fora, derrubando a caixa no chão com o movimento. O vestido era de seda e a parte de baixo havia queimado. Uma manga tinha sido rasgada e um rasgão preto corria pelas costas curtas. Apesar do estrago no vestido, ele evocou uma imagem de uma Mattie beatífica curvando-se diante do Padre Rose, aceitando a hóstia e colocando-a entre os lábios.

— Matilda Suzanne — Renee sussurrou, pressionando a roupa contra a bochecha. — Ah, meu bebê.

Elas haviam escolhido o vestido juntas, Mattie insistindo em um "vestido de garota crescida", não aqueles simples com um laço amarrado nas costas. Ela usara meias brancas e sapatos pretos com uma alça só e um salto bem baixinho. O cabelo tinha sido preso para trás, com grampos brancos esmaltados no formato de pombos. Apesar de ser o grande dia da irmã, Christine também usara um pequeno vestido branco, adornado com contas brancas na parte da frente.

A memória dominou Renee de tal forma que ela não sabia quanto tempo ficara parada lá, balançando para a frente e para trás, o fedor nauseante do tecido queimado em suas narinas. Depois de algum tempo, o vestido pesou em suas mãos, uma relíquia estimada e desprezada. Ele devia ter queimado no incêndio. Ela rezou para conseguir entender, tinha aceitado a perda como um dos feitos misteriosos de Deus e tinha feito com que a alma esquecesse o passado. E eis que entrara esse pedaço de um passado miserável de volta em sua vida.

Não, Deus não tinha entregue isso. Jacob tinha.

O telefonema, as frases enigmáticas, a voz zombeteira, quase como se a estivesse culpando. Escárnio. Tortura.

Não era ele mesmo. A descoberta partiu o coração dela novamente. Ela havia prometido ser forte por ele, trazê-lo de volta do abismo onde o fracasso o jogara. Mas como ela poderia resgatá-lo se não sabia quem ele era? Como ela poderia salvá-lo, quando toda a energia era necessária para salvar a si mesma?

Jacob devia ter visitado os destroços queimados da casa. Talvez o vestido de Mattie tivesse ficado preso em alguma corrente de ar e voado para longe das chamas, até as árvores. Com toda a comoção e a atividade, ninguém teria notado nem reconhecido seu significado. Mas Jacob sabia. Ele fora à comunhão, uma de suas raras visitas à igreja de St. Mary.

O vestido tinha deixado cair pedacinhos de pano queimado no chão. Renee colocou a roupa sobre a mesa e ajoelhou-se para juntar os pedaços. Quando ela tocou nos pedaços, eles se desfizeram em pedaços menores. Eles desintegravam-se enquanto ela tentava juntá-los e o desespero de pegar os pedacinhos só fazia com que eles se desintegrassem mais rapidamente.

Ela desistiu e lavou as mãos na pia da cozinha. Os pedacinhos pretos desceram pelo ralo, perdidos para sempre, desaparecidos em algum lugar escuro de decomposição e deterioração.

Talvez Jacob estivesse se desintegrando da mesma forma. Ela não podia deixar que isso acontecesse. Renee secou as mãos, pegou a bolsa e saiu para a luz do sol. O vento nos pinheiros brancos levou embora o cheiro de queimado e sua cabeça havia clareado quando ela chegou ao carro.

O departamento de polícia ficava atrás do tribunal do Condado de Fuller em Kingsboro, na parte antiga do centro que prosperara antes que cadeias de restaurantes e grandes varejistas empurrassem a maioria dos lojistas para as ruas principais. A chefe do departamento de registros era uma mulher austera, com óculos tão grossos quanto os de Renee, e cujo cabelo prateado sugeria que ela havia sido contratada bem antes do advento dos computadores. Renee bateu no vidro à prova de balas até que a mulher levantou a cabeça da mesa, os lábios apertados como se ela tivesse acabado de chupar a fatia de limão da xícara de chá à sua frente. A mulher empurrou a cadeira para trás, as molas reclamando, e caminhou até o vidro.

Renee pressionou um botão e falou no microfone instalado na beira do vidro. — Olá, senhora, estou atrás dos registros que você tenha sobre Joshua Wells.

— Joshua Wells? — A mulher inclinou a cabeça para trás e olhou para Renee como se estivesse analisando um inseto. O alto-falante a fez soar como se estivesse esperando um pedido atrás do vidro de uma lanchonete drive-thru.

— Sim, senhora.

Renee achou que a mulher fosse perguntar por que ela queria os registros, mas ela disse: — Tem algum nome do meio?

Por um momento, Renee achou que a mulher estava falando de seu próprio nome, mas depois se deu conta de que mesmo uma cidade pequena como Kingsboro poderia ter vários Joshua Wells. — Não, sinto muito. Pode me dar todos eles?

A mulher fez um movimento como se estivesse mascando algo e disse: — É registro público. Basta pagar as taxas.

A mulher apontou para um aviso na parede, perdido entre um amontoado de pôsteres "Mais procurados", lembretes de reuniões e códigos de comunicação. Pesquisas custavam cinco dólares e cópias cinquenta centavos cada.

— Tudo bem — disse Renee.

— Vai demorar um minuto. É Wells, W-E-L-L-S, certo?

— Sim, como Warren Wells.

— Ah, sim, "Joshua" era o nome do filho dele, não era? Um deles, pelo menos.

Renee assentiu. A mulher foi até um computador e digitou o nome sem se sentar. Ela fez uma careta para a tela e logo voltou para a janela. — Não há nenhum.

— Deve ser um engano. Eu sei que ele foi acusado de vários crimes.

— Pode ter alguns motivos — disse a mulher. — Talvez um juiz tenha ordenado a extinção dos registros, ou talvez eles tenham sido lacrados, se ele era menor de idade no momento do crime.

— Qual a idade para ser julgado como adulto?

— Depende. Para a maioria dos crimes, dezesseis.

— Ok. Desculpe-me o incômodo.

Então, ou Kim estava errada, ou os crimes de Joshua aconteceram no começo da adolescência. Renee pagou com uma nota de vinte e recusou o recibo. Enquanto a mulher pegava o troco, Renee pressionou o botão e perguntou: — Você conheceu Joshua pessoalmente?

A mulher balançou a cabeça, experiente em desviar-se de tentativas de obtenção de informações pessoais. — Não. Ele apareceu nos jornais algumas vezes, por causa de esportes e coisas. Ele era um jogador importante antes de abandonar a escola. Ouvi dizer que ele foi embora depois disso.

Jornais. Ela decidiu que a próxima parada seria a biblioteca, onde poderia olhar os arquivos em microfilme do

Kingsboro Times-Herald. Pelo menos, ela conseguiria colocar um rosto naquele nome e começar a preencher o quebra-cabeça. Ela vira uma fotografia dele na casa dos Wells quando fora jantar lá antes do casamento, mas os dois garotos eram adolescentes na época. Gêmeos idênticos frequentemente desenvolvem características faciais diferentes no decorrer do tempo.

Ela estava quase na porta quando outro pensamento surgiu. Ela sabia pouco sobre o passado de Jacob. Suas perguntas haviam batido em uma parede sólida, sem fresta alguma. Claro, ela sabia que Warren Wells ganhara milhões no setor imobiliário, que a mãe dele tinha morrido em uma queda trágica e que Jacob não gostava dos pais. Mas ele nunca falara sobre o passado e não deixara rastros por escrito. Ele nem mesmo tinha um livro do ano da escola.

Ela voltou ao vidro. A mulher tinha acabado de sentar-se na mesa novamente. Em vez de esperar que a mulher voltasse à janela, Renee pressionou o botão e pediu uma pesquisa sobre Jacob Wells.

Os olhos da funcionária estreitaram-se. — Você é jornalista?

— Não, apenas uma cidadã.

— Ele fez muito por essa cidade. Lembre-se disso.

Como Renee poderia esquecer?

A mulher tomou um gole de chá enquanto digitava no teclado. Ela apertou os olhos para olhar para a tela e a impressora, em um balcão ao lado da mesa, começou a cuspir papel. Ela trouxe a pilha de papéis até a janela e deslizou-a pelo buraco. — São mais oito dólares.

Renee pagou e folheou os papéis, o coração batendo com força. Os nomes na linha "suspeito" dos relatórios dizia "Jacob Warren Wells". O *seu* Jacob.

Vandalismo no estacionamento do colégio, o suspeito

supostamente arranhou a pintura de uma série de veículos com um conjunto de chaves. Incêndio criminoso, o suspeito supostamente incendiou algumas caixas dentro de um hotel durante uma convenção de Natal dos plantadores de árvores. Delito leve, furto em loja e posse de álcool por menor de idade, o suspeito supostamente roubou duas garrafas de vinho de uma loja de conveniência. Delito leve, posse de substância controlada, o suspeito supostamente foi pego fumando maconha sob as arquibancadas do estádio do colégio. Obstrução da lei, o suspeito supostamente entregou a carteira de motorista do irmão durante uma fiscalização de trânsito, tentando lograr o policial.

Incêndio criminoso novamente, desta vez em um canteiro de obras de um prédio sendo construído por Warren Wells. As acusações foram retiradas quando o fogo foi atribuído a "causas acidentais".

O último relatório de prisão era o mais incrível, o mais difícil de imaginar. Crueldade com animais, o suspeito supostamente sufocou um gato prendendo-o dentro de um saco plástico.

— Era esse que você estava procurando? — Perguntou a mulher, observando-a.

Renee balançou a cabeça. Esse deve ser outro Jacob Warren Wells. Mas o endereço listado nos relatórios era 121 White River Road, o mesmo que Jacob usara nas poucas vezes que enviara cartões pelo correio na época da faculdade.

— Esse é o outro gêmeo Wells, não é? — Perguntou a mulher. — Aquele que perdeu a filha no incêndio?

— Deve ser um engano. — Ela não pressionou o botão do microfone, mas a mulher estava próxima o suficiente para escutar pelo buraco.

A mulher afastou-se do vidro como se estivesse ofendida.

— Não somos perfeitos aqui, mas não erramos tanto assim.

— Jacob e Joshua — disse Renee, os papéis parecendo um pacote tóxico nas mãos.

— Você sabe o que dizem sobre gêmeos — disse a mulher, falando informalmente pela primeira vez, os olhos como besouros úmidos atrás dos óculos. — Um deles sempre é mau.

Renee pegou o troco e saiu para um mundo cujo sol era brilhante demais para permitir que coisas negras se escondessem.

CAPÍTULO 7

— Eu simpatizo com seu problema, Jacob. De verdade. Se tivesse um jeito, eu o faria por você em um piscar de olhos. As palavras foram ditas com uma precisão treinada. Rayburn Jones encostou as mãos uma na outra e reclinou-se na cadeira de couro, os olhos parecendo gotas de óleo, a careca brilhando sob as luzes fluorescentes. O monitor do computador à esquerda de Jones tinha um protetor de tela no qual peixes coloridos passeavam sem medo de predadores. O tampo de madeira da mesa parecia a superfície de um lago escuro e parado. O escritório poderia muito bem servir como peça de museu para a subespécie conhecida como "analista de seguros".

— Eu não entendo. — Jacob passou a mão na barba por fazer. Ele podia sentir o odor do próprio suor.

— Receio que não podemos liberar mais nenhuma soma até que o caso esteja resolvido. Você sabe como é. Essas coisas voltam para as seguradoras, elas farejam algo de errado e acabam com o fluxo de dinheiro.

— Aquela maldita chefe dos bombeiros—

— Tenho certeza de que você sabe que, sempre que há a menor dúvida, temos que ter um pouco mais de cuidado. — Jones inclinou-se para a frente. — Não leve para o lado pessoal, Jacob. Ninguém está dizendo que o incêndio foi deliberadamente provocado. Mas a papelada tem que sair limpa.

A respiração de Jacob estava rápida, o ar na sala subitamente rarefeito. O sangue subiu ao seu rosto. A perna doía. Ele falou por entre os dentes cerrados. — Minha filha morreu naquele incêndio.

Jones olhou de relance para um retrato de família emoldurado que mostrava suas três filhas com cachos, fitas e sorrisos. — Eu entendo a profundidade de sua tragédia, Jacob. Minha Anne era do time de futebol de Mattie, lembra? Nem consigo começar a imaginar pelo que você está passando.

O tom constante de Jones era enfurecedor. Jacob colocou uma mão trêmula no bolso, tocou o frasco de metal frio. Se pelo menos ele pudesse tomar um gole, conseguiria lidar com isso. — Falei com a chefe dos bombeiros. Ela disse que havia algumas coisas a investigar, mas nada que faria com que ligasse para a Agência de Investigações Estadual.

— Ela ainda não preencheu o relatório final e já se passaram quase três meses. Receio que não possa desembolsar mais nada até que a determinação oficial seja feita. Sua esposa recebeu o acordo de curto prazo para cobrir despesas temporárias, mas é só o que podemos fazer por enquanto. Acredite, assim que eu receber o sinal verde da empresa, entregarei o cheque a você pessoalmente.

Jacob não disse a Jones que só vira Renee uma vez desde que saíra do hospital. Aquele encontro tinha sido um acidente. Ele estava no banco, retirando cem dólares da conta conjunta deles, quando o caixa fez um sinal para o gerente. Renee estava em um escritório no andar de cima, que era aberto para o saguão do banco, falando com alguém com um terno que parecia estalar tanto quanto notas novas. Ela viu Jacob pelas paredes de vidro e falou seu nome. Depois, correu para a porta do escritório e desceu a escada.

Ele saiu antes que ela pudesse alcançá-lo. Os arbustos e as cercas-vivas viraram seus aliados, seu ambiente natural, e ele moveu-se entre eles até que estava a vários prédios de distância do banco. Ela finalmente desistiu da busca. Ele esperou até que ela terminasse o que tinha que fazer e observou-a enquanto ia embora no carro. Jacob pagou as despesas daquele dia, a bebida e um quarto de hotel, com o cartão de crédito, em vez de dinheiro vivo. O sucesso anterior tinha dado a ele um benefício claro na nova vida: ele tinha um limite de 50 mil dólares em seu VISA Platinum.

— A casa estava avaliada em 750 mil dólares — disse Jacob. — Muito trabalho em madeira personalizado. E o conteúdo estava assegurado em mais 250 mil.

— Por favor, Jacob. Nós nos conhecemos há muito tempo. Não torne as coisas mais difíceis do que já são.

— Elas não são nem um pouco difíceis. Você enterra seus filhos e pronto. Chega de chorar sobre o leite derramado. Dobre a barraca e siga a vida.

— Jacob.

Jacob pressionou os punhos fechados contra a tampa da mesa polida de Jones. — Você apertou minha mão naqueles jantares da Câmara, ajeitou a papelada para que minhas construções estivessem cobertas, cobriu minhas apólices pontualmente. Agora que preciso de você, você se transformou em uma maldita máquina.

— Confira sua apólice. Ninguém o está acusando de negligência, mas o incêndio pode ter inúmeras causas, algumas delas que podem não estar cobertas. E, se você não se importar com um pequeno conselho de um amigo, pare de beber. Isso não está ajudando. Se a seguradora enviar alguns investigadores, essa é a primeira coisa sobre a qual eles saltarão.

Jacob levantou-se e esticou o braço para a caixinha de cartões de visita entalhada, de onde saíam duas canetas de latão. Ele tirou a tampa de uma delas e apontou-a para Jones. — Nunca mais vou escrever nenhum maldito cheque para você.

Jones levantou-se também, um metro e noventa e 25 quilos

a mais que Jacob. — Eu conheci seu pai, Jacob. Um bom homem. Vejo um pouco dele em você. Eu vi você chegar e colocar o pé na porta, e estava pronto para fazer alguma coisa com sua vida. Você não sabe como ele ficou orgulhoso quando descobriu que você queria assumir os negócios. Mas isso está se perdendo na confusão que está fazendo.

Papai. Era a última pessoa em quem Jacob queria pensar. Papai era feito de pano republicano sólido, tão sentimental quanto um tijolo. Jacob sempre quisera ser melhor do que ele de alguma forma, seja espiritual ou psicológica, mas, em vez disso, terminara competindo com a memória do velho no setor de comércio, onde o jogo sempre favorecia os sociopatas e os que não têm imaginação. Sempre que Jacob via-se no espelho, ele via o velho desgraçado olhando de volta.

E Joshua. Exceto que Joshua sempre tinha um sorriso malicioso.

Mas ele não conseguia juntar mais raiva, não contra Papai, nem contra Joshua e nem contra Rayburn Jones. Seu coração, o pedacinho que ainda não estava completamente morto, ainda estava preenchido por Mattie. Ele nutria a dor e deixava que ela o sustentasse no vazio escuro de sua alma. A dor era uma fornalha que consumia o álcool, a ambição e até mesmo a raiva. A dor era seu conforto, o sofrimento era uma bênção pervertida que o arrastava dia após dia, sua companheira mais próxima.

Ele sentiu-se com cem anos. Ele perdera tudo e somente o dinheiro o faria sentir-se melhor. Somente o dinheiro poderia fazer com que o problema sumisse. — Sinto muito, Ray. Não consigo mais pensar direito.

Jones contornou a mesa e colocou uma mão no ombro de Jacob. Era um gesto condescendente, mas também o primeiro contato humano que Jacob tivera desde que saíra do hospital, sem contar o toque do garçom ao devolver o troco.

— Faça um favor a si mesmo, Jacob. Consiga ajuda. Vá ver alguém. — Jones olhou pela porta do escritório para ter certeza de que nenhum dos outros agentes estava espiando. — É difícil como o diabo quando você é um homem. Ninguém o deixa chorar, e você não se deixa fazê-lo quando está sozinho. — Ela era tudo o que eu tinha, Ray. — Jacob engoliu um soluço, sabendo que soaria como um bêbado balbuciante caso se deixasse desmoronar.

Rayburn Jones deu-lhe um tapinha nas costas, frio e másculo. — Não. Você tem Renee e tem o resto de sua vida. O que Mattie pensaria se o visse desse jeito?

Jacob levantou os olhos em direção ao céu. No borrão das lágrimas, as placas do teto poderiam muito bem ser o algodão branco e espesso das nuvens sagradas. Mas ele não conseguia ver o rosto de Mattie. Se ela estava lá em cima, estava tão distante dele como nunca.

Ela não podia perdoá-lo porque não estava mais aqui.

A raiva acabou com as lágrimas. — Lamento por minha explosão, Ray. Eu sei que não é sua culpa. Você tem que seguir os procedimentos.

Jones deu um sorriso rígido. — Segure as pontas. Você tem algumas economias, não tem?

— Sim. Obrigado, Ray. Voltarei em breve. — Jacob não ia contar a ele sobre a apólice de um milhão de dólares de Mattie, oitocentos mil deles por morte acidental. A apólice fora feita em nome de Renee com outro agente de seguros. Ele não sabia se ela já tinha pedido o resgate. A filosofia financeira dos Wells fora a de ter todas as construções e propriedades avaliadas com o maior valor possível, obter o máximo possível de empréstimos permitido pelos bancos usando-as como garantias e fazer apólices com valores altos para tudo.

Como Rayburn Jones uma vez dissera a Jacob, você não compra um seguro porque espera resgatá-lo. Você certamente não apostava a vida de seus entes queridos. Mas na amortização final das coisas, a tragédia era somente mais um investimento inteligente. A jogada segura.

Agentes de seguros e agentes funerários tinham seu quinhão. Policiais, bombeiros e motoristas de ambulância recebiam os contracheques, sem importar se você sobrevivia ou morria. Os hospitais permaneciam funcionando ao superfaturar aqueles com grandes coberturas médicas, mesmo dos pacientes no leito de morte, para que os pobres pudessem morrer ao lado dos ricos. As igrejas coletavam as dívidas do pecado, pelo menos daqueles cuja culpa os compelia a pagar o dízimo. O sistema funcionava.

Jacob virou-se para ir embora, preparando-se para a caminhada exposta ao atravessar o escritório principal. Antes do incêndio, ele caminhara entre aquelas mesas com a cabeça erguida, um sorriso para as moças, um aperto de mão para os homens. Ele fora um Wells, um Alguém, um pilar da comunidade. Agora ele era só mais um objeto de pena. Eles evitaram os olhos um do outro.

E eles nem sabiam ainda do pior. Eles não o viram agachado no arbusto de Ivy Terrace, uma folha de plástico de construção amarrada sobre a cabeça como um teto, um punhado de cobertores como cama. Ele bebia uma garrafa de cada vez, então o lixo não amontoava, mas as embalagens de salsicha, sardinhas e biscoitos recheados haviam deixado seus ossos prateados em torno dele, além de ter estragado sua digestão. Sua vista do mundo não era de uma torre de marfim panorâmica, mas de uma abertura estreita nas folhas que deixavam que ele observasse a porta do apartamento da esposa.

Não era só uma questão de perspectiva. Era ponto de vista. Ele estava no ponto errado.

De volta ao sol do estacionamento, Jacob olhou para as

vastas montanhas verdes que envolviam Kingsboro. Os topos das casas estavam espalhados por entre os aclives e umas poucas exibições exageradas de sucesso surgiam sob a linha das árvores. Ele nunca culpara ninguém por construir prédios altos e as vistas permitiam que os corretores cobrassem preços ultrajantes. O próprio Jacob havia criado algumas subdivisões para chalés, algumas das quais levaram à morte de centenas de árvores antigas. O dinheiro não crescia em árvores, mas o papel vinha delas e dinheiro era impresso em papel. Essa progressão, em algum momento, parecera lógica.

Em vez de correr pela floresta gritando a plenos pulmões, ele tivera que caminhar com dignidade fingida alguns quarteirões até o consultório do psicólogo. Ele sabia que deveria trocar pelo menos o casaco. Ele dormira com a mesma camisa três noites seguidas e o colarinho branco tinha adquirido um tom sujo de marfim. Os sapatos estavam gastos e enlameados. A roupa estava totalmente errada para o que ele tinha que fazer. Mas ele não tinha energia para tomar banho e fazer a barba, e a maioria de suas roupas fora queimada no incêndio. A roupa de magnata imobiliário que ele usara virara fumaça, misturada com a fiação elétrica derretida e as cinzas do carpete, entrelaçada com a alma de sua filha morta.

Se pelo menos ele não tivesse parado no escritório da M & W no meio da noite, bêbado e procurando dinheiro. Ele limpara a gaveta do caixa pequeno, olhara as cartas e encontrara o bilhete dela:

"Encontre-me em Total Wellness às 15h00 na quarta. Por favor. Eu amo você. Renee."

Era uma perda de tempo e ele não queria expor a dor deles para um estranho. Ele tivera psicólogos o suficiente quando era adolescente. Mas ele devia algo a ela. Ele não tinha certeza do que, mas, se desse a ela uma hora, talvez ela calasse a boca e o deixasse em paz. Ela usara artilharia pesada, a mentira mais corajosa ou a verdade mais patética: "Eu amo você".

Total Wellness era um prédio de dois andares na estrada de um parque comercial. Ele combinava uma creche, um centro de reabilitação de drogados e atendimento de psicólogos, e era subsidiado por vários fundos do governo. O setor de assistência médica comportamental havia estourado com os tempos de estresse cada vez maior. O prédio tinha tijolos brilhantes e colunas pintadas, o sol e as nuvens refletindo nas janelas. Jacob cortou caminho pela grama, não era mais um homem de calçadas e outros caminhos convencionais.

Gritos vinham do parquinho da creche. Jacob não conseguia imaginar um som pior. As risadas estridentes eram como vidro quebrado em seus ouvidos. Como aquelas crianças ousavam ser felizes e saudáveis quando todos os amanhãs haviam sido negados a Mattie e a Christine? Do outro lado da cerca branca, ele podia ver os balanços, os cabelos emaranhados e os rostos sujos e pálidos.

Ele parou, os pulmões parecendo petrificados.

Mattie estava parada atrás da cerca, o braço entre as ripas altas. A mão dela, virada para cima, estava fechada em um pequeno punho.

Os dedos lentamente se abriram e a cinza escura caiu da palma da mão.

Jacob cambaleou, o céu girou e ele encontrou-se sobre as mãos e os joelhos, o rosto pressionado contra a grama. O vômito explodiu de suas entranhas, rasgando o caminho pela garganta e deixando a cavidade nasal ardendo. Lágrimas encheram-lhe os olhos enquanto ele tossia e cuspia os restos de bebida não digerida e bile. Ele limpou a boca com a manga e olhou novamente para a cerca.

Mattie se fora. Uma bola vermelha flutuou por sobre a

cerca do parquinho, pairou por um momento no ápice da trajetória e caiu, como se a gravidade não suportasse vê-la no alto. As risadas continuaram, um supervisor adulto gritou e uma das crianças começou a chorar. Alguém observava Jacob de uma janela e ele forçou-se a levantar e encaminhar-se para o centro de aconselhamento.

Pensariam que ele era apenas mais um bêbado comparecendo a uma visita ordenada pelo tribunal. O disfarce cabia bem demais. Ele engoliu e o ácido queimou o caminho de volta até o estômago. Uma bebida ajudaria, mas ele estava desidratado e sabia que a bebida não ficaria quieta. Jacob cambaleou pelas portas duplas.

Uma mulher com um rosto aflito abriu uma janela de vidro no balcão e fungou como uma ratazana. — Posso ajudá-lo, senhor?

Ajudar. Essa era boa. — Tenho uma consulta.

— Com quem? — Ela folheou um caderno. — Ou está procurando o AA? Fica na sala 117, à esquerda no final do corredor.

— Não estou em condições de parar — disse ele. — É com Rheinsfeldt.

— Ah. — A funcionária verificou o livro. — Desculpe-me, Sr. Wells. Não o reconheci.

Jacob tinha certeza de que nunca encontrara a mulher antes. Mas a fotografia dele estava nos arquivos do jornal local e, entre a Câmara de Comércio e o Clube Kiwanis, ele aparecia nas páginas do jornal pelo menos duas vezes por ano. Seus projetos de desenvolvimento frequentemente eram levados a diversos conselhos de planejamento, algumas vezes causando oposição das vizinhanças onde as máquinas da M & W perturbavam o sono matinal e a personalidade residencial. E, claro, o incêndio fora manchete de primeira página.

Ele passou a língua pelos lábios rachados. — A Sra. Wells

já chegou?

— Não, senhor, mas, se quiser sentar-se, avisarei à Dr. Rheinsfeldt que está aqui.

— Está tudo bem, eu mesmo avisarei. — Jacob abriu a porta que levava aos consultórios particulares, sentindo o olhar da recepcionista em suas costas. Ele queria chegar cedo à consulta e conversar com a médica por alguns minutos, para que Renee entrasse pela porta já na defensiva. Jacob aprendera com experiências passadas que os psicólogos orbitavam naturalmente em volta do lado que mais parecia necessitado de "cura".

Jacob leu os nomes nas portas ao andar pelo corredor. Uma equipe de almas sábias e caridosas sentavam-se atrás daquelas portas, com cadeiras de couro, computadores e fileiras de livros nas prateleiras. As cabeças eram cheias de perguntas e eles se iludiam achando que serviam a um propósito nobre. Sua carne era fúria e dor, sua bebida era a pena disfarçada de simpatia. Todos tinham a fome crua de vampiros e uma consciência moral um pouco inferior.

Os pacientes talvez fossem mais cúmplices ainda no ciclo da dependência mútua. Eles sentavam-se, choravam, compartilhavam problemas pessoais que seriam dignos de risadas se fossem exibidos em um programa cômico de TV. A melhor parte é que só precisavam expor suas almas por uma hora e depois podiam voltar à luz do sol acreditando que tinham se livrado de uma pele problemática. Eles podiam fingir que estavam um passo mais próximo de serem um todo, mas Jacob sabia que o todo era sempre menor do que a soma das partes.

Porque, aonde ele ia, Joshua também ia.

Ele tomou um pouco de água no bebedouro do corredor, sentou-se na sala de espera e bebeu o máximo de uísque que o estômago aguentou. Ele lavou a boca e jogou água no rosto.

Um rosto tenso e pálido o encarou no espelho. Com os olhos vermelhos e as pálpebras inchadas, ele poderia facilmente passar por alguém que tinha chorado. Se você quisesse vender em uma sessão conjunta, lágrimas imaginadas valiam mais pontos do que revelações honestas do fundo da alma. Ele sabia. Ele vencera todas as sessões de aconselhamento quando era criança.

O consultório da Dr. Rheinsfeldt era o último do lado esquerdo. A porta estava aberta. Rheinsfeldt era uma caricatura encolhida de mulher, o cabelo tão rebelde e cheio de tufos quanto o de Einstein. Ela fingiu não vê-lo, como se desse a ele uma oportunidade de avaliar a sala. *Deixe o rato cheirar o queijo antes de enviá-lo em uma corrida pelo labirinto*, pensou Jacob.

Revistas estavam espalhadas a esmo na mesa de café, no centro da sala, coisas inteligentes: *Science News, Consumer Reports, Smithsonian*. Um cinzeiro de vidro impecavelmente limpo estava sobre uma delas, um cigarro apagado repousando em um dos sulcos. Uma única prateleira na parede curvava-se sob o peso de livros grossos. Os livros empoeirados pareciam não terem sido tocados desde a época de Jung.

Rheinsfeldt fechou a revista que estivera lendo, desdobrou as pernas borrachudas de sob o corpo e esticou a mão para pegar um cigarro. Ela o colocou na boca e falou: — Você deve ser Jacob Wells.

Jacob olhou para o corredor atrás de si. — Ah, você está falando comigo.

— Um senso do absurdo. Gosto disso. Entre e sente-se.

A sala tinha duas cadeiras e um sofá pequeno, arrumados em triângulo. Esse era o primeiro e mais óbvio teste. Rheinsfeldt o colocaria como um pino em um certo formado de buraco dependendo de onde se sentasse. Se ele escolhesse a cadeira ao lado da dela, isso refletiria urgência e desespero, o desejo de ter um aliado. Por outro lado, se ele se sentasse no sofá, talvez Renee tivesse que sentar ao lado dele para mostrar apoio matrimonial. Ele decidiu pela terceira alternativa, o meio do sofá, que não deixava espaço para Renee em nenhum dos dois lados. Quando ele sentou-se, os olhos escuros de Rheinsfeldt brilharam com satisfação, como se ela tivesse suspeitado de tal movimento desde o início.

— A maioria dos casais chega para as sessões de aconselhamento juntos — disse Rheinsfeldt, removendo o cigarro não aceso da boca e colocando-o na bolsa.

— Renee acredita em pontualidade. Eu acredito em chegar cedo.

— Ah. Todos os relacionamentos são construídos sobre conflitos. Por que o casamento seria diferente?

— Você já foi casada?

— O que, está maluco?

— Então por que deveríamos escutar qualquer coisa que tenha a dizer?

— Porque, Jacob, eu não posso dizer nada a vocês. Só posso ajudá-los a escutarem um ao outro.

Jacob olhou para as paredes. O olhar de Rheinsfeldt era como uma centena de agulhas tentando prendê-lo em um painel de cortiça. Ele olhou pela janela, mas ela era pequena e revelava somente um quadrado de azul entediante. As paredes e o teto da sala pareceram fechar-se sobre ele como um compactador de lixo e ele fechou os olhos.

A entrada de Renee foi anunciada pelo condicionador capilar, uma marca de menta que antigamente despertava sentimentos eróticos instantâneos em Jacob. Agora, era o fedor do fracasso, tão repugnante quanto fumaça de madeira. Ele forçou-se a olhar para ela, sabendo que aqueles olhos verdes o fariam lembrar-se de Mattie.

Ele se deu conta, horrorizado, de que não conseguia lembrar-se direito do resto do rosto de Mattie.

CAPÍTULO 8

Renee olhou em torno da sala para a arte incompreensível, para qualquer lugar que não fosse o rosto de Jacob. Ela não conseguia decidir se o gosto da Dr. Rheinsfeldt para decoração interior era pessoal ou clínico. A mulher em si era encolhida, parecendo um sapo, os olhos escuros cheios de conselhos. Ela dava a impressão de alguém cujos relacionamentos interpessoais tinham sido dramáticos e breves.

— Por onde começar? — Perguntou Rheinsfeldt.

— Você deveria perguntar: "O que os traz aqui hoje?" — disse Jacob. Ele fedia a bebida e podridão azeda. — Eles não ensinaram isso na faculdade de psiquiatria?

— Não ligue para ele — disse Renee. Ela mal podia aguentar olhar para ele. Se aqueles relatórios policiais fossem verdade, ela não conhecia o homem com quem havia compartilhado os últimos dez anos de sua vida.

— Lá vamos nós novamente — disse ele.

— Ele andou bebendo — disse ela para Rheinsfeldt.

— Esteve bebendo, Jacob?

— Talvez. — Ele cruzou os braços e afundou no sofá.

— Muito bem, esse não é um programa de tratamento — disse Rheinsfeldt. — Você pode participar de um mais tarde, se precisar e se quiser. Agora, vamos começar um diálogo sobre essa outra coisa.

— A coisa — disse Renee. Reduzida a um único substantivo vago, A Tragédia parecia ter perdido a força. Ela tentou vê-los com os olhos de Rheinsfeldt: uma mulher frenética, com olhos selvagens e um homem bêbado, com a barba por fazer, usando roupas imundas. A mão direita de

Renee segurou a aliança, torcendo-a até que a junta do dedo ficasse vermelha.

— Eu li os jornais — disse Rheinsfeldt. — Todos ouviram falar da família Wells e do incêndio. Eu acho que é por onde devemos começar. É onde está a dor. A morte de um filho... Eu só posso imaginar.

— Não — disse Renee. — A dor começou antes disso.

— Então me conte.

— Não ouse — disse Jacob.

Renee forçou-se a olhar para ele. O maxilar dele tremia, as bochechas ainda cor-de-rosa onde a nova pele havia se formado. Ele parecia um alienígena, um boneco de Hollywood com um monte de massa nos ombros, pedras quebradas no lugar dos olhos. Ele passou a parte de trás da mão sobre os lábios e inclinou-se para a frente, como se quisesse falar antes dela o final de uma piada sem sentido.

— Ela sempre foi assim — ele deixou escapar.

— Sempre? — Perguntou Rheinsfeldt. — Quando foi isso?

— Quando começamos a sair — disse Renee. — Ele fingiu se abrir, mas sempre havia alguma coisa escondida. Ele nem mesmo me contou que sua família era rica, só depois de seis meses.

— Ela sempre esteve atrás do dinheiro — disse Jacob.

— Vê o que quero dizer? — Renee disse para Rheinsfeldt. — Como ele consegue falar sobre dinheiro quando nossas filhas estão mortas?

— Jacob? Essa parece uma observação bem condenatória.

— Eu assumo metade da culpa por Christine.

— Christine — disse Rheinsfeldt. — Foi no ano passado?

Renee abriu a bolsa e pegou alguns lenços, ignorando a caixa de Kleenex na beira da mesa. A caixa estava posicionada com perfeição demais, seu alinhamento calculado incompatível com o caos da sala. Ela retirou os óculos e limpou os olhos. — Christine era um bebê com síndrome de morte súbita infantil.

— Sinto muitíssimo. Como estava o casamento antes disso?

— Não era o céu, mas estávamos nos esforçando, pelo bem das crianças.

— Detesto dizer isso, mas esse não é o único motivo para fazer um casamento dar certo. Você não é só uma mãe, é também um ser humano, com desejos e necessidades próprios.

— Não sou mais uma mãe. — Renee sentiu a pressão familiar no peito, engoliu em seco e espremeu o lenço úmido.

— E ela sempre quer mais do que precisa — disse Jacob.

— Eu entendo sua raiva — disse Rheinsfeldt. — Você tem o direito de estar com raiva por tal perda.

— Jacob não tem sido ele mesmo ultimamente — Renee interrompeu, odiando-se por defendê-lo. — Ele estava sob muita pressão no trabalho. Jacob nunca falou muito sobre isso, mas o sócio dele me contou que a empresa estava com problemas com alguns fornecedores e—

— Você não sabe nada sobre desenvolvimento de terra — disse Jacob. — Só o que conhece é uma casa enorme cheia de aparelhos bacanas e catálogos de lojas caras.

— Vamos voltar para Christine — disse Rheinsfeldt. — Eu sei que vocês preferem não falar sobre isso, mas—

— Era uma terça-feira — disse Renee, e suas mãos ficaram geladas, apesar de a sala estar sufocante como um caixão no inferno. Jacob nunca a deixava falar sobre Christine e, apesar de ela e Kim terem chorado juntas uma dúzia de vezes mais tarde, ainda era doloroso botar tudo para fora, como se o ato de cuspir tudo psicologicamente fosse retirar o veneno do seu sistema. — Eu acabara de falar com minha mãe no telefone. Christine estava no quarto tirando o cochilo da tarde, ela parecia um relógio, cochilos às dez e às três. Eu estava fazendo uma sopa. Estava tentando economizar nessa época, achava que, com duas filhas, teríamos que gastar muito com universidade. A sopa estava fervendo—

— Ela me telefonara naquela manhã, só para me controlar — disse Jacob. — Ela disse que estava cansada de cortar os dedos tentando se livrar de restos de legumes e por que ela não podia comprar algumas coisas no cartão de crédito—

— Deixe-a terminar, Jacob.

Renee sentiu um sorriso doentio, mas grato, espalhar-se em seu rosto. Rheinsfeldt era tão cruel quando um guarda de prisão e parecia estar do lado de Renee. — Eu queimei os dedos — disse ela. — Foi o que os médicos disseram quando chegaram. Eu não lembro de muita coisa depois disso, mas tirei a panela do fogo e fui ver Christine, pois era quase quatro horas e Mattie ia chegar da escola a qualquer momento.

— Foi quando ela a encontrou — disse Jacob.

— O que você viu? — Rheinsfeldt perguntou a Renee.

— Você tem que manter isso em segredo, não tem? Quero dizer, informações confidenciais de paciente para médico ou coisa parecida?

— Sim. Tudo o que disserem nessa sala, permanecerá aqui. Exceto as partes que levarem com vocês.

Renee olhou para Jacob, esperando ver ódio nos olhos daquele estranho, mas ele só assentiu em resignação. Ela contaria a história do jeito como ele queria. Uma vez, ela prometera, diante de Deus, honrá-lo e obedecê-lo.

— Eu entrei e Mattie estava parada do lado do berço. Eu não a ouvi, mas ela deve ter entrado pelas portas de vidro na parte de trás e subido a escada. Ela estava pálida e seus lábios se moviam, mas ela não emitia som nenhum. E nem Christine. Você tem filhos? Não? Então você provavelmente não sabe que bebês nunca ficam absolutamente quietos, nunca. Mesmo quando estão dormindo, eles se contraem, suspiram, ofegam ou chutam a coberta.

— Christine estava quieta demais — disse Jacob. — Azul.

— Foi a coberta — disse Renee, e as palavras saíram com facilidade, como quando ela conversara com a equipe de resgate, depois com os médicos e depois com a polícia. Ela dissera aquelas palavras tantas vezes que parecia uma declamação. — Tem essa coisa nova, dizem que não se pode deixar os bebês dormirem de barriga para baixo, então eu havia colocado um cobertor para segurá-la de barriga para cima. Mas, de algum jeito, ela se virou e ficou por baixo dele. Ela—

— Mattie soube imediatamente que alguma coisa estava errada — disse Jacob. — Foi Mattie quem ligou para a emergência enquanto Renee tentava reviver Christine.

— Que horror — disse Rheinsfeldt e o rosto de boneca troll enrugado quase parecia triste. — Onde estava você? — Ela perguntou a Jacob.

— Em um canteiro de obras. Estávamos limpando-o para uma subdivisão. Se não fosse pelo celular—

— Quer dizer que Mattie não telefonou para você primeiro?

— Eu disse a Mattie para ligar para a emergência — disse Renee. — Que diabos é isso? Tivemos o suficiente disso por parte da polícia. Nós somos as vítimas, lembra?

— Só estou tentando entender — disse Rheinsfeldt, os olhos parecendo ficar mais escuros e mais obscuros.

— Não teria feito diferença, de qualquer forma — disse Jacob. — O legista determinou a hora da morte em torno de 15h15. Christine deve ter sufocado logo depois que Renee a colocou para dormir.

— Sabe qual foi a única coisa que me impediu de perder a razão? — Renee viu que Jacob estava prestando atenção agora. Se pelo menos ele tivesse dado atenção logo depois do ocorrido, quando a depressão a esmagou como se fosse Deus apagando um cigarro.

— O quê? — Perguntou Rheinsfeldt. A mulher não anotava nada. Talvez ela fosse arrogante o suficiente para contar com a memória, mas Renee sabia que a memória podia mentir. A memória contava todas as mentiras que você desejava ouvir. Você podia ter certeza de que ela o enganaria.

— Porque parece que aconteceu com outra pessoa. Quero dizer, sei que eu estava lá, eu sei que tive o bebê, mas ela se foi tão rapidamente que posso dizer a mim mesma que ela nunca nasceu. E não me venha falar sobre negação ou sobre o valor da aceitação. É assim que sofro, não deixando que tenha acontecido, pelo menos não comigo.

Jacob apoiou a cabeça nas mãos e falou para o chão. — Eu tentei não culpá-la.

— Como vocês lidaram com isso como um casal? — A médica perguntou. — Concentraram-se um no outro? Em Mattie?

Renee ponderou as diferentes respostas. A verdade não era uma opção. — Jacob enterrou-se no trabalho. Ele afastou-se de mim, mas nós dois ficamos mais próximos de Mattie. Eu a levei para visitar meus pais por uma semana e depois fizemos um cruzeiro para as Ilhas Cayman. A água é muito azul lá.

— Jacob não estava com vocês?

— Não, aquele negócio da subdivisão—

— O corretor desistiu — disse Jacob. Ele soava sóbrio agora, como se os martelos pesados das considerações de negócios o tivessem acordado. — Tínhamos uma boa série de casas, a maioria pré-vendida. A empresa imobiliária disse que estávamos cobrando muito caro, dando um tiro no pé porque queríamos vender algumas casas de classe alta no outro lado da cidade. A empresa bateu nossos preços e carregou alguns compradores e tivemos problemas com as hipotecas. Nunca especule nessa cidade se não conhecer o banco.

— E Mattie? — Disse Rheinsfeldt, sem se impressionar com o discurso apaixonado de Jacob. — Como você se relacionou com ela depois da morte de Christine?

— Eu não sei — disse Jacob. — Eu me senti tão desamparado. Meu velho teria me dito para tirar o pé da lama e continuar a vida. Quando você enfrenta um acordo que não dá certo, vire o jogo. Então nós, eu e meu sócio, decidimos que seria um bom momento para comprar se os preços começassem a cair. Procuramos alguns terrenos na cidade, espaço comercial caro.

— Ele me deu dinheiro, em vez de ele mesmo — disse Renee.

— Achei que a melhor forma de me concentrar em Mattie era mimá-la como doido — disse Jacob. — E, para isso, precisava de dinheiro. O cruzeiro, aulas de equitação, Disney, viagens de compras a Charlotte.

Renee não gostou da reação de Rheinsfeldt. Os lábios da psicóloga curvaram-se, como se dar valor ao dinheiro fosse de mau gosto. Ela não tinha compreensão do que significava ser um Wells.

— Não é incomum enterrar-se em coisas práticas ao enfrentar uma tragédia emocional — disse Rheinsfeldt. — Mas como se sentiu por dentro?

— Por dentro? — Uma das pálpebras de Jacob contraiu-se. — Não tenho mais uma parte de dentro.

— Por favor, Jake — disse Renee. — Não transforme em... você sabe.

Ele levantou-se, deu alguns passos, parou em frente à janela. Por um momento, pareceu que ele ia pegar um dos vasos de gerânio e jogá-lo contra a parede. Ele virou-se, os punhos cerrados. — Você nunca entenderia, nem em um milhão de malditos anos.

Renee não tinha certeza se Jacob estava falando com ela ou com Rheinsfeldt, pois os olhos dele ficaram revirando-se nas órbitas. Ela imaginou que as palavras eram para ela. Renee as ouvira muitas vezes.

Rheinsfeldt não se abalou, continuou sentada na cadeira com pose profissional. — Como você se sentiu por dentro? — Repetiu ela.

— Como se minhas entranhas estivessem pegando fogo. O tempo todo. Tive problemas de estômago, diarreia, uma dor tão intensa que o Tylenol não fazia a menor diferença.

— Culpa, talvez? — O tom de Rheinsfeldt era o de um anfitrião de programa de jogos cujo participante estava com dificuldades na rodada final.

— Não, a culpa era toda minha — disse Renee. As lágrimas queimavam seus olhos. Ela não tentou segurá-las. Droga, ela estava ficando boa nisso. — Fui eu que coloquei Christine para dormir, eu que arrumei a coberta. Eu que a trouxe para esse mundo horroroso.

— Você realmente acredita que ele é horroroso? Se achasse, não teria tido filhos, para começo de conversa.

— Mattie foi um acidente — Renee disse, e Jacob parou de caminhar perto da janela.

— Um acidente? — Rheinsfeldt sentiu cheiro de sangue na piscina psicológica. — Então talvez isso tenha contribuído para o desejo de Jacob de mimá-la. Talvez ele não achasse—

— Ele não achava. Esse é o ponto. Tínhamos tudo planejado, cuidar dos negócios, assentar, acumular algum dinheiro e depois conversar sobre ter uma família.

— Que idade vocês tinham?

— Vinte e dois — disse Jacob.

— Vinte e um — disse Renee. — Sabemos a noite em que ficamos grávidos. — Ela olhou para Jacob e a dor no rosto dele valia milhões. — Conte a ela, Jakie.

Ele virou-se novamente para a janela. O céu estava limpo e azul, sem limites, como o amor dela.

— Sempre usamos camisinha, mesmo depois de casados — disse ela a Rheinsfeldt, mas estava, na realidade, falando com Jacob, cuspindo as palavras como se fossem pregos. — A pílula provocava enxaquecas e o diafragma era muita sujeira. Uma noite em agosto, Jacob saíra para tomar uns drinques com um dos antigos colegas da faculdade. Sim, ele começara a beber novamente naquela época. Eu acho que era o medo do sucesso, mas essa é uma outra história. De qualquer forma, nem sei quem eram esses colegas, mas deve ter sido uma bela festa, porque Jacob chegou em casa por volta de quatro da manhã. Estava escuro e eu estava meio dormindo, mas ele subiu em mim como um animal. Eu tentei afastá-lo. Não sou puritana, mas gosto de alguns preliminares e ele não estava usando a camisinha. Ele me forçou.

— Jacob? — Interrompeu Rheinsfeldt, como se receasse de que Renee estivesse assumindo o controle da sessão.

— Ela gostou — Jacob disse para a janela. — Provavelmente foi a melhor noite da vida dela.

Renee contorceu-se. Jacob tinha sido mais apaixonado naquela noite do que em qualquer outra, quase como se soubesse que estava plantando um bebê dentro dela. Quase como se quisesse um filho. E uma pequena parte dela havia aceitado isso, o havia puxado mais profundamente dentro dela.

O sexo não tinha sido tão intenso, mesmo quando estavam deliberadamente tentando fazer aquela que seria Christine. Fedendo a uísque e suor, a língua como uma víbora atacando e o corpo como uma arma, a excitação dele a havia levado ao fim do universo. E ela odiara ter perdido o controle por causa dele.

E aqui estava ele, prestes a fazer novamente com que ela perdesse o controle. Ela forçou-se a pensar em Christine, pequena e azulada contra a coberta. E Mattie, perdida no grande incêndio que queimara a última ponte que a ligava ao passado feliz deles.

— Três vezes — disse Renee. — Você queria ter certeza, não é, Jake?

— Você não lutou.

— Eu não devia lutar — disse ela. — Você casou-se comigo, lembra?

— Todos cometem erros.

— Nós os cometemos juntos.

— Um Wells nunca fracassa.

Renee engoliu em seco, tentando empurrar a raiva garganta abaixo. Ela ficou presa lá, exigindo grande esforço para respirar. O silêncio súbito na sala era pesado e opressivo. Rheinsfeldt prosseguiu com uma facilidade tortuosa.

— Obviamente, vocês amavam-se o suficiente para ter o bebê — a médica disse. — E Jacob é um homem de negócios bem-sucedido. Parece que vocês tinham tudo o que queriam. Que parte do sonho em comum não deu certo?

— Depois daquela noite, Jacob não encostou em mim por semanas — disse Renee. — Parecia que eu era a suja, ou talvez ele estivesse com vergonha da paixão dele. Quando eu acordava, ele já tinha saído e não voltava para casa antes do fim da tarde. Brigamos algumas vezes, jogamos coisas, nada muito físico, a maior parte gritaria e ele saindo furioso.

A médica assentiu, como se tal comportamento fosse perfeitamente normal. — Por que você agia desse jeito, Jacob?

— Eu tinha medo de que ela estivesse grávida.

— Por que isso era tão assustador? Era a responsabilidade?

— Não. A linhagem. Eu tinha receio de ser um péssimo pai, como me foi ensinado.

— Ensinado?

— Pelo meu próprio péssimo pai.

— Jacob, isso parece ser um problema que teremos que trabalhar em particular. Mas, por hoje, vamos tentar entender essa peça do quebra-cabeça.

— Ele ficou sóbrio quando não menstruei e recebemos o resultado do exame — disse Renee. — Ele era o marido perfeito, trabalhava duro o dia inteiro, telefonava antes e depois do almoço, enchia-me de atenções quando chegava em casa. Era como se fôssemos recém-casados novamente.

— E a lua-de-mel terminou?

— O parto de Mattie foi rápido. Ela se parecia muito com Jacob. Não o rosto, talvez, pois ela tinha os meus olhos, mas na forma como sorria e gargalhava. A forma como as sobrancelhas se juntavam quando ela estava triste.

— Ela era linda — disse Jacob, encaminhando-se para a porta. — Melhor do que merecíamos. Para mim, acabou.

— Eu odeio você — disse Renee.

Jacob continuou andando.

— Precisamos de alguma coisa no qual trabalharão — disse Rheinsfeldt para as costas de Jacob. — Alguma coisa para a próxima sessão.

Jacob chegou ao corredor e desapareceu.

— Viu? — Disse Renee. — É impossível.

Rheinsfeldt puxou um lenço de papel da caixa na mesa e entregou-o a ela. Renee o pegou, mas não limpou as lágrimas, não estancou o nariz que escorria. Ela sabia que estava uma ruína, as bochechas vermelhas, as pálpebras inchadas.

Rheinsfeldt colocou uma mão tranquilizadora no joelho dela. — Considerando o histórico de Jacob, talvez você seja forçada a entregá-lo involuntariamente.

— Histórico?

A expressão compassiva de Rheinsfeldt transformou-se em

uma máscara impenetrável. — Você não sabia.

CAPÍTULO 9

Jacob saiu do prédio e apressou-se ao passar pelo parquinho, com medo de ter a visão de Mattie novamente. Se as alucinações começassem, a parede cuidadosamente construída dentro de sua cabeça poderia desabar, um tijolo de cada vez. A escuridão já aparecia por entre as frestas. E as coisas dentro da escuridão poderiam rastejar para fora se a fresta aumentasse.

A sessão fora um erro. Nada mudara desde sua adolescência. Não se podia confiar neles. Não se podia confiar nela.

Ele virou a esquina e desceu a Buffalo Trace Lane. A sociedade histórica do condado dizia que a rua fora, há muito tempo, um caminho percorrido pelos búfalos para as terras altas verdejantes no verão. Os Cherokees e os Catawba caçavam aqui, montavam campos temporários para obter carne e partiam para os vales quando chegava o inverno. Agora os búfalos tinham desaparecido, mortos para construir as ruas que tinham seu nome.

A garganta de Jacob ardia por causa do vômito. O ar da cidade tinha gosto de velhas moedas. O relógio de neon de um banco mostrava 16h37. Em sua antiga vida, Jacob provavelmente teria um compromisso em algum lugar, com um desenvolvedor ou um locatário, ou talvez um agente de empréstimos. Em sua antiga vida, ele estaria atrasado.

No consultório de Rheinsfeldt, Renee provavelmente estava chorando. Rheinsfeldt engoliria tudo na ânsia de ajudar e Jacob seria a "criança problemática" novamente. Agora que ele se fora, elas podiam conspirar contra ele. Como sempre.

Renee adorava aquela história sobre a noite em que Mattie fora concebida. Ele estivera bêbado. Ele não teria se lembrado de tudo sem a ajuda dela. Mas depois que ela o relembrou, aquela noite queimara na mente dele para sempre. E Mattie era o resultado, e ela também estava queimada.

Para sempre.

Ele precisava de dinheiro. O cartão de crédito já estava quase estourado. Ele não tinha endereço, portanto, não podia pedir outro. Da forma como todas as instituições financeiras e de crédito estavam amarradas, você não podia escapar da rede se estivesse devendo muito.

Ele caminhou como se estivesse em água lamacenta pela calçada à medida que Kingsboro o arrastava em direção ao coração dela. A cidade que seu pai ajudara a alimentar agora brilhava com uma ameaça de concreto, os velhos prédios de três andares bloqueando as montanhas. A loja de ferragens, onde seu avô comprara pregos e ferramentas manuais, agora vendia bandejas para banhos de pássaros e avisos plásticos que diziam coisas como "Esqueça o cachorro... cuidado com o DONO". Uma garota estava sentada no banco perto da porta, a versão gótica de Kingsboro, pequenos montes adolescentes em seu peito e batom preto borrado pelo celular que ela segurava. Ela revirou os olhos para Jacob como se ele fosse de uma espécie diferente e perigosa.

Ele era.

Três homens estavam parados do lado de fora da farmácia, um deles fumando. Eles riram na tarde preguiçosa, colocando os dedos nos bolsos na sombra. Jacob reconheceu o do meio como um que cumprira alguns contratos da M & W como telhador. O braço esquerdo do homem estava em uma tipoia e Jacob ficou imaginando se o ferimento fora acompanhado de uma reivindicação de pagamento do trabalhador contra um de seus colegas construtores.

— Olá, Jacob — disse o telhador. Jacob repassou uma lista mental de nomes, tentando encontrar o que correspondia àquele rosto. O pai dele lhe ensinara que mostrar interesse nos trabalhadores como seres humanos os tornava mais produtivos. Isso significava melhores margens de lucro. A filosofia de Warren Wells era construída na ideia de que cada pessoa tinha uma função no império dele.

— Olá, amigos — disse Jacob, decidindo incluir todos. Ele usou a linguagem nativa deles, a de um garoto das montanhas do sul. Ele a dominara quando era jovem, mas ela nunca vinha naturalmente para ele como acontecia com Joshua. — Bela tarde, hein?

— Sim — disse o homem com a tipoia. — Sentimos sua falta na igreja.

O telhador era membro do coro. Jacob teve que remover mentalmente a barba por fazer, pentear o cabelo e colocá-lo em um terno com gravata, mas conseguiu visualizar o telhador adorando o Senhor, cantando sobre trocar essa casa por uma mansão no céu, uma fortaleza poderosa é o nosso Deus, merecedores são os cordeiros, graça maior do que todos os nossos pecados, está tudo bem com minha alma, eu me entrego completamente. E o sangue. Diversos hinos sobre as revelações das cidades queimadas pelo fogo, oceanos fervilhando com sangue, um julgamento final jogado contra as nuvens escuras.

— Eu sei — disse Jacob. — Também senti falta dela. — O Padre Rose o visitara várias vezes quando Jacob estava no hospital. No começo, Jacob recusou-se a falar com ele, depois fez ao pregador a pergunta que não tinha resposta. Por que Deus deixa os inocentes sofrerem? Quando a resposta padrão veio, de que o Senhor sabia o que estava fazendo e que tudo estava em Suas mãos abençoadas, Jacob ficou tão furioso que queria estrangular o velho. Ele gritou e amaldiçoou o padre até que veio a enfermeira e lhe deu uma injeção. O padre se fora quando Jacob retornou da gruta escura. Sem dúvida, o Padre Rose não havia mencionado o incidente para a congregação, simplesmente pedira aos membros da igreja que rezassem para que Jacob e Renee aceitassem sua perda.

— O Senhor está sempre lá para ajudá-lo com a cura — disse o telhador.

O Senhor tinha agentes de cura demais, esse era o problema. Do Dr. Masutu a Rheinsfeldt e ao Padre Rose, Jacob estava destinado à glória de qualquer forma. Deus provavelmente precisava de um construtor para dar casa a todos aqueles anjos. O setor imobiliário seguia a lei universal de oferta e demanda. Quando o valor subia, somente os mais ricos podiam comprar.

— Estou melhorando — disse Jacob para o telhador. O peito doía e ele estava com sede.

— Uma coisa terrível, perder a filha daquele jeito.

— O Senhor o deu e o Senhor o tomou. — Jacob ficou pensando se aquelas palavras estavam realmente na Bíblia ou se eles eram como a maioria dos religiosos e simplesmente repetiam até que se tornasse um mantra vazio e sem sentido, uma admissão verbal de desamparo e resignação.

— Isso Ele faz — disse o homem com o cigarro. O vento bateu e a bandeira americana no poste em frente à prefeitura estalou exigindo atenção. Uma mulher saiu da farmácia carregando um saco de remédios listrado de laranja e branco. Jacob a reconheceu como também sendo membro do coro. O rosto dela estava retorcido como se tivesse sido chutado por um cavalo. Ela inclinou a cabeça em direção a Jacob e parou ao lado do homem com a tipoia.

— Estamos rezando por você, Sr. Wells — disse ela. — Você e sua esposa.

— Mal não faz — disse Jacob.

Nada mais fazia mal, não mais. Não quando a pele dele era nova e o coração estava envolto em cicatrizes emocionais. Rezas e flechas não conseguiam penetrá-lo. Ele olhou para o pulso vazio como se tivesse um compromisso, disse adeus e saiu apressado. Ele passou pela prefeitura, um prédio de tijolos que tinha um retrato de seu pai no saguão. Perto da prefeitura, ficava o corpo de bombeiros do centro. Ele olhou para seu reflexo na porta de vidro e viu um homem doentio e encolhido.

A porta abriu-se e a chefe dos bombeiros, Davidson, saiu. O cinto dela estava muito apertado e o estômago sobressaía por cima da cintura da calça. Os bíceps largos estavam apertados dentro das mangas curtas da camisa. O suor escurecia a camisa azul sob as axilas.

— Sr. Wells, estive procurando o senhor — disse ela.

— Estive procurando a mim mesmo.

— Chegou o relatório da SBI. Eu fiz a cena inicial e não vi nada que disparasse quaisquer alarmes. Mas, quando há uma fatalidade, temos que investigar melhor. O estado e a profundidade dos restos queimados sugerem que o fogo começou perto da porta de vidro, ao lado de seu computador.

— Minha esposa já havia lhe dito isso.

— Havia alguma dúvida sobre o motivo de ele ter se espalhado tão rapidamente. O laboratório estadual fez uma análise de gases e não encontrou qualquer traço de um acelerador. Quando uma casa é devorada em menos de vinte minutos, espera-se encontrar algum fluido de isqueiro, gasolina ou algo tão simples como a impressão de um fósforo.

— Você está falando em incêndio criminoso.

Davidson acenou com a cabeça. — É por isso que perguntamos sobre inimigos, problemas no trabalho, esse tipo de coisa. E, claro, teve a autópsia...

Jacob virou-se e olhou para o horizonte, os telhados dos

prédios, uma torre de transmissão com brilho prateado em uma colina distante. Ele não conseguia pensar em Mattie deitada, fria, em uma mesa de aço inoxidável, a pele preta descascando e se desfazendo como se fosse um marshmallow assado por tempo demais, as lâminas afiadas de estranhos sondando seus órgãos escaldados. Mais fácil do que vê-la como 2 quilos de cinzas, pó e pedaços de ossos dentro de uma urna de cerâmica no apartamento de Renee. Ela era parte do céu agora, ele tentou convencer a si mesmo, lá em cima, em um céu católico, cantando sobre fortalezas poderosas e cordeiros merecedores.

— Sinto muito, Sr. Wells. Mas tínhamos que analisar os pulmões para ver se havia sinal de inalação de fumaça.

— Eu disse a você que ela estava viva quando a encontrei. E eu não consegui salvá-la.

— Não que tenhamos qualquer motivo para suspeitar de qualquer coisa, mas os danos pela fumaça confirmaram que ela ainda estava respirando quando o fogo começou. Algumas vezes, os incêndios criminosos são usados para ocultar um assassinato, mas não funciona muito bem. Assassinos têm essa ideia de que o pecado será purificado pelo fogo ou algo parecido.

Jacob queria agarrar a mulher atarracada pelos ombros e jogá-la contra a parede de tijolos. Sua pálpebra esquerda contraiu-se e os lábios estavam apertados contra os dentes. Ele forçou-se a respirar fundo pela boca, como ensinavam os gurus de autoajuda na televisão. O ar estava denso como fumaça, era como uma serpente quente deslizando pela garganta, parecia vidro quebrado nos pulmões.

Assassinato de uma criança era uma atmosfera diferente, venenosa.

Davidson examinou Jacob com os olhos frios de um anfíbio. — Meu relatório dirá que foi um acidente causado pela fiação. Alguma coisa entrou em curto-circuito com a tomada da parede, provavelmente uma sobrecarga elétrica causada pelo computador, e uma fagulha bateu em alguns papéis na mesa. Os papéis aparentemente queimaram sem chamas por vários minutos antes de incendiarem-se. A prateleira de livros logo ao lado e tanta madeira usada na construção explicam o fato de o fogo ter-se espalhado rapidamente.

— E os detectores de fumaça?

— Baterias de reserva fracas. A mesma sobrecarga que começou o fogo deve ter desligado a energia principal. Eu imagino que as baterias tenham sido colocadas na instalação original. A maioria das pessoas nunca pensa em verificar os detectores porque estão muito acostumados a ver as luzinhas vermelhas de teste sempre ligadas.

— Então, isso significa que você finalmente acredita em nós?

— Não é uma questão de acreditar ou não — disse Davidson. — É uma questão de remover qualquer sombra de dúvida. Para todos nós.

— Você acha que eu receava que alguém tivesse incendiado minha casa? Que talvez estivessem tentando me matar e, em vez disso, mataram Mattie?

— É um planeta brutal, Sr. Wells. E há a coincidência inevitável de que a casa tinha um seguro de um milhão de dólares. Sua esposa e sua filha tinham um seguro de um milhão cada em caso de morte acidental. E você tem um seguro de cinco milhões. Poderia ter sido um incêndio de oito milhões de dólares.

Jacob olhou para dentro das grutas sem fundo dos olhos de Davidson. — Mas, então, não teria sobrado ninguém para receber o dinheiro.

— Alguém teria saído com uma bolada, não importa o

resultado, não acha?

— E, por acaso, somos nós. — Jacob limpou os cantos secos da boca. Uma das portas enormes da garagem do corpo de bombeiros rugiu e revelou uma faixa de escuridão na parte inferior. Os painéis de alumínio da porta balançaram e subiram com um rangido. O rádio banda larga no quadril de Davidson cuspiu estática.

— Minha esposa não poderia ter começado o incêndio — disse Jacob. — Ela estava na cama comigo.

— Ela estava parada do lado de fora da casa quando os primeiros veículos de socorro chegaram.

— Você não conhece Renee. — E nem Jacob.

— Sou treinada para analisar provas, Sr. Wells. Nada pessoal. Mas pessoas fazem coisas estranhas por dinheiro. De qualquer forma, parece que ela saiu em melhor situação do que o senhor.

Jacob olhou para a camisa suja. O botão de uma das mangas estava faltando. Os joelhos da calça estavam puídos e o bico dos sapatos sujo de lama seca. Ele não usava meias. Ele se vestira melhor do que isso nas épocas mais decadentes de estudante, quando, algumas vezes, acordava em um sofá estranho com a cabeça latejando e as memórias eram tão distantes quanto um sonho drogado.

— Ela não fez isso — disse ele.

— Acalme-se. Estou tentando contar a você quais foram os resultados do laboratório. Mas, pelo que vi e ouvi, a história dela não se sustenta.

— Você vai dizer a polícia para acusá-la de alguma coisa?

— Não tenho provas. Mas ainda não terminei.

A porta da garagem agora estava totalmente aberta. A grade prateada do carro de bombeiros capturou a luz do sol de final de tarde. Dentro do prédio, um homem com calça de borracha amarela começou a desenrolar uma mangueira coberta de lona. O tráfego na rua ficou mais intenso, todos tentando evitar o trânsito pesado das cinco horas. Uma buzina soou, mas Jacob manteve o olhar em Davidson.

— Ela perdeu a filha e você só consegue pensar em fazê-la percorrer o inferno novamente — disse Jacob. — Que tipo de monstro é você?

— Do tipo faminto, Sr. Wells. Porque não vou embora até estar satisfeita.

— Não falaremos mais com você sem um advogado.

— Isso só se aplica a interrogações policiais. Eu tenho o dever público de determinar a causa do incêndio. Isso vai além de vítimas, apólices de seguro e sofrimentos. Só importam os fatos frios, preto no branco.

— Espero que engasgue com eles.

— E, claro, a polícia é a primeira a receber uma cópia do meu relatório.

Jacob deu-lhe as costas e caminhou pela calçada com passos pesados. Sua pele estava pegajosa e ele estava sóbrio demais. As janelas de Kingsboro o observavam de soslaio, de vez em quando devolvendo seu reflexo e permitindo que ele visse os rostos nas vitrines. Ele passou por uma loja de penhores que tinha ferramentas de carpinteiro e velhos cartuchos de Nintendo, uma loja de música com um sinal de neon em formato de guitarra, uma loja de decoração que fedia a carpete novo. Estranhos passavam por ele rapidamente, a caminho dos restaurantes e das notícias da televisão. A maioria dessas pessoas não tinha o sangue local antigo. Os habitantes locais mantinham-se longe do centro durante as horas de movimento intenso. Eles acordavam cedo e trabalhavam até tarde, imunes ao câncer do relógio.

Jacob virou a esquina e sentiu-se aliviado por não sentir mais os olhos de Davidson nas costas. Renee nunca faria uma coisa dessas. Ela não conseguiria. Ela estivera na cama, ele fora o primeiro a acordar, o primeiro a sentir o cheiro da fumaça, o primeiro a tentar chegar até Mattie. Mesmo se Renee o quisesse morto, ela nunca colocaria Mattie em risco. Davidson não sabia de merda nenhuma. Só mais uma sapatão desejando ter um pinto, uma arma para usar quando derrubasse um dos grandões de Kingsboro.

A cidade ficou mais esparsa, os prédios entremeados por terrenos baldios e becos vazios. Uma fábrica de móveis fechada, uma das vítimas dos acordos do livre comércio, estava encolhida atrás da cerca de arame como uma fera derrotada. Atrás da fábrica, havia um terreno de terra marrom, marcado pela erosão, um negócio imobiliário que dera errado. Jacob caminhou mais rapidamente, a brisa secando o suor.

Ele estava aproximando-se de uma igreja metodista vazia quando ouviu o martelar da morte enferrujada familiar. O Chevy verde com os vidros manchados rugiu no estacionamento atrás dele. Jacob entrou em pânico e olhou em volta procurando uma rota de fuga. Ele podia virar e correr para a loja mais próxima, uma joalheria especializada em gravação em ouro, mas, de alguma forma, as regras desse encontro psicológico estranho exigia que nenhum estranho fosse envolvido. Ele correu em direção ao terreno vizinho e pulou em uma cerca de arame decadente. A propriedade era o canteiro de obras de um banco, outro templo da nova economia de Kingsboro.

O Chevy acelerou e percorreu os vinte metros em segundos. Os freios guincharam e os pneus agarraram o asfalto quando o motorista se deu conta de que Jacob estava além da mordida do para-choque. Jacob abaixou-se entre uma escavadeira e uma pilha de carvão. O Chevy saiu do estacionamento e virou em direção ao terreno da construção. Uma equipe de trabalhadores hispânicos estava derramando concreto na outra ponta do prédio, mas estavam ocupados demais com o cimento molhado para notar Jacob ou o carro. Jacob espremeu-se contra as sombras e aguardou o próximo movimento do Chevy. O carro arrastava-se à frente como um gato que havia encurralado um rato, paciente, confiante e brincalhão.

Jacob mediu com os olhos a distância entre seu esconderijo e o esqueleto do prédio. Ele nunca conseguiria chegar lá antes que o Chevy desse o golpe fatal. Ele não conseguiria correr de volta para o estacionamento sem ser interceptado. A melhor chance era escapar pela parte de trás da propriedade, onde um riacho cortava um bosque de pinheiros. O carro não conseguiria alcançá-lo, a não ser que fosse algum tipo de fera mística que pudesse criar asas e voar.

Ele procurou o frasco e tirou-o do bolso. Evan Williams, teor alcoólico de 43%. Seu sangue havia congelado ao ouvir o primeiro som do carro e os dedos amortecidos lutaram com a tampa. Ele fechou os olhos e deixou que o uísque assentasse como uma bola quente no estômago.

O carro ficou parado, roncando como um dragão asmático gigante. Jacob sabia que ele nunca desistiria da presa. Mesmo se conseguisse chegar no riacho e se escondesse na segurança do matagal, o Chevy o encontraria novamente. Jacob deu outro gole grande, o calor dentro dele expandindo-se em frustração e raiva. Que comportamento o dragão menos esperaria de sua vítima?

Ele levantou-se, gritou e correu para o carro. Ele levantou a garrafa de uísque como se fosse uma maça de batalha. A visão de Jacob aproximando-se como um homem-bomba deve ter assustado o motorista, pois o motor do carro não aumentou a rotação em antecipação ao combate. O carro também não atacou nem recuou.

Jacob chegou ao lado do motorista, os dedos apertados em

volta do gargalo, o conteúdo derramando e correndo pela manga. Ele levantou a garrafa para bater no vidro quando viu seu reflexo no vidro manchado. Ele quase não reconheceu o rosto, tal havia sido seu desregramento nas últimas semanas. Medo e raiva tinham contorcido seu rosto. Um estranho enlouquecido olhava de volta, um rastro de saliva escorrendo dos dentes arreganhados, o cabelo desgrenhado, manchas escuras em torno dos olhos vermelhos. O braço dele congelou em choque e repulsa.

O vidro do motorista desceu lentamente e, mais uma vez, Jacob estava frente a frente com ele mesmo.

CAPÍTULO 10

— Você não mudou nada, mano.

Jacob olhou para a imagem espelhada sorridente e seus músculos enrijeceram-se para descer a garrafa em um arco esmagador. Mas, como sempre, o ódio de si mesmo titubeou quando era mais necessário. A garrafa escorregou de seus dedos e caiu na terra.

— Por quê? — Jacob falou por entre os dentes cerrados.

Seu irmão gêmeo olhou para a garrafa de uísque. — Desde quando cidadãos importantes começaram a beber uísque de cinco dólares direto na boca da garrafa? Achei que esse lixo era só para a escória branca, como eu.

— O que você está fazendo aqui? — Jacob repetiu.

— Essa é a "Cidade que os Wells construíram", não é? Se um homem não pode retornar ao seu lar ancestral, aonde mais ele pode ir? — Joshua acelerou o motor. — O que achou de meu novo carro?

— Qual é a ideia por trás de me espreitar?

— Ei, anime-se, Jake. Ainda tem aquele probleminha de paranoia? Achei que tinha se tratado.

— Foda-se, Josh.

— Você está furioso como uma cobra presa com fita adesiva. Mas supere isso, porque temos que tratar de negócios. Negócios de família.

Jacob queria escapar, correr para a segurança do bosque, porque essa ameaça era maior, mais violenta e mais perigosa do que um carro homicida. Mas aqueles olhos castanhos intensos o hipnotizaram e derreteram os anos. Seus pulmões doíam e ele se deu conta de que estivera prendendo a respiração. — Não tenho nada a dizer a você. Vá embora.

— Isso não é como soprar juntos as velinhas de nosso bolo de aniversário. Só porque você faz um desejo, não quer dizer que ele vai se realizar.

Faça um desejo. A noite do incêndio. — Você não pertence mais a esse lugar.

— Viemos do mesmo buraco negro, Jakie. — A respiração de Joshua era fétida e espessa, misturada com o escapamento do carro. — E fiquei no buraco por muito, muito tempo. É solitário lá embaixo. Mas acho que você está descobrindo isso por si mesmo.

— Não devo nada a você.

— Não, porque tudo já é meu. Você só estava cuidando de tudo para mim.

Agora que o choque inicial havia passado, Jacob podia ver as pequenas diferenças entre ele e Joshua que somente poucas pessoas notariam, as marcas sutis do tempo e da gravidade. Joshua tinha uma cicatriz praticamente invisível acima da sobrancelha direita. Joshua nunca tentara controlar o alcoolismo, portanto, as veias partidas sob a pele do rosto eram mais aparentes. Os dentes também eram mais amarelos e irregulares que os de Jacob, resultado de diferentes hábitos alimentares e da falta de tratamento dentário. Mas o resto das feições enganaria qualquer um, exceto um detetive bem treinado. Joshua até mesmo tinha o cabelo do mesmo comprimento e a mesma densidade da barba por fazer, como se tivesse observado a jornada autodestrutiva de Jacob e fizera um esforço intencional de copiá-la.

Não que Joshua alguma vez tivesse precisado de um modelo para esse tipo particular de declínio. Ele sempre se inspirara em si próprio. Ele livrara-se da corrupção dos Wells e mudara-se para um trailer infestado de ratos do outro lado da fronteira, no leste do Tennessee. Enquanto Jacob encenava seu ato de poeta decadente na faculdade, Joshua pilotava barcos alugados no Lago Watauga por trinta dólares ao dia, com um engradado de cerveja a seus pés.

— Você recebeu sua parte — disse Jacob. — Agora vá embora.

— Eu ganhei um pedaço — Joshua respondeu com um sorriso malicioso. — Aquele bolo é tão gostoso que agora eu o quero inteiro.

Com um esforço de vontade, Jacob desviou os olhos dos olhos de Joshua e olhou para além dele, para o interior escuro do Chevy. O estofado estava rasgado e o banco do passageiro estava remendado com fita adesiva. O carro fedia a cigarro e gordura de comidas de lanchonete. Duas cabeças encolhidas de borracha estavam penduradas no espelho retrovisor, os lábios esticados e as órbitas secas, uma réplica bizarra do rosto sorridente de Joshua.

— Temos companhia — disse Joshua, acenando com a cabeça em direção à equipe da construção. Um dos trabalhadores, um homem branco com capacete laranja e macacão azul, estava se aproximando. — Eu acho que o aviso na entrada, que diz "Propriedade particular, mantenha distância", não era só uma sugestão. As pessoas levam as coisas muito a sério hoje em dia. Direitos de propriedade, escrituras e coisas assim. "O que é meu, é meu" e toda essa porcaria. É um mundo egoísta, hein, Jakie?

Jacob não disse nada, observando a aproximação do homem de capacete. — Vou pedir que chamem a polícia.

— Ah, sim, faça isso. Tenho certeza de que eles ficarão bem interessados quando eu começar a contar a verdade.

— Você não sabe a verdade.

— A verdade é o que você cria. Há o que realmente aconteceu e há a forma como você coloca isso na cabeça para que consiga viver consigo mesmo.

— Você não devia ter voltado. — Ele achara que o irmão gêmeo havia ido embora para sempre, a semente dividida pela última vez. Mas a ligação era mais forte do que a carne e corria mais fundo do que o sangue.

Ou talvez exatamente como o sangue.

— Entre — disse Joshua. Não era um comando nem um convite. Somente palavras.

Jacob hesitou, enquanto o homem com o capacete tirava as luvas e martelava os números em um celular. A pequena caixa eletrônica parecia deslocada naquelas mãos enormes e calejadas, como se um Neandertal tivesse assumido o controle de uma máquina do tempo. Mas essa máquina chamaria a polícia e Jacob não queria ser jogado sob o olhar dela mais do que já estava. Ele podia ser culpado de crimes dos quais não se lembrava.

Jacob caminhou até o lado do passageiro do automóvel decrépito. A maçaneta não funcionou e ele esperou até que Joshua abrisse a porta. Pedaços de espuma voaram de um rasgão no vinil quando ele sentou-se. O homem de capacete segurava o telefone perto do ouvido. Joshua deu marcha a ré em um grande arco para que o homem pudesse dar uma boa olhada na placa, pisou no acelerador e arrancou com uma nuvem de poeira e cascalho. Quando saíram do canteiro de obras e chegaram à rua, Joshua engatou a segunda, fazendo com que os pneus traseiros guinchassem.

— Você também não mudou nada — disse Jacob.

— Continuo feio como sempre.

O horário de almoço tinha recém acabado e o trânsito estava leve. Mas as táticas de direção de Joshua faziam com que a rua parecesse estreita e congestionada. O ponteiro do velocímetro pulou para cinquenta e cinco milhas quando o carro entrou na zona de trinta e cinco milhas por hora. Eles passaram por um velho em uma SUV Mercedes, que gritou um impropério, mas Joshua já tinha ultrapassado quando o motorista buzinou.

— Onde vamos? — Perguntou Jacob.

— Onde você acha? Só há um lugar bom o suficiente para nós dois. Onde dissemos que nunca iríamos.

Jacob tinha a sensação de que o carro em si estava parado. Que, em vez disso, o mundo estava passando em um borrão insano de cores. O distrito comercial era feito de tijolos vermelhos, concreto cinza, vidros verdes e postes marrons. A rua era um rio sólido que fluía para trás para uma fonte negra subterrânea. Esse momento sempre existira, esse agora era para sempre, esse veículo era um embrião no qual os dois estavam ligados. Ele nunca escaparia da criatura que roubara metade de seu material genético.

Joshua colocou uma fita cassete no gravador. Johnny Cash, caindo em um anel de fogo. Joshua cantou junto: "Queima, queima, queima".

— Você é um filho da puta — disse Jacob.

— Queria ter estado lá quando aconteceu. Lembra-se, nos velhos tempos, quando compartilhávamos tudo? Estou com inveja, Jake.

— Não, você não está. E a minha vida é minha. Mesmo quando se transforma em um inferno.

— Um milhão de dólares. Mais a casa, que é quanto, mais 750 mil? O velho parece um mendigo comparado a você. Pelo menos ele sabia jogar, tentava ficar abaixo da linha do radar. Você ri na cara dele e desafia Deus a pegá-lo.

— Você não sabe de nada.

— Existem jornais, mesmo onde eu moro. Sempre juntei trocados suficientes para assinar o velho *Times-Herald*. Se uma pessoa quiser melhorar, precisa ficar por dentro do que está acontecendo. Mas só o que aparecia era Jacob Wells fez isso, Jacob Wells fez aquilo.

Joshua eliminou o sotaque rural com tanta facilidade que poderia ter sido um professor de teatro: — "Mantendo a tradição de serviços comunitários iniciados por um dos patriarcas de Kingsboro." Comecei a imaginar se estavam mesmo falando de meu irmão mais velho ou se algum impostor havia tomado o lugar dele.

— Só sou dezessete minutos mais velho.

— Ainda assim, foi o suficiente para que o velho o tornasse o Filho Número Um.

— Maldita sorte a minha.

Eles chegaram ao subúrbio, em direção ao leste com suas fazendas de aparência suave. Nos pastos, o gado abaixava os pescoços marrons para comer os brotos. Os celeiros pairavam vermelhos em meio à brisa. Aqui e ali um trator enterrava dentes de aço na terra, exigindo uma colheita futura do solo escuro. Ao longo da estrada, sombras enchiam a parte de dentro de uma banquinha abandonada, um esqueleto feito de tábuas e arame que existia desde os dias das parcerias agrícolas.

A música de Johnny Cash terminou, dando lugar a "Walls of a Prison".

— Você é um desgraçado esperto, Jake. Primeiro, você colocou um pano sobre os olhos do velho, alimentando-o com aquele papo de que queria continuar o trabalho da vida dele. Enfiou os pés na M & W como se ela fosse um par de sapatos usados. Fez tão bem o papel de "estou me ajeitando" que teria deixado Tom Hanks roxo de inveja.

— Não era um jogo, Josh. Eu estava... confuso, só isso. Tentei me encaixar, fingir que era alguém que nunca poderia ser. Mas não dá para fugir de quem você é, certo? Quando voltei, tive que enfrentar a situação.

— Confuso, é? Foi para isso que Papai pagou todos aqueles médicos? Para acabar com sua confusão, encher seu cérebro com as besteiras idiotas dele?

— Você não dava a mínima para ele e se mandou. Nunca chegou a conhecê-lo.

— Eu tirei a mão do bolso dele. Não importa quantos milhões, não valia a pena o preço. Até o diabo oferece um negócio melhor. O filho da puta chifrudo só pede uma alma. Warren Wells queria duas.

— Você ainda não respondeu. Por que voltou?

Joshua tirou os olhos da estrada e bateu nas cabeças encolhidas penduradas no retrovisor. Os crânios de plástico pareceram dançar de prazer, batendo um contra o outro e fazendo um som que parecia uma risada. — Nunca ouviu o velho ditado, duas cabeças pensam melhor do que uma, Jakie?

Agora Johnny Cash estava cantando "I Don't Like It, But I Guess Things Happen That Way".

— Como está Carlita? — Perguntou Jacob, o estômago contorcido.

— Bem, como sempre.

— Onde ela está?

— Quer vê-la?

— Sim.

Joshua levantou a mão e apertou um dos enfeites de borracha do espelho, deixando o rosto espremido. — Faça um desejo.

— Não jogamos mais esse jogo.

— Faça um desejo.

Jacob sentiu as lágrimas escorrerem pelo rosto. — Desejo um reino onde serei o rei.

A risada enlouquecida de Joshua abafou o som do motor.

Eles chegaram a White River Road, andando ao longo da água por vários quilômetros, até cruzarem uma velha ponte de madeira. Jacob olhou para as correntes frias passando sob eles. O riacho estava cheio, alimentado pela neve derretida que descera das colinas de granito há algumas semanas. As margens estavam verdejantes, as mudas esticando-se em direção ao sol, disputando espaço com a copa do velho carvalho, as cerejas selvagens, os gafanhotos e o bordo. A terra em torno do rio havia mudado de forma sutil, como se sua pele estivesse mais vibrante, a terra mais espessa, as árvores mais dominantes e rígidas. As colinas pareciam esconder velhos segredos, uma terra elevada pela pressão das forjas do inferno e depois espremida por eras de chuvas.

Aqui era seu lar.

Há anos Jacob não vinha aqui, não desde o telefone que o informou sobre a morte do pai e o funeral logo em seguida. Os aspectos humanos da paisagem não tinham mudado: o longo celeiro com o teto de latão brilhando ao sol, a cerca que corria ao longo do caminho, a casa colonial branca de dois andares na subida da colina, como se fosse um posto de comando militar. Era a propriedade em si que estava diferente, possuída por uma aura invisível de ameaça. Ou talvez Jacob tivesse mudado. A memória do passado o atingiu como um vento fantasma.

— O que acha, Jake? Papai teria ficado orgulhoso, não é?

Jacob olhou para a janela no segundo andar, o quarto que ele dividira com o irmão gêmeo.

— Ei, não fique com essa cara comprida — disse Joshua. — Papai me deu as chaves do reino. Como não posso vendê-lo, são cento e quarenta acres de encheção de saco. Um canteiro do inferno enterrado em impostos.

— Você a pintou do jeito como era quando éramos crianças.

— Incomoda você, hein? Era de se pensar que o velho achasse que queríamos lucrar com a morte dele, a julgar pela forma como ele vendeu a própria família. Mas filosofias de uma vida inteira mudam quando você está no leito de morte.

— Não existe "leito de morte" quando você tem um ataque do coração fulminante.

— Lá vem você de novo, misturando as coisas. Isso foi há muito tempo e não importa mais. Tudo o que importa é recuperar o tempo perdido. Acertar as coisas.

Ao aproximarem-se da casa, os anos desapareceram e Jacob podia ver a si mesmo, usando bermuda e tênis, brincando no balanço de pneu sob a macieira no quintal. Sua infância parecia parte sonho, parte pesadelo, vista através do pano de velhas feridas. Ele quase podia ouvir o pai gritando na varanda, ordenando que alguém lhe levasse o cachimbo e o jornal. Ele quase podia ouvir o vidro estilhaçando, o barulho surdo da carne recheada de ossos rolando escada abaixo—

Ele fechou os olhos quando o Chevy parou ao lado da varanda da frente. O motor abrasivo era uma afronta à tranquilidade da propriedade. O lugar merecia ser deixado em paz. A casa era um caixão tanto quanto a caixa de metal mais brilhante da Funerária McMaster, exceto que ela guardava o corpo de uma família inteira, em vez do amontoado de carne e ossos em decomposição de uma só pessoa.

Joshua desligou o carro, cortando a voz de Johnny Cash no meio do refrão. — Fiquei tentado a mudar-me de volta para cá, sabia. Pensei em brincar de realeza, ver como era ser um Wells. Mas precisava de dinheiro, ou melhor, um monte de dinheiro, e eu não estava com vontade de me juntar à classe trabalhadora só para permanecer em Kingsboro. Um milhão não é mais o que costumava ser. E não é suficiente.

— Eu consigo o resto, mas você prometeu ficar longe.

— Você se preocupa demais com coisas que não são da sua conta. Como sempre. Eu acho que você deveria cuidar de sua própria vida, em vez de se preocupar com a minha.

— Vá para o inferno.

— É uma viagem curta. — Joshua abriu a porta do carro e

saiu, respirando fundo o ar fresco de forma exagerada. — Ah, o doce aroma do campo dos Wells. Ou será que é merda de galinha?

Jacob olhou para as duas cabeças encolhidas. Pela primeira vez, ele notou que uma delas tinha pequenos cortes no rosto, como se alguém tivesse furado a borracha com uma faca afiada. Uma orelha estava derretida e preta, o cabelo de náilon sobre ela derretido. Vodu psicopata, outro dos jogos mentais de Joshua.

Joshua inclinou-se para a frente e pressionou o rosto contra o para-brisa manchado, amassando o nariz em uma mancha escura. — Não vai entrar? Vou ficar magoado.

Da varanda, Jacob não resistiu e percorreu a paisagem inteira com os olhos.

— Território de primeira, metade dele com excelente terra para plantio — disse Joshua, como se tivesse sido corretor imobiliário a vida inteira. — Perto da cidade, mas com toda a paz e a tranquilidade que puder aguentar sem ficar maluco. Você sabe quanto isso valeria se fosse loteado da maneira certa? Ainda mais que o mercado de segunda casa está estourando aqui nas montanhas.

— Não estou interessado.

— Vamos, Jake. Agora você tem dinheiro. E não importa de onde ele veio. Eu seria a última pessoa a condená-lo por causa disso.

— Eu não tenho dinheiro. Renee ficou com tudo.

O sorriso de Joshua congelou, uma gota de saliva no lábio inferior brilhando ao sol. — Do que você está falando?

— Nós nos separamos. Ela me culpa pelo incêndio. E por Mattie. — Jacob virou-se para a brisa para que as lágrimas secassem. Ele nunca daria a Joshua o prazer de ver sua dor.

Joshua bateu o punho contra o capô do Chevy, amassando a chapa de metal. — Que droga. Eu deveria ter imaginado que ela fosse tentar um golpe desses. É claro que a vadia idiota tiraria tudo o que você tem e ainda reclamaria que quer mais, mais, mais—

— Não é culpa dela. É que—

— E depois de você ter ficado do lado dela quando Christine morreu.

Jacob virou-se, os punhos cerrados. — Você não sabe nada sobre isso. Cale a boca.

— Ela também era minha parente. Eu ia mandar um cartão, mas o que se pode dizer quando uma coisa daquelas acontece?

Jacob fizera-se a mesma pergunta por quase um ano. A morte de Christine fora diferente, trágica de uma forma mais quieta. Christine significava "seguidora de Cristo", escolha de Renee. Vindo da boca de Joshua, o nome agora soava como uma piada cósmica de mau gosto.

— E, quando minha outra filha morre, você surge do nada — disse Jacob.

— O sofrimento adora companhia — disse Joshua. — Como nos velhos tempos.

Ele levantou o braço e bateu nos canos de latão de um sino de vento pendurado na viga da varanda. Um pardal de metal estava pousado sobre o sino, suas fendas ásperas por causa da idade. O sino estava lá há mais tempo do que Jacob podia se lembrar. A mãe deles batia nele com a bengala para chamá-los para o jantar ou para a cama e as notas suaves eram um lembrete de longas noites de verão na floresta e de brincadeiras no celeiro.

Joshua imitou a voz aguda da mãe ao subir os degraus da varanda. — Hora de entrar, meninos. — A voz subiu para um tom estridente. — Jake! Josh!

Joshua pegou uma chave no bolso, destrancou a porta e deu um passo para o lado. O odor úmido de madeira do ar aprisionado envolveu Jacob. Joshua deu-lhe um empurrão de leve nas costas.

Jacob deu um passo hesitante à frente, em direção ao limiar de uma vida que ele passara uma década tentando enterrar. O longo carpete oriental levava ao saguão que havia a interseção entre a sala de jantar, a sala de estar, a escada e o corredor. As fotografias emolduradas de ancestrais mortos dos Wells estavam penduradas nas paredes, esmaecidas pela poeira. Uma mesa de madeira rústica pairava sobre pernas irregulares encostada na parede mais distante, com um pequeno guardanapo cinza e um vaso de cristal vazio no topo. Um cabide de ferro forjado escondia-se no canto como um espreitador cheio de pontas. Havia um caminho gasto no centro dos degraus da escada de carvalho. A balaustrada inferior ainda estava lascada por causa da queda da mãe deles. Exceto pelo cheiro e pelas teias de aranha, tudo estava do mesmo jeito como da última visita de Jacob. O dia em que eles enterraram Warren Wells. Essa casa era um museu de dor, um mausoléu de memórias ruins.

Jacob avançou com dificuldade, como se o passado fosse uma pilha molhada de calendários. Até mesmo a voz de Joshua, vindo de trás dele, soava anos mais nova. — Não mandei ligar a energia. Nem o telefone. Não queria que ninguém soubesse que eu estava por aqui.

Jacob finalmente conseguiu oxigênio suficiente para falar. — Por quanto tempo vai ficar?

— Depende de você. — Joshua acendeu um cigarro e a fumaça pungente ajudou a afastar o fedor de fracasso do saguão.

Jacob chegou à entrada da sala de estar. Havia livros nas prateleiras em torno da lareira central, a beirada queimada do couro um complemento para os tijolos. Sobre a cornija, estava espalhada uma coleção de bugigangas, gatos de argila, estatuetas de vidro, artesanatos exóticos do mundo inteiro. A mãe deles os colecionava e, semanalmente, limpava os objetos, espaçando-os de forma tão precisa que saberia dizer se um deles fora movido um centímetro que fosse. Ela teria batido com a bengala no chão em angústia ao vê-los agora, cobertos de poeira.

Joshua cruzou a sala de estar, as botas espalhando lama seca. Ele bateu a cinza do cigarro na lareira, pegou um poodle de cristal e segurou-o contra a luz difusa que atravessava as cortinas. Ele esfregou o dedo na cabeça do animal e ergueu o braço como se fosse jogá-lo contra a grade. Em vez disso, ele amassou o cigarro contra um tijolo da lareira, esmagou-o com o pé e recolocou o poodle no lugar apropriado.

— Está meio frio aqui dentro — disse Joshua. Ele puxou alguns livros fixos na prateleira mais próxima. — Hemingway. O escritor favorito de Papai. Acho que podemos acender a lareira.

Jacob sentou-se em uma poltrona que não havia sido projetada para oferecer conforto. Se o vestíbulo era um corredor para o passado de toda a família Wells, essa sala era inteiramente a mãe deles, rígida, formal e brutal, tão severa quanto uma cela de prisão. Jacob passara muito pouco tempo aqui durante a infância e ajeitou-se na beira da poltrona como se esperasse que a mãe morta entrasse pela porta, logo após a bengala, e gritasse com ele para que não mexesse em nada. Ele respirou bem de leve, com medo até mesmo de agitar demais o ar.

Joshua parou e abriu um dos volumes na primeira página. — Primeira edição, olhe só.

Ele jogou os livros sobre os ferros da lareira, onde ficaram parados como mariposas gigantes com asas de papel, e puxou o isqueiro. — Bem-vindo ao lar, Jake.

Ele acendeu o isqueiro e olhou para a chama dançante, que

tocou as páginas marrons e espalhou-se com vida vibrante, criando sombras rastejantes nas cortinas. Joshua deu um sorriso, os olhos brilhando com o reflexo do fogo. Ele ecoou palavras familiares, palavras escritas:

"Espero que tenha gostado do presente para a casa."

CAPÍTULO 11

Donald Meekins a estava evitando, definitivamente.

Renee olhou para o relógio. Ela estava esperando há vinte minutos na pequena sala com Jeffrey Snow, que estava sentado em sua mesa e, de vez em quando, olhava para ela sobre o computador. Jeffrey acabara de sair da faculdade e fora contratado pela M & W Ventures depois que a secretária fora pega ajoelhada sob a mesa de Donald pela própria Sra. Meekins. Jeffrey não era uma loira gostosa, tinha um queixo fino e olhos cinza esmaecidos, seu nome não era Staci e ele não assinava o nome com um coraçãozinho sobre a letra *I*. Ele tinha a dose certa de conhecimento teórico para encurralar locatários com o aluguel atrasado e calma suficiente para afastar os que pediam reparos ou uma pintura nova.

— Posso bater na porta? — Ela perguntou a Jeffrey.

— Ele está em uma ligação importante, longa distância.

— Entendo. Jacob apareceu aqui?

— O Sr. Wells? — Jeffrey olhou ao redor esperando vê-lo em uma das cadeiras perto da árvore de plástico. — Não o vi, senhora.

— Essa semana?

— Não o vi desde do aci— Jeffrey puxou a gravata como se ela o estivesse sufocando. — Não o vi desde março.

— Ele recebeu minha mensagem, então deve ter vindo aqui pelo menos uma vez.

— Ele ainda tem a chave.

— Acho que as coisas estão meio bagunçadas por aqui. Eu sei que Jacob e Donald estavam no meio de um negócio grande no lado oeste da cidade. Do jeito como a economia está, não se pode ficar sentado em cima de nada.

Jeffrey bateu em algumas teclas, como se estivesse tentando escapar dela. — Eu não sei de nada, senhora. Só cuido dos aluguéis.

— Eu gosto de Ivy Terrace. Fácil de manter limpo.

— Sim, senhora. E Donald pagou o seu aluguel três meses adiantado. O que a qualifica para um desconto de cinco por cento, se quiser renovar.

— Construiremos outra casa logo — mentiu ela. — Assim que as coisas se resolverem.

Renee levantou-se e arqueou as costas, enrijecidas pela longa espera. Ela olhou para o telefone na mesa de Jeffrey. Havia três linhas no sistema, cada uma com uma luz vermelha. Uma linha para Donald, uma para Jacob e uma para Jeffrey. Nenhuma delas estava acesa.

Renee pegou a bolsa que estava no chão, ao lado da cadeira. Jeffrey não conseguiu disfarçar o alívio por vê-la partir. — Diga a Donald que ligo mais tarde — disse ela.

— Certamente, Sra. Wells.

Renee esperou que Jeffrey voltasse a atenção para a tela do computador, passou rapidamente por ele, girou a maçaneta da porta do escritório de Donald e escancarou a porta. Donald estava atrás do aquário marinho observando o mundo submarino em miniatura, o rosto distorcido pela água e pelo vidro. O peixe movia-se em belos padrões de cores, nervoso com o mundo tão pequeno.

— Trouxe alguma isca? — Perguntou Donald.

— Não. Um pouco de dinamite.

A luz na sala era suave, a mobília pesada e escura contra as paredes de painéis de nogueira. Donald criara o ambiente para corresponder à personalidade dele. Além do peixe, a única cor na sala era o padrão xadrez no armário de madeira onde ficavam os troféus de golfe empoeirados. Ao longo da parede traseira, havia uma prateleira vazia, exceto por uma pilha de papéis soltos. Um arquivo ao lado da mesa parecia ter sido colocado ali como enfeite, não pela utilidade. Donald contornou o aquário e aproximou-se de Renee com os passos lentos de um homem condenado.

Renee buscou algum sinal de emoção nos olhos dele. Ela não o vira desde o funeral e ficou pensando se ele sabia sobre o histórico de doença mental de Jacob ou se Warren Wells também havia se livrado daquela confusão, junto com todas as outras.

Donald sorriu, o rosto perfeitamente bronzeado, as várias fileiras de rugas fundas na testa dando a ele uma aparência de preocupação. O cabelo dele estava penteado para trás, dando-lhe a aparência de um boneco de ventríloquo. — Como você está?

— Ah, sabe como é. — Ela não queria chorar aqui. Ela não pensaria em Mattie nem em Christine. Não dessa vez. Não agora. A não ser que precisasse.

— Jacob a amava tanto. Ele deve estar morrendo por dentro.

— Você falou com ele, então?

— Não. Tentei falar com ele. Ele não retorna minhas ligações. Não consigo falar com ele no celular e ele não me deu o número de sua nova casa.

— Você não tem visto Jacob? — Ela observou o rosto dele. Donald era um homem de negócios, um especulador, um adúltero. Um mentiroso comprovado e muito bom nisso.

— É claro, espero que ele tire um tempo para se recuperar, enfrentar a situação com o próprio ritmo. Mas precisamos de um plano para minimizar as coisas até lá. Temos alguns negócios grandes pendurados na balança.

Ela não conseguia reconciliar a imagem de Donald que quase destruíra o próprio casamento por causa de um caso

tolo. Ele parecia tão frio e sem paixão quanto o peixe. Mas
Jacob dissera que Donald era importante para a empresa, um
sócio que sabia que mãos deveriam ser molhadas para
conseguir um negócio. Essa água metafórica parecia escorrer
como suor e, provavelmente, o deixava pegajoso por baixo do
terno caro.

— Jacob pediu-me que visse como estavam as coisas.
Achei que ele tivesse vindo aqui umas duas vezes. — As
paredes pareciam fechar-se sobre Renee. Ela deixara a porta
do escritório aberta e pensou em fugir. Mas o trabalho não
estaria completo até que o último prego fosse colocado no
caixão.

Donald olhou para a porta e abaixou a voz. — Você confia
em seu marido?

— Ele é meu marido.

— Não sei o quanto ele conta a você—

— Somos parceiros, Donald. Eu faço depósitos para ele.

— Então está bem — disse Donald, passando para a
atitude de negócios bajuladora. — Você sabe que perderemos
a opção de compra se não fizermos o segundo pagamento da
propriedade dos Martin. E temos alguns empreiteiros
fungando em nosso cangote por causa de pagamentos
atrasados. Eu sei que é um momento difícil, mas eu odiaria
ver Jacob perder tudo pelo qual o pai dele lutou tanto.

Renee olhou para Donald, cujos olhos estavam
umedecidos. — Ele sairá dessa. Ele é um Wells.

— Eu sei, "um Wells nunca fracassa", mas—

Ele olhou novamente para a porta, passou silenciosamente
por Renee e a fechou. Ele a encarou, usando o que ela
imaginou que fosse a mesma expressão séria que ele usava ao
pedir uma variação de zoneamento em uma reunião de
planejamento municipal. — Estou preocupado com ele. Desde
que Christine morreu, talvez antes mesmo disso, ele estava

arriscando demais. O mercado imobiliário é muito suave para as decisões que ele estava tomando, especialmente no desenvolvimento comercial. Não sei o quanto contou a você, mas ele ficou meio doido depois que Christine morreu, a empresa quase desmoronou.

Tudo o que ela fizera, todos os sacrifícios, tinha sido por Jacob Wells e seu futuro juntos. Esse não era o plano. Ela estivera navegando em um barco furado e não soubera. Do mesmo jeito que com o *Titanic*, não houvera salva-vidas suficientes.

— Não é tão ruim — disse ela. — Estávamos indo bem. Havia bastante dinheiro.

— Dinheiro emprestado. Ele estava conseguindo grandes empréstimos para comprar terras e inflacionar os valores em todas as avaliações. É uma prática bastante comum, mas é como fazer malabarismo com granadas. Dá para lidar com uma ou duas, mas, com cinco ou seis, uma delas vai explodir mais cedo ou mais tarde.

— Quanto ele deve?

— Um milhão e trezentos mil.

Ela olhou para o aquário. Um grande peixe com uma barbatana extravagante disparou em direção ao navio naufragado de cerâmica, perseguindo um cardume de peixes azuis e prateados. O barulho suave do aerador e o zunido das luzes fluorescentes eram os únicos sons no escritório.

— Você não sabia — disse Donald.

Ela lutou contra uma ânsia de ir até a prateleira e arrumar os papéis soltos em pilhas organizadas. Donald esticou a mão como se fosse tocar no ombro dela, mas mudou de ideia.

— Sinto muito — disse ele. — Por Mattie. Pela casa. Ninguém merece tanto azar.

Ela desejou ter um confessor melhor. Um padre católico escondido em uma cabine escura, ou um psicólogo com hálito cheirando a cerveja exótica e queijo de cabra. Mas ela ia desmoronar bem aqui, na frente do Sr. Escorregadio, um conhecido, alguém que só conhecia a metade errada da história.

— Ele colocou pressão demais sobre si mesmo — disse Renee. — Jacob queria deixar o pai orgulhoso. Parte dele queria superar Warren Wells, mas, nessa cidade, ele nunca teve chance.

Ela o trouxera aqui. Ela entendera seu ato de poeta das ruas na faculdade e soubera sobre a riqueza dele antes mesmo do segundo encontro, apesar de ter fingido que não sabia. O tumulto da família Wells causava pouco interesse e ela ficara feliz em deixar que ele desfrutasse desse segredo. Ela se preocupava com o futuro, não com o passado. Mas ela presumira que o passado envolvesse encontros bobos e pais que não davam atenção, e não uma terapia intensiva por causa de uma desordem dissociativa.

— Quer sentar-se? — Donald acenou em direção ao sofá marrom.

Renee não suportava a ideia de sentar-se onde Donald e Staci poderiam ter dado vazão à paixão. — E no ano passado? Como foi?

Ele levantou o indicador e o polegar afastados cerca de dois centímetros. — Eu estive muito perto de procurar mais investidores para salvar nossa pele. Mas Jacob nem quis ouvir falar nisso. Disse que acharíamos uma saída, que alguma coisa aconteceria em breve.

— E aconteceu.

— Como eu disse, o seguro do incêndio... ei, sinto muito, sou um idiota insensível. Não quis colocar as coisas desse jeito.

— Estou superando — disse ela. Donald nunca perdera um filho. Ele não saberia que você nunca supera.

— Esse milhão pode nos ajudar em curto prazo, mas ele se arriscou demais. Meu Deus, não acredito que ele não lhe contou nada disso.

— O orgulho dos Wells. Ele não pediria emprestada uma mangueira de água mesmo se suas calças estivessem pegando fogo.

— Pessoalmente, eu estava pronto a declarar falência, começar outro negócio com algum futuro, talvez vendas farmacêuticas. Mas Jake continuava dizendo que o mercado viraria e estaríamos bem, só precisamos aguentar até conseguirmos alguma coisa.

— E ele conseguiu o pagamento de um seguro alto bem na hora.

— Foi por isso que perguntei se você faria o depósito. Imaginei que você teria pelo menos o cheque da casa. E, conhecendo os hábitos de negócio de Jake, eu apostaria que a família dele teria um seguro alto.

— Mattie morreu há apenas três meses. — O peixe virou-se em listras coloridas borradas na visão dela.

— O dinheiro de Christine?

Não era da conta dele. — Era meu bebê, Donald.

— Claro, mas os vivos têm que continuar vivendo, certo? É o que o velho Wells dizia e Jacob tem tanto daquele sangue que, às vezes, esqueço que ele é humano. Imaginei que ele mergulharia no trabalho, continuaria a tocar a vida. Que lidaria com isso da forma dele.

— A forma dele. O que diabos você sabe sobre a "forma dele"?

— Não mate o mensageiro, Renee. Você não conseguirá trazer Mattie e Christine de volta, não importa o quanto me odeie. Agora, você deveria se preocupar em trazer Jake de volta.

Ela queria bater em Donald, despejar a raiva e a frustração.

Mas Donald estava certo. Jacob era o alvo real, tão ilusório quanto qualquer presa, seu instinto de sobrevivência intacto. A isca da conselheira matrimonial não funcionara.

O ruído de estática os interrompeu. A voz de Jeffrey surgiu no interfone: — Sr. Meekins, linha três. Parece ser o Sr. Wells. Ele perguntou pela Sra. Wells.

Como ele sabia que ela estava lá? Ele a estava observando?

— Alô? — Donald apoiou o telefone entre a cabeça e o ombro e assentiu para Renee. — Ouça, Jake, onde está você? As coisas estão indo de mal a pior aqui—

Ele levantou a mão como se estivesse tentando interromper um longo discurso do outro lado da linha. — Ok, ela está aqui. Mas preciso falar com você depois que terminar com ela.

Renee pegou o telefone da mão de Donald e apertou-o contra o ouvido como se, com a força da pressão, pudesse trazer Jacob até ela. — Jake?

— Sim.

— Onde você está?

— No lugar aonde eu disse que nunca iria.

— Venha me ver.

— Eu já fui.

— Qual o problema?

As palavras de Jacob estavam estranhas, ligeiramente inarticuladas, a voz dele meio fina por causa da compressão da linha telefônica. Como o telefonema sobre o pacote. — Bem, deixe-me resumir — disse ele. — Você cremou minha filha enquanto eu estava drogado até o inferno em uma cama de hospital. Você se mudou e montou seu próprio ninho antes que eu tivesse a chance de consertar as coisas. E agora você está conspirando com meu sócio enquanto estou aqui tentando ajeitar tudo.

Os músculos em seu peito espremeram o coração. — Jake?

— Eu vi o jeito como ele olhava para você. Como um lobo olhando para um pernil. E você... bem, sabemos como você é.

Donald aproximou-se, mexendo o dedo como se quisesse ouvir a conversa. Renee ergueu o cotovelo para mantê-lo longe.

— Precisamos conversar. — A garganta dela estava apertada, como se alguém tivesse enfiado uma pedra grande e seca goela abaixo.

— Não há mais nada sobre o que conversar.

— Temos que consertar as coisas. Sei que você está sofrendo por Mattie, mas eu também estou. Precisamos um do outro. É o único jeito de passarmos por isso. E eu sei sobre...

— Você só precisa do garotão Donnie.

As lágrimas explodiram, quentes como sangue escorrendo pelas bochechas. — Jake, você está maluco.

Ela imediatamente arrependeu-se de usar aquela palavra. A Dr. Rheinsfeldt havia explicado que condições dissociativas vêm em diversas formas e Jacob mostrara alguns dos sintomas mais leves. Estados de fuga e amnésia não soavam tão leves para Renee, mas, pelo menos, ele não tinha perdido a identidade nem decaído para alguma das outras condições terríveis que Rheinsfeldt havia descrito.

Donald afastou-se em direção ao aquário, a expressão revelando o desgosto pelo desabafo emocional de Renee. Se soubesse o que o sócio estava dizendo sobre ele, o bronzeado de sua pele provavelmente teria ficado vermelho.

— Ouça – disse a voz do outro lado da linha. — Não desperdice seu fôlego mentindo. Não me importo mais com o que você faz. Mas preciso que faça uma coisa.

— Por favor, Jake. Você precisa de ajuda.

— Ah, sim. Claro. Uma rodada de sessões do crânio. Elas me consertaram bem da última vez, não foi?

— Não é só para você, querido. É para nós.

— Não há "nós". Só há você, eu e ele.

— Você está divagando como fez quando Christine morreu.

— Exceto que há uma grande diferença... Mattie também está morta.

— O médico disse que é perigoso beber no seu estado.

— Estou tão sóbrio quanto um maldito juiz.

— Diga-me onde está — disse ela. — Eu vou até aí agora.

— Aposto como viria. Porque você provavelmente está manipulando Donald, também. Imagino que ele tenha um ou dois milhões à mão.

— Jacob, pelo amor de Deus. — Ela não sabia como ainda estava respirando. Alguma parte animal do cérebro assumira as funções vitais. Tudo o que ela sentia era o peso do telefone e a dor moendo sua alma e transformando-a em uma linguiça etérea. Em algum momento durante o último minuto borrado, Donald escapara da sala.

Mesmo tendo vontade de gritar, ela sussurrou. — Escute. Eu sei que você está fora de si. Quando Christine morreu—

— Quando Christine morreu, merda. Pare de fingir.

— Foi um momento difícil para nós, Jake. Mattie também.

— O problema com Mattie é que ela era muito parecida com você.

— Você... — Ela afastou o telefone da cabeça, agarrou-o com o punho e procurou um canto no qual atirar essa insanidade e expulsá-la de sua vida.

Mas ela foi compelida a ouvir novamente. Só ouviu estática na linha por quinze segundos.

— Quer saber qual é o trato?

— Sim — sussurrou ela. Pelo menos, Donald tivera a decência de fechar a porta quando saiu. Agora ela podia desmoronar e ficar de joelhos no chão, deixar as lágrimas escorrerem sem barreiras. Ela precisou de toda a força de vontade para lembrar-se de que Jacob estava doente. Ela teria que aguentar e fim de conversa.

— Ok. Eis o que eu quero que você faça. Você está com o dinheiro?

Ela assentiu para ninguém. — Eu estou com o dinheiro.

— Ótimo. Quero que você o traga ao cemitério.

Só havia um cemitério na vida deles. Heavenly Meadows, onde Christine estava enterrada. — Por que lá?

— Reunião de família, doçura.

Doçura. Jacob só a chamara desse jeito uma vez. Há anos, durante aquela noite quente de agosto em que Mattie fora concebida com paixão violenta. Ele estava desabando e ela não tinha certeza de ter curativos suficientes dessa vez. Ela encontrou ar suficiente para responder. — Quando?

— Quinta pela manhã. Sem médicos nem polícia.

— Por favor, Jake...

— E diga ao garotão Donnie que se foda. A não ser que você queira ajudá-lo com isso.

— Não consegue ver o que está acontecendo com você?

— Claro, doçura. Como você disse, estou fora de mim. Vejo você na quinta.

Antes que ela pudesse avisá-lo para manter distância da fazenda dos Wells, o clique suave a cortou do homem que amava.

Renee parara de chorar quando Donald voltou. Ela prometera ser forte, por Jacob e pela memória das filhas, e pelo Deus que prometera bênçãos para aqueles que mantivessem a fé. Mas algumas recompensas só eram pagas com a dor da morte.

CAPÍTULO 12

— Claro, doçura. Como você disse, estou fora de mim. Vejo você na quinta. — Joshua desligou o telefone e voltou-se para encarar Jacob. — Que droga, foi difícil manter o Tennessee fora da minha voz. Como você arrumou um sotaque tão imbecil?

— Gostei do que fez com o lugar — disse Jacob.

— Mamãe sempre teve excelente gosto para coisas feias. Ela e a Rainha Vitória tinham muito em comum. Para falar a verdade, se não tivéssemos nascido, eu poderia jurar que ela nunca dera uma trepada. Posso perguntar uma coisa, de irmão para irmão?

Jacob esfregou a pele da bochecha que coçava, ainda sensível da cura. — Eu nunca esconderia um segredo de você.

— Como você consegue?

— Consegue o quê?

— Os malditos filhos. Como você lida com a morte deles? Quero dizer, isso não deveria arruinar sua vida, fazer com que culpe Deus e toda essa merda?

— Você se vira. — Jacob mudou de posição na cadeira desconfortável.

— Não, de verdade. — Joshua acendeu outro cigarro, cruzou a sala e inclinou-se diante de Jacob. — Como é isso? Você precisa ser honesto comigo. Sempre compartilhamos tudo. Ou, pelo menos, nós fizemos até que o velho Papai ficasse entre nós. Mas agora ele está fora do caminho, então pode voltar a ser como era nos velhos tempos.

— Você não entenderia. Você precisa amar alguém antes

que saiba como é perder essa pessoa. — O olhar de Jacob passou do irmão gêmeo para a lareira, onde ele viu o rosto descascando de Mattie nos anéis de fogo. Ele estava aliviado por conseguir lembrar-se da filha, mas com medo de que ela sempre carregasse aquela associação.

— Ei, eu sei como é o amor. É conseguir o que você precisa. Não é verdade?

— Cale a boca.

— Você amava Mamãe. Ela está morta. Você amava Papai. Ele está morto. Eu acho que você amava suas filhas. As duas estão mortas. E Renee—

Jacob cerrou os punhos, saltou da cadeira e empurrou Joshua, que deixou o cigarro cair e bateu de costas contra a prateleira. Ele caiu com uma falta de jeito exagerada, desabando sobre a pá de cinzas. Alguns livros caíram no chão.

Joshua limpou o canto da boca, onde uma linha fina de sangue começava a escorrer. — Eles perdem e você vence, é? Um Wells nunca fracassa.

— Eu nunca pedi nada daquilo.

— Mas ficou com tudo, não foi? E sempre que alguém morre, você consegue um pouco mais.

— Vou torcer seu maldito pescoço se não calar a boca.

— Jake, Jake, Jake. — Joshua deu uma risada. — Tem se olhado no espelho ultimamente? Não somos mais crianças.

— Não preciso aguentar suas merdas. Aguentei o suficiente quando éramos crianças, mas você está certo. Aqueles dias acabaram. E você pode colocar mais uma pessoa na minha lista de pessoas mortas. — Jacob começou a andar em direção à porta, virou-se e apontou o dedo. — *Você*.

Joshua levantou-se, o atiçador na mão. — Onde diabos pensa que vai?

Jacob continuou andando, entrou no vestíbulo com o teto alto e as paredes assombradas. A porta da frente estava trancada. A fechadura brilhante era nova, o brilho fora do lugar naquele lugar escuro.

— Você está em casa, Jacob — disse Joshua, batendo com o atiçador no chão como se fosse uma bengala. — Acostume-se com isso.

Jacob puxou a porta. Um dos castigos preferidos de seus pais fora trancar crianças malcriadas em seus quartos e muitas das portas na casa podiam ser trancadas pelos dois lados. — Quebrarei uma janela, se for preciso. Ou sua cabeça.

— Mas que raiva. Pensei que os médicos tinham ensinado a você como lidar com ela. Mas é útil poder dizer que não se lembra do que aconteceu.

— O que você quer?

— O que foi que eu sempre quis? Ser *você*, bonitão. Eu tive o azar de chegar ao mundo depois de você. E você chegou antes em tudo, também.

— Olhe, eu não queria a bênção de Papai, não queria a herança e também não queria nenhum dos malditos direitos de primogênito dos Wells. Eu lutei contra isso com cada centímetro do meu corpo, como você.

— Só até um pouco antes de ele morrer. Engraçado como isso aconteceu. Como você se aproximou quando era importante.

Jacob pressionou as mãos sobre os ouvidos. Se pelo menos ele conseguisse calar aquela voz acusadora e escarnecedora. Ou talvez apertar com força suficiente para que as memórias escorressem do cérebro como pus de uma ferida infeccionada. Ele não fora ao leito de morte de Warren Wells e implorara por perdão, não é? Mas ele não conseguia livrar-se da imagem daquela mão pálida e enrugada acariciando sua cabeça e os olhos azuis aguçados fitando-o com orgulho e vitória.

Joshua aproximou-se, o atiçador levantado à frente como se fosse um espadachim, os lábios curvados em triunfo. Jacob não tinha para onde fugir. Mesmo se a porta estivesse destrancada, não havia lugar no mundo onde pudesse escapar do passado. Ele olhou para o rosto que parecia um espelho selvagem, uma lembrança de todos aqueles segredos sombrios e coisas doentias ocultas.

Joshua aproximou-se o suficiente para que Jacob sentisse o cheiro do alcatrão do cigarro nos lábios dele. — Vá com calma, irmão. Você está agindo como se estivesse aqui contra a vontade. Como se você não tivesse pensado nessa casa em cada dia de sua vida adulta.

Joshua colocou a mão no ombro de Jacob. A mão estava fria como um lagarto escondido sob uma pedra do riacho. — Vamos, deixe-me levá-lo até seu quarto.

Jacob deixou-se levar pelo vestíbulo até a escada polida com corrimões gastos. Eles pararam como se ambos estivessem admirando a balaustrada quebrada, uma relíquia impressionante que resistira aos consertos. Joshua o empurrou escada acima. Cada degrau deixava Jacob mais perto do passado, mas a memória parecia iludi-lo. Em vez de sequências prolongadas, ele via os eventos de sua infância em flashes de imagens borradas e fracionadas.

Degrau. No chão, o sol brilhava através da janela, deixando um rio amarelo entre eles, Joshua batendo no joelho de Jacob com um vagão do trem de madeira.

Degrau. Os dedos de Jacob agarraram-se no canto do berço, seus gritos enchendo o mundo, Joshua rindo enquanto puxava as cobertas.

Degrau. No escuro, atrás da cortina, prendendo a respiração, alguma coisa terrível arranhando a porta.

Degrau. Mamãe entrando no quarto deles, sorrindo, carregando uma bandeja de prata com um bule e canecas de porcelana.

Degrau. Papai sorrindo por trás do cachimbo, segurando

uma nota de um dólar e vendo qual dos filhos pularia mais alto e seria o primeiro a pegá-la.

Degrau. A janela quebrada, o vidro estilhaçado manchado com o sangue escuro do pássaro que voara contra o próprio reflexo.

Degrau. À noite, Joshua rindo na cama do outro lado do quarto. Um riso separado ecoando no armário. Jacob com a cabeça sufocando sob a segurança do travesseiro.

Degrau. Mamãe no topo da escada, as pernas tremendo, os olhos desvairados em direção ao teto.

Degrau. A coleção de revistas de Jacob espalhadas pelo chão, a virilha das mulheres das revistas cuidadosamente recortadas.

Degrau. Um braço saindo de sob a cama, os dedos pálidos sob o luar.

Degrau. Papai trancando a porta do armário, ameaçando deixar os garotos lá dentro até que virassem esqueletos se não aprendessem a se comportar.

Degrau. Um cheiro passageiro de enxofre, e uma pequena chama rastejando sobre os lençóis.

Degrau. Joshua obrigando-o a prometer que nunca contaria, dedos em cruz e esperando morrer.

Degrau. O médico inclinando-se, com um cheiro doce de decadência, o rosto redondo cheio de bondade.

Degrau. Mamãe com a bandeja de prata, dessa vez com pílulas e um copo d'água.

Degrau. Moedas espalhadas sobre a cômoda de nogueira. Joshua com três dólares inteiros porque ele era o favorito de Papai.

Degrau. Vasculhando as roupas de Joshua, experimentando a camiseta vermelha favorita do irmão. Cabia perfeitamente, melhor do que as próprias roupas de Jacob.

Degrau. Jacob com a cabeça sob o travesseiro. A porta do

armário rangendo ao se abrir.

Degrau. O médico dizendo a ele que era apenas um sonho e sonhos podiam ser assustadores, não é? Mas, olhe, não tem nada aqui agora.

Degrau. Mamãe no topo da escada.

Degrau. Papai no topo da escada.

Degrau. Um estrondo, osso mais macio que madeira, carne com pouca resistência.

Degrau. Promessa de nunca contar.

Degrau. Jacob no topo da escada.

Ele piscou e olhou em volta. A poeira era como um carpete fino prateado, os fios brilhando e quase etéreos na luz do dia que morria. O corredor tinha painéis de cerejeira. As portas fechadas pareciam lajes sólidas de escuridão imperdoável. Rachaduras que pareciam pernas de aranhas espalhavam-se pelo teto.

A última porta à direita levava ao quarto que ele e Joshua compartilharam quando crianças. Apesar do tamanho da casa, Mamãe sempre insistira que os garotos ficassem perto um do outro. O quarto dos pais era duas portas adiante, o quarto do meio servindo primeiramente como berçário e, quando os garotos largaram o berço, como quarto de hóspedes. Jacob e Joshua só tiveram permissão para ter cada um seu próprio quarto quando fizeram doze anos. Mas, quando Jacob pensava na casa, não pensava em "seu" quarto. Ele pensava no quarto "deles". Para ele, o quarto no canto, com vista para o celeiro e para o campo ao lado do rio, era onde ele havia crescido.

E foi para lá que os pés dele o levaram. As tábuas do chão rangeram com a idade, apesar de ele, inconscientemente, ainda ter evitado o ponto fraco que havia alertado seus pais de que ele era sonâmbulo. Quantas vezes ele passara por essa faixa de carpete gasto? Provavelmente mais vezes de que se lembrava.

— Isso mesmo! — Disse Joshua. — Não resista mais.

Jacob devia ter entrado em um breve estado de fuga, pois a próxima coisa de que se deu conta foram as duas camas gêmeas encostadas em paredes opostas. A cama da infância de Jacob agora parecia impossivelmente pequena para ter aguentado todos os horrores e tremores. A porta do armário no pé da cama estava entreaberta e ele analisou o ângulo escuro para ver se havia sinais de movimento.

Joshua sentou em sua cama e fez uma tentativa desajeitada de se esticar. — Traz de volta muitas memórias, não é?

— Na verdade, não — mentiu ele. — Minha infância é só um longo borrão. Por que eu iria querer lembrar-me dela?

Joshua sentou-se com um grunhido alto das molas da cama. — Por que eu quero que lembre, mano querido. Foram os melhores dias da minha vida e eu gostaria de tê-los de volta.

Jacob sacudiu o mal-estar que se apossara dele. — É por isso que você me odeia? Porque eu finalmente tive um pouco de felicidade? Porque eu me dei bem e você acabou em um emprego com salário de fome em Tennessee? Porque eu tinha esposa e filhas que me amavam, enquanto você estava encostado com uma puta qualquer? Porque eu deixei isso tudo para trás e você teve que viver nisso dia após dia porque era tudo o que tinha? É por isso que me odeia?

Joshua sorriu, os lábios parecidos com os das cabeças de zumbi penduradas no retrovisor do carro. — Eu não odeio você. Eu amo você. Por que mais teria todo esse trabalho?

— Não é trabalho. É sorte. Por acaso, você apareceu aqui quando eu cheguei ao fundo.

— Você tem uma pilha de notas verdes bem macia para amortecer a queda.

Jacob encarou Joshua bem dentro dos olhos, aqueles buracos profundos, sem alma, com contornos castanhos, que engoliam a luz que batia neles. Ele ficou imaginando se os próprios olhos eram iguais aos de Joshua. No espelho, ele nunca se vira como impiedoso. Mas como será que os outros o viam? Será que alguém podia realmente escapar da mancha corrompida de seus genes?

— Não sou como você, Joshua. Não me alimento da dor dos outros.

— Mentira. Você transformou-se no velho. Uma lasca do maldito bloco. Apesar do desprezo que sentíamos por ele, parece que, afinal, ele riu por último.

— Você nem o conhecia. Pelo menos, ele tinha um pouco de alma no final para encarar seus pecados e desculpar-se. Mas você nem pensa em consertar as coisas. Você só continua a cavar cada vez mais fundo, ficando mais perto do inferno com cada pá de terra que arranca.

— Palavras bem bonitas para um poeta fingido. Mas pelo menos não estou enterrando meus filhos.

Joshua levantou o braço para a prateleira acima de sua cama. A prateleira era embutida na parede e tinha os artefatos de uma infância perdida. Um urso de pelúcia rasgado estava deitado contra uma luva de beisebol e um boneco G.I. Joe amputado mantinha vigília sobre uma pilha de cartas de beisebol presas com um elástico. Sem olhar, Joshua passou a mão sobre um cubo mágico e um caminhão de lixo Tonka. Ele empurrou os brinquedos para o lado e puxou um livro empoeirado dos recessos da prateleira.

Jacob o reconheceu instantaneamente, apesar de não tê-lo visto em mais de uma década. — Meu diário. Como você conseguiu isso?

— É a minha história também, Jakie. Que diabos, eu poderia tê-la escrito para você se não fosse tão preguiçoso.

Jacob levantou-se. O passado estava lacrado em seu cofre, as épocas que se foram eram o tipo de coisa que enchia caixões, memórias eram para aqueles que não tinham forças suficientes para enterrá-las. Os esqueletos não deviam ficar nos armários, eles deviam ser martelados em um milhão de pedaços de ossos e espalhados em todos os cantos do mundo. Devolvidos ao pó. Nenhuma prova deveria permanecer.

Nenhuma prova.

— Dê-me isso — o sangue de Jacob parecia lava gelada.

Joshua recostou-se contra um travesseiro desbotado, abriu o livro aleatoriamente e começou a ler, todos os traços do sotaque rural desaparecidos.

— "17 de janeiro: Frio e cinza. Parece que vai nevar. Joshua me meteu em encrencas na escola hoje. Ele riscou uma parte do meu dever de casa e desenhou garotas nuas. Ele ganhou um A e eu fui mandado para a sala do diretor.

Joshua olhou por sobre o diário, o sorriso de um garoto diabólico. — Ei, eu tinha me esquecido disso. Ainda bem que você anotou essa história, ou ela poderia nunca ter acontecido. O que mais você disse sobre mim?

— Não é da sua conta. Dê-me isso.

Joshua folheou algumas páginas, o papel farfalhando como os pulmões de um homem à beira da morte. — Oooh, esta aqui é boa. "3 de fevereiro: Cynthia Chaney sentou-se ao meu lado no almoço hoje. Eu tinha um sanduíche de manteiga de amendoim com geleia. Ela recebe almoço de graça porque a família dela é muito pobre. Cynthia disse que tem medo de Joshua porque ele espia as garotas que vão ao banheiro." Que diabo, mano, você devia desistir da carreira imobiliária e ir para Hollywood. Com algumas dessas coisas que você inventou, ia ser um sucesso.

— Isso realmente aconteceu. É tudo verdade.

— Mentira. Fui eu quem almoçou com Cynthia Chaney. Eu a acompanhei até a casa dela. Trepei com ela nos arbustos atrás do acampamento. Ela tinha essa ideia maluca de que eu casaria com ela e a resgataria daquela vida ridícula que tinha. Vadia burra.

— Cynthia era uma garota legal. Não foi culpa dela que você a tenha arruinado.

— Grande merda. Qualquer garota que abre as pernas quando você sussurra a palavra "amor" merece tudo o que recebe.

— Ela teve que mudar para a Flórida depois do aborto.

— Se você acreditar em todas as outras vadias burras. Eu apostaria dinheiro como ela estava procurando uma desculpa para largar a escola e apareceu com essa, pois ninguém a culparia. As pessoas são ótimas em mudar a verdade para que atenda às necessidades delas. De qualquer forma, eu não fui o único a cavalgar aquele pônei.

— No dia seguinte... — Jacob olhou pela janela, a raiva esvaindo-se junto com suas forças. — Cynthia achou que eu fosse você. Ela veio por trás de mim no ginásio e beijou-me na boca, disse para encontrá-la no almoço e fazer planos para fugirmos juntos.

Joshua riu. — Eu disse a você que ela era uma vadia burra. Você provavelmente ficou com pena dela. Mostra como você tinha a cabeça confusa naquela época. Diabos, eu sabia disso dois anos antes que os médicos. Não era preciso um diploma para ouvir os parafusos soltos fazendo barulho dentro de seu crânio.

— Dê-me o diário.

— Espere. Estamos quase chegando na parte boa. "3 de março: Como será que é ser como Joshua? Dizem que gêmeos frequentemente têm uma ligação psíquica que vai além do que o DNA pode explicar. Esse livro que li diz que é por isso que gêmeos separados ao nascerem com frequência têm uma vida que parece muito similar." Ei, essa é boa. "Ligação psíquica". Você realmente acredita nessa merda ou foi alguma porcaria que os médicos lhe disseram?

— Somos parecidos de várias formas. De formas que me deixam envergonhado. Mas Papai achou que eu fosse o perturbado. Acho que você está certo sobre as pessoas virem o que desejam.

O sol entrava pela janela em um ângulo baixo, iluminando a desordem empoeirada sob a cama de Joshua. Aquela coisa sobre monstros sob a cama, a mão erguendo-se para agarrar as crianças e levá-las para aquele lugar escuro, não fora nada além de uma história. Mesmo assim, enquanto as sombras do quarto ficavam mais profundas, Jacob estava sentado na cama de sua infância e teve que lutar contra a ânsia de tirar os pés do chão e colocá-los sob os joelhos. Os monstros haviam desaparecido há muito tempo, o poder de assustar lacrado nos buracos mortos dos armários e das caixas de brinquedos vazias.

Joshua virou mais algumas páginas e um pedaço de celuloide ondulado caiu de dentro do diário. Joshua o pegou, olhou para ele e jogou-o para Jacob como se fosse um disco quadrado. Jacob o pegou. A fotografia mostrava ele e Joshua, quando tinham uns sete anos, em roupas de marinheiro iguais. Deve ter sido no começo do verão, pois eles não usavam sapatos. Jacob levou um momento para reconhecer-se como sendo o da direita, o que segurava um pequeno barco. Jacob adorava aquele barco e, quando dormia, ele ficava na janela perto da cabeceira de sua cama.

Um dia, Joshua o arrancara de suas mãos e o soltara no rio, onde ele saltou nas correntes fortes e encaminhou-se para as espumas saltitantes das cachoeiras. Jacob correra atrás do barco, quase pulando no rio para salvá-lo, mas ele não sabia nadar e o rio estava cheio e marrom por causa das chuvas recentes. Ele correra ao longo da margem, com os arbustos espinhentos e as moitas rasgando linhas vermelhas nos braços e nas pernas. Finalmente, preso e imponente, ele observou o barco bater contra um monólito alto de granito e espatifar-se em pedaços brilhantes de madeira pintada e tecido.

— 11 de abril — leu Joshua. — Mamãe está doente novamente. Ela ficou na cama o dia inteiro e eu tive que levar-lhe sopa. Ela não come nada sólido. Remédios e vinho. Seu rosto está pálido e, de alguma forma, o cabelo ficou totalmente grisalho nas últimas semanas. Papai fica no andar de baixo, no estúdio. Joshua esconde-se quando é hora de levar comida para Mamãe. Devíamos conseguir uma enfermeira para ela.

Joshua fechou o diário com força. — O bichinho de estimação da Mamãe, hein?

— Foi um acidente — disse Jacob, olhando pela janela, vendo o barco quebrado na mente, pedaços na espuma.

— Nada é um acidente. Recebemos tudo o que merecemos.

— Não. — O rio subiu, as águas escuras envoltas em dentes brancos.

— Você a empurrou, Jacob.

— Não. — O rio abriu uma boca enorme, a corrente fria convidando-o.

— Você matou a própria maldita mãe.

Jacob esfregou a parte de baixo dos punhos fechados contra os olhos, tentando arrancar a visão daquele barco quebrado da mente. Em algum lugar, longe daqui, seus destroços devem ter chegado ao fundo de um mar calmo.

CAPÍTULO 13

Renee passou pelos restos da casa deles na quarta-feira, logo que o sol bateu nos cumes distantes de Blue Ridge. Ela tencionara continuar, mas viu-se subindo a entrada da garagem como se estivesse voltando do mercado. O esqueleto do prédio repousava como um caixão sem tampa. A fita plástica amarela ainda estava ao redor dos destroços queimados, mas estava rasgada em alguns lugares, os pedaços esvoaçando como as caudas de pipas entrelaçadas.

Na parte de trás do quintal, uma pequena cabana de depósito estava escurecida, mas intacta. Os galhos dos carvalhos e dos bordos mais próximos da casa estavam retorcidos e secos, dedos aleijados entre a folhagem vibrante da primavera. A cerca que corria no lado oeste da propriedade havia sido derrubada, provavelmente por um dos caminhões. O quintal da frente estava cheio de sulcos de pneus, a calçada rachada, a caixa de correio curvada como um padre bêbado penitente.

Uns poucos pedaços de madeira pretos sobressaíam-se no fosso afundado de detritos. Metal retorcido e pedras enegrecidas estavam espalhados dentre as brasas mortas. Na geladeira, um dia houvera fotos de Mattie no uniforme de futebol, receitas simples, testes amassados com letras A vermelhas circuladas no topo, tudo isso grudado na porta com ímãs coloridos. Agora, enferrujada, ela estava deitada de lado, adornada com nada além de fragmentos de vidro cinza.

Ela não deveria ter vindo. A chefe dos bombeiros, Davidson, dissera que a investigação da cena havia sido concluída, mas algumas provas ainda estavam sendo testadas no laboratório estadual. Ela e Jacob podiam tentar recuperar o que quisessem. Davidson disse que eles poderiam até levar uma escavadeira e um caminhão de lixo para limpar os restos, começar de novo com a fundação existente.

Restos.

Era fácil para Davidson falar, uma mulher casada com o trabalho e cuja única responsabilidade era com o dever. Talvez Davidson, na privacidade de sua cama solitária, chorasse pelos bombeiros mortos em tragédias que passavam na TV ou ficasse de luto pelas vítimas de guerras distantes. Mas Davidson não tinha carne de sua carne queimada nessas ruínas. Renee tinha. Ela usava a fumaça como um manto fúnebre e a perda era um leito quente de carvão eterno em seu peito.

Ela ficou sentada no carro por um momento, olhando para as casas perfeitas na rua com luzes brilhantes, televisão e risadas por trás das cortinas fechadas. Ela odiava essas pessoas. Eles não tinham direito à fortuna e à liberdade. Renee construíra sua vida desde o chão, colocando cada prego cuidadosamente, calafetando cada abertura para impedir a penetração de ventos fortes. Ainda assim, ela fracassara em algum ponto. Você podia preocupar-se o quanto quisesse com fechaduras e luzes de segurança, tomar todas as precauções, mas a tragédia ainda batia na porta da frente, subia as escadas e sussurrava: — Que bom ver você de novo.

Ou talvez ela se esgueirasse por uma porta traseira que alguém deixara aberta.

Uma BWM passou na rua, um daqueles modelos mais novos feios, provavelmente conduzido por uma mãe perfeita do outro lado do quarteirão. Uma cujas crianças estavam escovando os dentes e preparando-se para uma noite de doces sonhos. Uma mulher cujos filhos estavam cheios de sangue e ar e canja de galinha. Uma mulher com caçarolas de fundo de cobre, penduradas em ordem de tamanho, da maior para a menor. Uma mulher que assistia a programas de TV com um sorriso simpático, segura de que seu casamento não tinha rachaduras escondidas nem fraturas por estresse.

Renee saiu do carro. O ar estava úmido com o orvalho do verão e espesso com o fedor de madeira queimada. Ela estava impressionada em ver como sobrara pouco da casa. Fios enrolados, canos torcidos, alguns pedaços de gesso escuro e molhado e alguns amontoados de roupas queimadas estavam espalhados entre as cinzas negras. Alguma coisa refletiu a luz do sol que se punha, um farol brilhante na escuridão.

Era o espelho de mão que sua mãe lhe dera, uma herança de família. Renee o repassara para Mattie. A moldura de prata ornada havia derretido em um monte disforme, cinzas escuras presas no metal, mas o vidro estava intacto.

Renee caminhou ao longo dos blocos enegrecidos que haviam servido como parede do porão. Ela estava usando calças compridas e os sapatos ficariam arruinados, mas continuou, entrando no buraco que um dia fora sua casa. Um pedaço afiado de chapa de metal rasgou sua canela. Ela começou a dizer um palavrão, mas interrompeu-se, como se estivesse cometendo sacrilégio em terreno sagrado. A madeira queimada desfez-se sob seus pés, a poeira preta levantando e enchendo a garganta e as narinas.

Ela chegou no ponto a uns metros da parede onde a superfície do espelho de mão brilhava entre duas vigas deformadas. Ela abriu um caminho até o espelho e o pegou, depois ajoelhou-se no meio dos detritos e colocou-o de encontro ao coração.

Quando dera o espelho para Mattie, ela contara a história da Branca de Neve e como a madrasta má havia perguntado ao espelho sobre mulheres lindas.

— Espelho, espelho meu, quem é a mais linda de todas? —

Disse Renee, em sua voz mais séria e cruel.

— Quem, Mamãe, quem? — Mattie respondera, balançando na cama, os olhos arregalados o suficiente para mostrar a parte branca em toda a volta das pupilas.

Renee virara o espelho para que Mattie pudesse se ver, os lábios avermelhados, os dentes de leite tortos, a curva suave do nariz, as bochechas cor de rosa, o cabelo dourado como o da mãe, mas muito mais fino. — Ora, *você* é, sua boba — dissera Renee.

Ela olhou para o céu que estava escurecendo. Aquele momento mágico acontecera seis metros acima, no segundo andar de um lugar de finais felizes. E o espelho havia absorvido aquele momento nessa lenda de família, e Mattie nunca mais olhara para ele sem franzir o nariz e dizer "Ora, *você* é, sua boba", algumas vezes mudando a ênfase das palavras para dizer "Ora, você é, sua *boba*". Renee não conseguia acreditar que a filha que fora dona do espelho agora era menos substancial do que a neblina do crepúsculo que pairava dentre as árvores.

Renee virou o espelho para cima e olhou para a superfície borrada, com a esperança infantil de encontrar o reflexo de Mattie. Mas o rosto envolvo em prata havia desaparecido com o espírito da garota que morrera no incêndio.

Quando você morre, leva junto todos os reflexos.

Como a cerimônia de Mattie fora diferente do desastre com Christine. Era mais do que a simples ausência de Jacob. Um caixão, mesmo tão pequeno quanto o de Christine, carregava a sugestão de uma forma humana. Plantar um ser amado no solo pelo menos dava a ilusão de renovação. Deslizar um pote no buraco quadrado no concreto de um mausoléu não trazia sensação de conclusão, mesmo depois que o homem de cabelo oleoso, usando um macacão, parafusara a tampa de ferro fundido no lugar.

Ela inclinou o espelho para que pudesse ver a própria face na luz fraca. Ela envelhecera e a pele estava cansada e esticada. Os olhos estavam cheios de raios vermelhos, as mandíbulas cerradas com tensão. Mas ela não estava buscando sinais físicos de tranquilidade. Ela estava buscando a si própria para ver se o rosto ainda mostrava alguma esperança.

— Um Wells nunca fracassa — sussurrou ela. — Mas eu não sou uma Wells.

Um ruído veio da parte de trás da propriedade, onde uma linha de azaleias e forsítias davam lugar ao emaranhado selvagem da floresta. Provavelmente algum cachorro estava farejando algo, atraído pelos estranhos cheiros. Talvez, para seu nariz hipersensível, o aroma de carne assada ainda permanecesse...

Renee caminhou até a parede de blocos, o espelho sob o braço. Ela colocou o espelho cuidadosamente na grama, fora dos destroços, e ergueu-se. Ela sujara os joelhos das calças e as mãos estavam pretas. Ela limpou as mãos uma na outra, mas as manchas permaneceram. O ruído veio novamente da beira da floresta, onde o cinza iluminado da rua encontrava-se com o preto da noite.

— Quem está aí? — Perguntou. Ela não estava com medo. Alguém que acabara de perder uma filha, que perdera duas filhas, já havia enfrentado o pior. O medo comum já não tinha mais poder sobre ela.

Uma risada abafada veio das sombras. Provavelmente um dos filhos do vizinho que fora desafiado pelos amigos.

Aposto como não tem coragem de ir até lá, bebezão assustado. Aposto como não tem coragem de tocar na casa em que Mattie morreu. Especialmente no escuro.

As crianças tinham sua própria maneira de lidar com a tragédia. Eles cutucavam coisas mortas com pedaços de pau, valiam-se do humor mórbido. Eles assustavam uns aos outros de propósito. Eles procuravam fantasmas.

Não é o que você está fazendo?

Não. Os fantasmas dela tinham se dissolvido, escorrido pelos dedos enquanto ela assistia e tudo o que tinha era um espelho sem fundo.

Mattie fora tão corajosa sobre a morte de Christine. Parte disso fora a ignorância de Mattie sobre a perpetuidade da morte. Christine ainda era tão nova no mundo. Mattie não tivera a oportunidade de formar uma ligação de irmã. O mais perto que chegara fora segurar Christine, embalá-la durante as crises de cólica e cantar "Dorme Neném".

E Mattie, até mais que Jacob, ajudara Renee nos meses enevoados de angústia. Mattie precisara dela. Não para as coisas do dia a dia, como providenciar roupas limpas e levá-la à escola, mas para conselhos sobre o que fazer quando Tommy Winegarden tentara beijá-la no parquinho. Ou uma explicação sobre como girinos podiam transformar-se em sapos quando nem pernas tinham. Ou por que Jesus amava as crianças pequenas, mas as deixava sufocar nas cobertas.

A risada veio novamente. Não fora imaginação.

— Olá? — Gritou Renee para as árvores, imaginando qual dos amigos de Mattie estava escondido lá. Sydney, Brett ou Noelle.

A única resposta foi o estalar de gravetos e o farfalhar apressado dos galhos.

Ela caminhou em direção ao ruído, o espelho desfigurado à frente como um talismã.

— Não tenha medo. Só quero falar com você.

Sydney Minter, duas casas adiante, viera uma tarde para brincar de Barbie com Mattie. Elas fizeram de conta que bonecas eram um brinquedo bobo demais. Então Renee mostrou a elas como poderiam fazer uma casa de blocos de madeira e fazer com que a Barbie batesse nela com o jipe do G.I. Joe. Depois disso, o quarto de Mattie enchera-se com gritos alegres e combate fantasiado. Renee não vira os Minter no funeral de Mattie.

Ela chegou na beira fria da floresta e tentou mais uma vez.

— Venha aqui, onde posso ver você. Eu também sinto falta dela.

A risada veio novamente e, dessa vez, não carregava cautela nem hesitação. Em seguida, veio uma resposta baixa e áspera de uma voz fingida: — *Faça um desejo.*

A voz parecia eletrônica, como se viesse de um brinquedo. Mattie tivera uma Barbie que deixava o dono gravar pedaços de músicas, para que a boneca cantasse "como uma verdadeira estrela do rock". Essa frase tinha a mesma qualidade comprimida e cheia de estática, como se alguém tivesse sussurrado bem perto do dispositivo e, a seguir, reproduzido o som amplificado.

Quem faria uma piada tão cruel? Nenhuma criança seria tão maldosa com uma mãe de luto. Nem teria uma astúcia tão criativa. Renee ergueu o espelho como se fosse jogá-lo na direção da voz ou afastar uma alegria irreal. — O que você quer?

A resposta veio dez segundos depois, de um espaço escuro diferente atrás da parede de árvores. Novamente com a voz eletrônica de alguém imitando o demônio de um filme de classe B: — Eu vi o que aconteceu.

— O que aconteceu onde?

Uma pausa, tempo para gravar e reproduzir. — Na noite do incêndio.

Renee abriu caminho pelos galhos afiados dos arbustos podados, ignorando os arranhões na pele. — Fique onde está — disse ela, a respiração e as batidas do coração enchendo-lhe os ouvidos.

Ela mergulhou na floresta, o galho de um pinheiro batendo em seu rosto e fazendo com que os olhos ficassem cheios de lágrimas. A cobertura de folhas sobre a cabeça mesclou-se em um teto de escuridão total e somente alguns poucos fiapos de luz distante passavam por entre os troncos. Ela virou-se, confusa, tentando orientar-se na direção da voz.

Dessa vez, a voz veio de trás, de um lugar mais profundo na floresta. — Ele entrou pela porta.

— Que porta?

Outros cinco segundos para gravar e reproduzir. — A porta que se abre para os dois lados. — A fonte da voz recuava enquanto falava. Renee não sabia dizer se era de uma criança ou um adulto, de um homem ou de uma mulher. Ela prendeu a respiração, agachando-se com a boca aberta, medindo o lugar dos passos. Enquanto escutava, sua mente disparava com um sincronismo selvagem com as batidas do coração.

Porta que se abre para os dois lados.

Era algum tipo de charada? Ou era apenas um trote elaborado dos filhos de Minter, ou do garoto Bennington ou alguma outra criança malcriada de um dos lares perfeitos anônimos?

Ou alguém vira alguma coisa no dia do incêndio e estava com medo de contar?

Ela correu na direção da voz. Os troncos pretos das árvores pareciam erguer-se de todos os lados, como se tivessem sido colocados em uma desordem perfeita para confundi-la. Galhos baixos batiam em suas pernas, rasgando as calças. A floresta parecia uma criatura viva, atraindo-a para seu coração selvagem. Renee afastou os gravetos quebradiços do rosto quando o cabelo ficou preso nos galhos pesados. Ela soltou-se, passou por um carvalho enorme e viu-se em uma clareira.

Sob a luz das estrelas, ela conseguia distinguir um caminho gasto. Ele levava a um riacho. O caminho desapareceu em um matagal de roseiras bravas e macieiras silvestres no outro lado, uma parede densa e cheia de espinhos por onde nenhum ser humano conseguiria passar.

Renee fez a curva para o riacho e jogou água no rosto machucado. Ela não ouviu passos, nenhuma voz falsa gravada, somente a risada suave da água. Ela levantou o espelho e viu seu reflexo, uma bruxa perversa com olhos machucados, o cabelo que parecia um ninho de cobra, o sangue escorrendo do nariz.

Ela olhou para a margem do riacho. Repousando sobre uma pedra fria cinza, havia um pequeno objeto plástico amarelo desbotado.

Ela inclinou-se para a frente e pegou o objeto, que emitiu um estalido.

Um chocalho.

Ele pertencera a Christine.

Além dele, no buraco entre duas pedras gastas pela água, estava um amontoado de pano. Renee o pegou e olhou para o sorriso congelado da Barbie Rock Star. A boneca devia ter sido queimada na casa. Ela estava limpa, o cabelo desembaraçado, as roupas brilhantes lavadas.

Renee virou a boneca e procurou o botão que dispararia o áudio. Ela o encontrou.

— *Presente para a casa.*

Renee ficou parada ao lado do riacho por longos minutos, ouvindo o vento nas árvores, a música alegre das correntes, os barulhos agudos dos insetos. Quando o último sinal de luz do dia desapareceu e os sons da noite juntaram-se em uma sinfonia, ela ergueu-se, limpou a sujeira das roupas e colocou o chocalho e a boneca no bolso.

Alguém sabia.

CAPÍTULO 14

Jacob acordou com a boca seca, o coração batendo nos ouvidos, os pulsos doendo. Ele achou que tinha sentido cheiro de fumaça e deu-se conta de que sonhara com a casa sendo queimada. Suas costas estavam enrijecidas. Ele virou-se e olhou para o outro lado do quarto. A cama de Joshua estava vazia.

A janela estava cinzenta com o aproximar da alvorada. Ele sentou-se e movimentou os ombros e o pescoço, aliviando os músculos doloridos. O cheiro de fumaça que ele sentira vinha de um cigarro. Joshua estava na porta, sorrindo, coçando a axila manchada da camiseta.

— Bom dia, mano. Dormiu bem?

— Pior do que nunca.

— Você não tem paz de espírito. Aqueles psiquiatras não o ajudaram nem um pouco.

— Por quanto tempo preciso ficar aqui?

Joshua bateu o cigarro, jogando a cinza no tapete. — Você age como se eu o estivesse segurando contra a vontade. — Ele riu, o latido de um cão sedento. — Não sou o guardião do meu irmão. Engraçado, hein?

— Então posso ir?

— É uma longa caminhada até a cidade.

— Chamarei um táxi.

— Lamento, não posso deixá-lo usar o telefone. Você poderá dizer alguma coisa da qual nós dois nos arrependeremos.

— Ok, então. Eu caminharei.

—Então você não quer esperar sua querida e doce esposa.

— Deixe-a fora disso.

— Não é esse o trato.

Jacob olhou para o armário. A porta estava fechada. Ele ficou imaginando o que havia atrás dela. — Você tem a casa. E o que eu já paguei a você. Não é suficiente?

— De que me adianta esse maldito lugar se não posso vendê-lo? Nada além de um covil de memórias que parecem cobras prontas para saírem e mordê-lo. Você me deve muito mais, Jake. Você me deve há muito tempo. Agora é a hora de pagar.

— O que você quiser. Mas deixe-nos em paz.

— Nós? Achei que você decidira que sua esposa era uma vadia que merecia morrer.

Jacob esfregou os olhos. — Não. Eu não disse isso. Você disse, não foi?

— Jake, quantas vezes preciso lhe dizer? Só estou fazendo o que é melhor para você. Só estou fazendo o que você faria se tivesse culhões.

Jacob inclinou-se para a frente e olhou sob a cama. Nada. — Você nunca cuidou de mim.

— Mais do que o velho, com certeza.

— Porque ele amava mais você.

— Amor? O velho? Essas palavras não andam juntas.

— Ele fez isso tudo por nós, Josh. Ele queria que nós dois continuássemos no lugar dele.

— Exceto que eu nunca quis. Não queria o maldito legado, nem o lugar na comunidade, nem a vida em serviço incansável para os outros. Eu só queria o dinheiro. Mas ele me fodeu deixando a casa para mim. Riu o tempo todo até o maldito túmulo, com você sentado lá, segurando o urinol e uma cópia novinha do testamento.

A cabeça de Jacob latejava e a língua estava grossa contra o céu da boca, resultado de uísque demais. Ele olhou em torno do quarto. A única vez que ele desejara a propriedade dessa casa fora quando o advogado abrira o testamento e anunciara que ela pertencia a Joshua. Talvez ele a devesse ter comprado na época. Com certeza o advogado teria encontrado algum jeito de burlar a cláusula que impedia a venda.

O quarto parecia menor e menos ameaçador do que na época da infância deles. Duas luvas de beisebol estavam penduradas em uma fileira de cabides acima da cômoda. Uma para destro, outra para canhoto. Jacob ouvira falar sobre gêmeos opostos, como o embrião dividia-se e as metades desenvolviam-se como espelhos opostos, enfrentando-se, confrontando-se. Jacob fechou a mão direita. Joshua, sendo canhoto, sempre fora o jogador de beisebol melhor, especialmente como lançador.

Essa era uma das poucas coisas pelas quais os professores conseguiam diferenciá-los: pela mão com que escreviam. De vez em quando, Joshua forçava Jacob a cobri-lo enquanto ele matava aula ou fumava maconha sob as arquibancadas do estádio de futebol. Jacob praticara escrever com a mão esquerda até que a letra estivesse legível. Ele não queria desapontar Joshua e, é claro, Joshua tinha a arma mais importante contra ele.

Jacob imaginara com frequência os dois encarando-se dentro do ventre, lutando pelos recursos físicos da mãe e acabando com as forças dela. E, no momento da liberação, lutando em direção à abertura cheia de luz em uma corrida desesperada em que o vencedor ganhava tudo. Como se cada um deles soubesse o que o esperava e que a vida e a morte estavam em jogo.

— Renee não sabe sobre você — disse Jacob.

— Ela sabe o suficiente. — Joshua foi até a janela.

Lá fora, o sol havia surgido, mas estava escondido atrás de

nuvens fragmentadas. Uma brisa de primavera assoviava nas persianas e uma ripa de madeira batia contra a parede do lado de fora. *Toc toc toc.*

Mamãe fazia aquele mesmo som ao caminhar pelo corredor depois do derrame, batendo com a bengala. Jacob conseguia imaginá-la, encolhida dentro de uma camisola de flanela cor de pêssego e usando chinelos esfarrapados, as canelas cheias de veias azuis grossas. Seu corpo tremia quando ela deslizava um pé à frente, equilibrava-se, avançava a bengala e colocava a ponta contra o chão, ajustava o peso sobre ela, e deslizava o segundo pé ao lado do primeiro. Repetia os passos incansável e lentamente até chegar à escada. Então, a batida da bengala era interrompida pelo bater da mão contra o corrimão.

— Tivemos alguns bons momentos no celeiro, não foi? — Disse Joshua, sem se virar.

— As galinhas não.

— Haha. Então você se lembra?

Jacob sentiu-se zonzo e queria encostar-se na cama, mas teve receio de que Joshua visse isso como sinal de fraqueza. Sua tontura era parcialmente por causa da ressaca, mas o gosto de Joshua pela tortura de animais ainda tinha o poder de chocá-lo. As coisas que Joshua fizera com um cigarro aceso e o lugar de onde os ovos saíam...

Ele engoliu um nó de náusea da bebida. — Papai nunca descobriu por que as galinhas pararam de botar ovos.

— O Fazendeiro Diletante. Que piada. Ele só queria uma entrada grande para que pudesse ver os inimigos chegando de longe. Essa paranoia dos Wells está no sangue, não é, mano?

— Você podia ter mandado uma carta. Eu teria pago e você não teria precisado voltar.

— É mais divertido assim. — Joshua foi até o armário, sorriu e abriu a porta. Jacob fechou os olhos. O ranger das dobradiças não mudara em duas décadas. O som ainda era um grito seco combinado com uma risada pervertida.

— Faça um desejo, Jake — disse Joshua, como se eles tivessem novamente onze anos. Faça um Desejo começara como um jogo em que um deles devia adivinhar que brinquedo o outro estava segurando na cama do outro lado do quarto escuro. Depois, Faça um Desejo evoluíra para uma fantasia elaborada em que eles fingiam ser outra pessoa. Capitão Canguru, Pete Rose, Batman, o Salsicha do desenho Scooby Doo, eles passavam pelos heróis do dia. Depois, Joshua começou com os filmes de monstros, Drácula e a Múmia, usando vozes sinistras que eram tão assustadoras quanto as dos atores de Hollywood. Em vez de ficar na própria cama, Joshua esgueirava-se pelo chão escuro e enfiava-se sob a cama de Jacob.

— Faça um desejo, um monstro com presas e olhos vermelhos — Joshua sussurrava na escuridão.

Jacob mal respirava e as cordas vocais ficavam esticadas como cordas de um banjo. — Não tenho medo de você.

— Não é de mim que você tem medo. É do Monstro da Meia. — E a meia subia pela beira do colchão, a mão de Joshua dentro dela, arrastando-se de leve sobre os cobertores. E, não importava quantas vezes Jacob dissera a si mesmo que era só uma mão, a ameaça na voz de Joshua tornara o Monstro da Meia um perigo real e terrível. E Joshua afastava-se, encolhendo-se contra a cabeceira, só para descobrir que o Monstro da Meia esgueirando-se pela fresta da cama e agarrando sua carne.

O tempo todo, enquanto ele beliscava e cutucava, Joshua ria e fazia comentários cruéis naquela voz falsa assustadora. Ele continuava com o jogo do Monstro da Meia até ficar entediado e cansado, quando dizia: — Você desiste, seu covardão?

Àquela altura, Jacob estava encolhido em uma bola trêmula e chorona.

— Engula o ranho do nariz e diga que desiste.

— Eu desisto — ele dizia, quando conseguia separar os dentes cerrados.

Todas as manhãs, Jacob sempre encontrava uma meia sob a cama, enrolada com pequenos pontos de sangue vermelho. O sangue dele. Como se o Monstro da Meia realmente tivesse enterrado os dentes nele, arrancado os cabelos pela raiz, mastigado os dedos dos pés e das mãos.

Em algum momento, Joshua parara de esgueirar-se para baixo da cama e começara a esconder-se dentro do armário. Foi quando as coisas realmente começaram a ficar horríveis. E Jacob tinha onze anos novamente.

— Faça um desejo, Jake — Joshua repetiu e Jacob abriu os olhos, vendo-se no presente, no quarto que ele nunca achou que veria novamente, exceto em alguns pesadelos.

— Não quero brincar.

— Você vai. Senão vou contar.

— Não tenho mais doze anos.

— Não, mas o estatuto das limitações não acaba com assassinato.

— Não foi assassinato.

— Bem, eu acho que em um tribunal isso seria chamado de homicídio culposo, colocar em perigo ou algo parecido para garantir que você seja punido. Já que você é tão certinho e tal. Mas ambos sabemos que é um assassinato, não importa o nome que dê.

Jacob sentiu como se as costelas estivessem fraturadas e enterrando-se na carne dos pulmões e no coração. — Eu era uma criança.

— Aquela bengala era a vida dela, Jakie. Ela não dava um passo sem ela. Mesmo quando sentava e lia o jornal, ou tirava o pó das bugigangas, a bengala estava sempre ao seu lado. Ela provavelmente conseguiria espantar um leão-da-montanha raivoso com aquela coisa. Ela sabia muito bem como bater em nós dois com aquela coisa.

— Ela não devia ter batido em mim. Não aqui no cotovelo, deixando meu braço todo adormecido.

— Você sempre foi do tipo que guarda rancor. Olha o que fez comigo. Deixou-me viver como um mendigo enquanto aproveitava o dinheiro todo. E acho que você descobriu que Mamãe também estava no caminho.

— Ela não devia ter batido em mim.

— O derrame a deixou meio aleijada, mas não afetou em nada a mente dela. Ajudou-a a ter mais foco. Só fez com que ela nos odiasse muito mais. Lembra-se de por que ela bateu em você?

— Porque eu estava correndo.

— Não, isso foi em outras vezes. Dessa vez, foi porque você quebrou o pequeno galo de cerâmica dela.

— Eu não quebrei o galo de cerâmica.

Joshua riu, acendeu outro cigarro, tragou o tabaco em brasa como se fosse um sopro de vida eterna. — Ei, eu tentei dizer a ela, mas não acreditou em mim. Então acho que foi você, ou então alguém que parecia muito com você.

— Seu desgraçado.

— Quando a cabeça de águia da bengala bateu contra o seu osso, eu a ouvi claramente do outro lado da casa. Achei que você tinha merecido. Ainda assim, não foi desculpa para mexer na bengala dela daquele jeito.

— Foi você que entrou no quarto deles e a roubou.

— Como um favor. Você é meu irmão.

Jacob tinha um canivete pequeno, com duas lâminas, que o pai lhe dera de presente de Natal. Quando Joshua trouxe a bengala naquela noite, Jacob a enfiou sob as cobertas e a manteve lá até ouvir Joshua roncando do outro lado do quarto. Jacob pretendia desfigurar a bengala de algum jeito, talvez entalhar suas iniciais, ou levantar algumas lascas que furariam a pele da mãe. Mas ele encontrara um veio macio na madeira, perto da ponta, e enfiara o canivete nela, raspando até que a bengala ficasse um pouco flexível. Jacob pensou que talvez a bengala quebrasse quando Mamãe tentasse bater nele e errasse. Ele nunca sonhara que ela quebraria enquanto a mãe descia a escada.

Um acidente, disseram eles. Warren Wells foi quem a encontrou, esparramada e toda torta no pé da escada, uma perna quebrada atravessada na balaustrada quebrada. Papai não gritou nem chorou, e nem mesmo derramou uma lágrima sequer. Ele não ligou para a emergência. Com a calma de um agente funerário, ele ligou para a polícia, depois para a ambulância, dizendo a eles que não se apressassem. Ele parecia mais chateado com a balaustrada quebrada do que com a morte da esposa.

Afinal de contas, ela tinha um seguro de dois milhões.

— Eu não queria que ela se machucasse — disse Jacob.

— Essa é boa. Já reparou como todos que são próximos a você acabam machucados, mais cedo ou mais tarde? E nunca de propósito?

— Exceto você. Eu nunca consegui machucá-lo o suficiente e você foi o único que eu quis matar.

Jacob olhou pela janela para o topo do celeiro. O sol da manhã batia as colinas além da casa, banhando-as com a fúria dourada da alvorada. A luz refletia no telhado de latão do celeiro e as gotas de orvalho nos campos cintilavam como pequenos diamantes. Quando criança, Jacob frequentemente acordava antes de todos os outros da casa, mesmo antes da mãe que tinha insônia, e saía para os campos sozinho para respirar o ar de um dia ainda incólume.

— Quando foi a última vez que visitou o túmulo dela? — Perguntou Joshua.

Jacob viu que Joshua estava observando o cemitério da família no topo da colina, onde algumas lápides estavam cercadas, protegidas do gado. Cemitérios exigiam liberação permanente. A terra nunca poderia ser usada, a não ser que os corpos fossem desenterrados e movidos para outros locais de descanso. Quando Jacob descobrira aquele detalhe jurídico, tornara-se um adepto eterno da cremação. Não havia leis que governassem o descarte das cinzas e ele também não prejudicava os valores dos imóveis.

— Por que eu visitaria o túmulo da Mamãe?

— Não estava falando dela.

— Mattie não tem um túmulo.

— A outra. Christine.

— Aquele enterro foi para Renee. Ela era católica na época.

— Então você acha que os mortos repousam melhor em pequenos pedaços espalhados ao vento?

— Exceto aqueles como você, que vão para o inferno.

— Mattie poderia ter sido enterrada aqui — disse Joshua, acenando com a cabeça em direção ao terreno da família que guardava três gerações de mortos dos Wells. — Você sabe como família é sempre bem-vinda sob a terra natal.

Alguma coisa fez barulho fora do quarto, um som arrepiante, parecido com o que a Mamãe fizera ao despencar para a morte escada abaixo. Jacob tentou levantar-se, mas desistiu.

— Temos companhia — disse Joshua, mostrando dentes amarelados pelo cigarro.

— Renee?

— Não, ela é na quinta, lembra?

— Não...

— Heh, tenho certeza de que vocês dois terão muito sobre

o que conversar. Não faz tanto tempo assim, faz? — Joshua chamou na porta do quarto. — Querida, estamos aqui.

Jacob recostou-se novamente na cama, a cabeça flutuando, o sangue correndo pelas veias das têmporas como arame farpado líquido. Quanto tempo o vício do álcool levava para causar *delirium tremens*? Ele ouviu passos percorrendo o corredor e parando na porta. Ele fechou os olhos.

— Olá, estranho — disse ela.

Ele não precisava olhar para imaginá-la. O rosto era escuro, a cor marrom de uma bola de futebol usada, os olhos pretos como corvos da meia-noite. Ela era bem mais baixa que Joshua, mas estaria bem ereta, os seios pequenos e firmes sob a camisa masculina que sempre usava. As mãos agora teriam as primeiras rugas, as unhas cortadas. O cabelo era grosso e escuro, e descia pelas costas até a cintura. A bebida teria cobrado seu preço na pele em torno dos olhos e ele imaginou se ela deixara a higiene deteriorar-se para combinar com o ambiente em que vivia. Mas ela fizera sua cama, bagunçara as cobertas, manchara os lençóis e podia deitar nela e apodrecer, Jacob não se importava.

— Ele está de mau humor — disse Joshua.

— Pobre *chiquito* — disse ela. — Ele sempre foi do tipo sensível.

A voz dela não mudara nesses anos todos. Ainda era a mesma seda áspera que mesmo o telefone não conseguia diminuir, o sotaque pouco influenciado pela exposição dela ao leste do Tennessee. Ele podia até mesmo sentir o cheiro dela, um odor de animal silvestre, um traço de suor, um perfume que misturava patchuli e canela. Abaixo disso tudo, havia o odor levíssimo da vagina dela, como se ela e Joshua tivessem feito amor na cama do outro lado do quarto enquanto ele dormia.

Ou talvez fosse apenas a imaginação dele. Ela nunca faria

tal coisa. Nada que o incomodasse ou magoasse. Ou que o fizesse lembrar-se de que ele nunca seria Joshua, não importava o quanto tentasse.

— Vamos, olhe para mim — disse ela, e todo o velho desafio voltou, a indiferença provocante e cruel. Ele queria poder correr até ela, envolvê-la nos braços, colocar as mãos em torno da garganta dela, beijá-la, bater nela e morder seu lábio.

Mas no final, só o que ele conseguia fazer era obedecê-la. Como sempre.

— Carlita — disse ele.

Os olhos dela eram duros, pedaços de obsidiana planos e secos. Isso foi tudo o que ele se permitiu absorver no primeiro olhar. Era uma bebida para um bêbado, heroína para um viciado, uma armadilha para um rato faminto.

— Seu rosto está vermelho — disse ela. — Você ficou corado?

— Jake ficou muito perto da fogueira enquanto assava a linguiça — disse Joshua.

— Ah, isso. Não sabia que ainda tinha uma — ela disse para Jacob.

A vida deixara marcas nela, os arados do tempo e o trabalho duro rasgando sulcos em seu rosto. Mas os lábios eram firmes como caquis de outubro, apesar dos cantos da boca estarem apertados com desprezo. Provavelmente, ela nascera com aquela mania, na cabana suja de um imigrante ilegal em Piney Flats, onde as fazendas de árvores de Natal despejavam inseticidas nos riachos lentos. Em terra que fora propriedade e domínio de Warren Wells.

Ele não conseguiu desviar-se dos olhos dela. Eles eram profundos e escuros como a gruta para onde ele fora quando estava hospitalizado. Eles tinham a promessa de sufocamento refrescante, um afogamento lento e sem fim. Apesar de a pele dela ter mudado, perdendo um pouco do lustro caramelo, os olhos permaneciam intocados pelos anos que haviam se passado desde que ele a vira pela última vez. Aqueles olhos eram tão antigos quanto ídolos maias.

— Como estão a esposa e as crianças? — Perguntou ela.

Jacob olhou para Joshua, que sorria como se tivesse engolido um lagarto gorduroso. — Você contou a ela, não contou? — Jacob conseguiu perguntar.

Joshua deu de ombros e apagou o cigarro na parede. — Segredos de família.

A cabeça de Jacob latejava e o sol, agora alto e forte, o perfurava como se fosse agulhas costurando a pele na carne. — Preciso de um drinque.

— Beber é um desejo, não uma necessidade — disse Joshua.

Carlita ergueu a garrafa de cerveja e bebeu. A garrafa estava cheia de gotas de água, aumentando ainda mais a sede de Jacob. Ela torceu a boca novamente e encostou a garrafa contra a testa, o movimento fazendo com que os seios sem sutiã balançassem sob a camisa de flanela xadrez. A calça jeans estava justa contra as curvas das coxas. Ela não tivera filhos. Ela movia-se rápido demais para ser pega e desviara-se de todo o esperma indesejado que nadara contra suas correntes internas.

Jacob fechou os olhos novamente e virou o rosto contra o travesseiro. Suas costas doíam.

— Sinto muito por suas filhas — disse ela. — Isso é *mal mucho*.

— Joshua — disse Jacob, os olhos fechados com força. Ele gemeu. — Faça-a parar.

Carlita aproximou-se. O hálito de cerveja bateu no rosto dele. Ela sussurrou: — Eu avisei que nunca daria certo. Não pode fugir de quem você é.

— Joshua — repetiu Jacob, a voz falhando como a de um

adolescente. — Eu lhe darei qualquer coisa. Mas deixe-me ir embora.

Os lábios de Carlita tocaram a bochecha dele. Ele lutou contra uma serpente rastejante de vômito que subiu pelo esôfago. Apesar de sua repugnância, um jato de sangue quente passou por sua virilha.

— Você não precisava delas, *Cacatua* — sussurrou ela. — Só de mim. Só de mim.

Jacob gritou, ou talvez alguma coisa dentro dele explodiu e o som que encheu seus ouvidos era da carne separando-se dos ossos.

Quando ele abriu os olhos, não sabia dizer se havia decorrido segundos ou minutos. Gotas de suor frio grudavam em sua pele como pequenas sanguessugas. Carlita e Joshua estavam sentados na outra cama de mãos dadas. Eles beijaram-se, sem língua, como crianças com aparelhos nos dentes que estavam experimentando algo novo.

— Eu lhe darei qualquer coisa — disse Jacob. — Mas acabe com isso.

— Qualquer coisa? — Disse Joshua.

— Sim.

— Parece que era o que queríamos, não é, querida? — Joshua disse para Carlita.

— Cheio de dinheiro sujo, um porco gringo — disse Carlita. — Agora, ele é só sujo.

— Ela está certa, mano, você está começando a feder. Se a querida Mamãe estivesse aqui, ela bateria em seus dedos com a bengala e lhe daria um banho.

— Renee trará o dinheiro — disse Jacob.

— Eu sei.

— Posso ir agora?

— Claro, irmãozão. Você é um convidado aqui. É livre para ir embora quando quiser.

Jacob ergueu as mãos e mostrou os pulsos onde as cordas haviam cortado a pele. — Então me desamarre.

CAPÍTULO 15

Renee ajoelhou-se na grama fria. As nuvens matinais eram irregulares, um chuvisco de cinza contra os pedaços de cumulus brancos. Ela não podia arrumar as nuvens nem organizar as árvores espalhadas que enfileiravam-se na beira de Heavenly Meadows. Os arbustos ao longo da cerca baixa de pedra não tinham sido podadas desde o outono e estavam cheias de galhos novos. No topo da colina, havia um mausoléu decadente, as colunas e a fachada em estilo romano, como se o politeísmo fosse aceitável desde que os inquilinos pagassem o aluguel. O mundo era irregular e obsceno, as rachaduras no mausoléu grandes demais para que ela as consertasse. Até mesmo as lápides estavam em fileiras desiguais, as mais velhas no topo da colina gastas e tortas, algumas com bandeirinhas americanas desfiadas. Ela cortou os pedaços irregulares de grama do túmulo de Christine.

— Bem me quer, mal me quer — Renee ouviu-se dizendo. O cheiro da grama cortada a colocou em um parquinho de fantasia, onde Mattie e Christine corriam juntas, de mãos dadas. Mas a imagem não fazia sentido, mesmo ao sonhar acordada, pois Christine nunca engatinhara e muito menos caminhara.

— Bem me quer — disse Renee, e mudou para "Ave Maria, cheia de graça". Em vez de contas de rosário, ela segurou o chocalho cor de rosa sujo que encontrara na floresta atrás da casa incendiada. Vários padres tinham-na avisado em sermões que todos os presentes maravilhosos de Deus podiam ser removidos em um piscar de olhos, mas que mesmo o sofrimento mais profundo podia ser temperado com a fé duradoura. Ela sempre pensara que aqueles sermões eram para as outras pessoas, aquelas cujas vidas pecadoras e tumultuadas eram um convite ao desastre. Coisas ruins não aconteciam com pessoas boas em um mundo justo guiado por um Deus misericordioso.

Ela rezava sobre o corpo de Christine porque Mattie não tinha um lugar fixo, não tinha um ponto só no qual despejar o sofrimento. A crença de Jacob em uma energia universal unificadora parecia terrivelmente ampla e vazia para ela. Uma vida após a morte como aquela era o equivalente espiritual às cinzas jogadas aos ventos cósmicos. Ela não queria que Mattie passasse a eternidade em um lugar como aquele. É por isso que ela pressionara Jacob para permitir que as crianças fossem batizadas e crismadas como católicas. Por causa do bem que isso traria.

Renee terminou de percorrer o ciclo de mistérios pesarosos e levantou-se. A grama manchara os joelhos da calça. Ela teria que jogá-la no lixo. O apartamento não tinha lavadora nem secadora de roupas e ela detestava a lavanderia abafada e escura ao lado do escritório da administração da propriedade. De qualquer forma, ela não tinha certeza se voltaria ao apartamento.

O dinheiro estava no bolso do casaco em um saco de papel amassado, parecendo ter saído de um filme policial. Vinte e sete notas de cem dólares. Tudo o que sobrara. O lucro da morte de Christine.

Um milhão da cobertura do seguro não fora nada. Mal dera para cobrir o que Jacob havia tirado das contas da M & W, os maus negócios imobiliários, as doações tolas para caridade que tinham se tornado uma obrigação por causa do sobrenome. Agora eles receberiam outro milhão e o único custo era Mattie.

Ela secou os olhos e virou-se. Alguém estava parado na beira mais distante do cemitério, envolto nas sombras da manhã. No começo, ela achou que fosse um funcionário, uma daquelas pessoas encurvadas e reclusas que geralmente trabalhavam em cemitérios. Depois ela lembrou-se dos sussurros escarnecedores da noite anterior na floresta.

Renee colocou a mão no bolso, procurando a chave. O carro estava perto do portão, a uns 40 metros. Mas ela não precisava correr. Ela não estava em perigo. Se alguém a quisesse machucar, a noite passada teria sido a oportunidade perfeita.

Ela encaminhou-se para as árvores que cobriam a parte mais antiga do cemitério. A pessoa escondeu-se atrás dos arbustos. Só havia uma entrada para o cemitério, portanto, a pessoa teria que pular o muro para evitar ser vista. Renee lutou contra a ânsia de se apressar. Ela virou-se em direção ao muro, que delimitava a parte traseira de um conjunto comercial. Os prédios eram de tijolos, o reboco cheio de rachaduras, como se um aluno do jardim de infância tivesse sido responsável pela construção. Trepadeiras, puerárias e sumagres venenosos subiam pela parede e arbustos espinhosos cresciam entre o muro e os prédios. Ninguém em sã consciência pularia o mulo e se arrastaria por aquele terreno perigoso.

Ela estava perto dos arbustos quando ouviu a voz. Baixa e infantil, mas não a mesma voz gravada da noite anterior.

— Faça um desejo — disse a voz.

As palavras vieram como socos contra seu estômago e sua testa.

Jacob ensinara a Mattie aquele jogo. Eles geralmente jogavam Faça um Desejo em longas viagens de carro, nas quais paradas rápidas para comer ou para ir ao banheiro não eram suficientes para distrair uma criança. Normalmente, era um jogo divertido, que usava coisas tolas como "Faça um desejo de uma zebra e pinte as listras igual ao arco-íris". Ou "Faça um desejo de um milhão de dólares e vamos a uma loja de doces".

— Saia, Jacob — disse Renee, surpresa por ainda conseguir respirar com o peito tão apertado.

A voz falou de novo: "Faça um desejo."

— Não quero fazer um desejo — disse ela, lembrando-se do resumo de Rheinsfeldt sobre o comportamento dissociativo. Era possível que Jacob não se desse conta de que a estava espreitando. — Eu quero saber por que você está se escondendo.

— Siga-me — disse a voz. Um galho partiu-se.

— Já jogamos esse jogo.

— Faça um desejo, o desejo mais profundo.

— Não tenho mais desejos.

— Exceto o de saber.

O arbusto era emaranhado e denso, e a confusão dos galhos enchia Renee com um terror profundo. Ela precisava de ordem e esse caos orgânico estava além de seu controle. Esse pedaço da floresta tinha vida própria, buscando o céu e a chuva, saindo da terra como um cadáver em busca de um reembolso. Na noite anterior, a escuridão permitira que ela bloqueasse os arredores desordenados ao perseguir a pessoa que a havia iludido. Mas aqui, na luz quente de um dia perfeito de primavera, ela não conseguia iludir-se.

Desordem. Só havia desordem.

Ela olhou para trás, para o carro estacionado ao lado do portão, para a estrada além do cemitério por onde passavam caminhões com perus congelados e refrigerantes, soltando gases de escapamento negros na atmosfera. Tudo o que ela precisava fazer era ir até o carro e ir embora, deixar essa loucura para trás.

— Não posso seguir você, Jacob — disse ela.

— Faça um desejo. — A voz sem variação de tom, como se fosse a de uma boneca falante cujos microchips roubavam almas, uma Barbie Rock Star cujo plástico transformara-se em carne e que agora carregava o nome Wells.

Ela deu um passo hesitante em direção aos arbustos. Os galhos entrecruzavam-se como os braços de bruxas decrépitas, um grupo de criaturas enlouquecidas e sôfregas. — Onde vamos?

— Para a porta que se abre para os dois lados.

A mesma charada da noite anterior. Deve ter sido Jacob que a atraíra para longe dos destroços queimados da casa.

— O que você quer? — Renee perguntou novamente, esperando outra charada ou provocação.

— Mattie me enviou.

O medo de Renee transformou-se em raiva impotente. — Ela está morta, Jacob.

Três corvos mergulharam sobre o cemitério, as asas planas. Quase simultaneamente, eles pousaram em túmulos separados. Um pousou na lápide de Christine, uma laje de mármore cinza azulado que fora moldado e esculpido por um profissional, em vez de uma empresa especializada em lápides. Ela lutou contra uma ânsia de correr em direção ao pássaro, balançando os braços e gritando, antes que ele fizesse cocô e estragasse o lustre do mármore. Jacob encomendara o monumento completo, com um cordeiro no topo, e, apesar de ele nunca ter mencionado o preço, ela suspeitava que custara pelo menos 10 mil dólares.

— Você está com o espelho?

— Eu lhe disse ontem à noite, não sei do que está falando.

— Quem é a mais bela de todas?

— Mattie.

— Mattie. Não Christine.

O espelho prateado pesava no bolso do casaco, coberto pelo saco marrom.

Ela olhou para o túmulo de Christine. Os corvos pulavam sobre o chão, procurando insetos e minhocas na grama. Pássaros nojentos. Mas, pelo menos, estavam se afastando de sua filhinha.

Um caminhão puxando um pequeno reboque de plataforma plana parou no portão. No reboque, havia um cortador de grama motorizado e vários cortadores menores a gás. Um homem saiu do caminhão e abriu o portão. Ele acenou para Renee.

— Ele vê você — disse Renee.

— Ele acha que você está falando com si mesma.

— Faça um desejo, então — disse a voz. — Deseje o dinheiro para mim.

— Por que não pode me encarar? — Ela olhou novamente para o jardineiro, que a estava ignorando, ocupado verificando o nível de combustível em suas máquinas.

Um farfalhar de folhas veio de dentro da vegetação espessa, o som afastando-se de Renee e aproximando-se do muro cheio de trepadeiras. Renee inclinou-se para a frente e olhou para o chão sob os galhos mais baixos. Um caminho gasto parecia passar pelo perímetro interno do muro. Pontas de cigarro e duas latas de cerveja sujas e amassadas repousavam no mato. Ela respirou fundo, imaginando se conseguiria forçar-se a rastejar pela abertura estreita, onde insetos, teias de aranha, terra e espinhos a aguardavam.

O jardineiro ligou o cortador de grama e o gargarejo do motor de quatro tempos afogou quaisquer palavras que o estranho escondido pudesse ter dito. Os três corvos alçaram voo e, com um bater de asas seco, passaram por sobre a vegetação, pousando no teto do centro comercial. Uma poça de água estagnada esticava-se pelo teto de latão amassado. A superfície da água refletia o céu, as nuvens prateadas finas flutuando, o sol suspenso, dois mundos aparentemente sem fim encontrando-se na face de um espelho.

Ela tirou o espelho do bolso, olhou para dentro dele e viu Mattie. Seu coração disparado falhou uma batida e continuou batendo em um ritmo acelerado em direção à linha de chegada.

— Quem é a mais bela de todas? — Gritou Jacob.

A mão dela apertou o cabo do espelho. Ela forçou-se a olhar para o reflexo novamente. Nada além de seus olhos selvagens e brilhantes, o cabelo tão desgrenhado quanto uma máscara de borracha do dia das bruxas, a boca enrugada com ansiedade. Ela tocou no cabelo, tentando arrumá-lo, mas desistiu e colocou o espelho de volta no bolso.

— Faça um desejo — ela gritou para o matagal. O jardineiro estava perto de terminar a primeira volta em torno do cemitério, a lâmina cortando a grama rente. O cortador logo passaria sobre Christine, perturbando o sono dela. Ela acordaria gritando e precisaria de um cobertor, um embalo, "Dorme Neném" e o peito da mãe.

Renee recuou alguns metros e o homem no cortador de grama passou por ela, levantando uma mão com luva e acenando, a máquina atirando pedaços de grama no matagal. Ele estava usando fones de ouvido, as botas e a barra da calça jeans manchada de verde. O cheiro da grama cortada encheu as narinas de Renee, fazendo com que sua alergia atacasse. O cortador de grama rugiu, avançando, e logo o homem desapareceu atrás do mausoléu, na parte mais afastada da colina. No silêncio relativo, Renee gritou novamente para o matagal. — Faça um desejo, Jacob.

— Desejo que o incêndio não tenha acontecido.

A seus pés, uma minhoca gosmenta esticou-se em direção à sombra, carregando pedacinhos dos mortos enterrados.

Renee fechou os olhos e puxou o saco de papel do bolso. — Eu trouxe o dinheiro.

O cortador de grama zuniu sobre a colina, seguindo a curva interna do muro à distância. O jardineiro estava encurvado sobre os controles, sem notar nada além do áudio amplificado que bombardeava seus ouvidos.

— Jogue-o para mim — disse Jacob.

Renee olhou para dentro do mato emaranhado, tentando detectar algum movimento. Ela torceu o saco em um pacote mais denso e jogou-o com toda a sua força. Ele bateu contra uma árvore, ficou preso por um segundo nos galhos e desapareceu nas sombras. Renee sabia que essa era sua melhor chance, mas os joelhos estavam fracos e ela sentiu-se como um esqueleto balançando em um fio de energia.

Ela estava com medo de ver o marido, com medo de ver em que ele se transformara.

— Isso é tudo? — Perguntou ele.

— Foi o que sobrou.

— Preciso de mais.

— Jacob, você não precisa...

— Eu não sou o maldito Jacob, ok?

— Por favor, querido.

— Faça um desejo.

— Deixe-me conseguir ajuda para você. Tem sido difícil para nós dois. A Dr. Rheinsfeldt...

— *Mas que merda, faça um desejo.*

As lágrimas arderam nos olhos de Renee. O pesar causava um tipo de lágrimas, a raiva causava outro tipo. A impotência causava um terceiro tipo, uma emissão clara, meio sulfúrica, que parecia mais com gotas de sangue do que lágrimas.

— Que desejo? — Ela sussurrou acima do zunido do cortador de grama à distância.

— Deseje um milhão de dólares para que possamos viver

felizes para sempre.

— Jacob, por favor.

Ela tirou o espelho do bolso, com medo de olhar para ele. O espelho mentira. Mattie e Christine eram as mais belas. Empatadas em primeiro lugar, as princesas mais bonitas de todo o reino. Ambas deviam estar refletidas naquele espelho e ambas mereciam viver felizes para sempre.

— Jacob — gritou ela. — Venha ao apartamento. Eu lhe darei o resto.

O cortador de grama completara seu circuito e estava tomando o caminho de volta em direção a Renee. Ela não conseguia pensar em um motivo para continuar ali parada. Jacob não sairia. Ele estava escondido porque estava envergonhado. Ele se acovardara em mais de uma maneira.

O fogo, a nova pele cor de rosa das bochechas e da testa, o nariz em carne viva, os cílios que haviam derretido e renasceram curtos. Jacob morrera naquele incêndio tanto quanto Mattie. Ela precisava trazer essa nova encarnação dele de volta das cinzas, uma fênix relutante. Era a única coisa que lhe restava, sua única chance de redenção.

No fim, o objetivo era sempre a necessidade egoísta de hipotecar sua pobre alma sofredora.

— Faça um desejo, Jacob — ela gritou, a voz falseando.

O cortador de grama aproximou-se, rugindo como um enxame de abelhas, o escapamento jogando a fumaça azul irritante no ar. O jardineiro a olhou, reduziu a velocidade do cortador ao se aproximar dela e gritou: — Você está bem?

Ela assentiu. Pesar. Encenando um papel que se encaixava no cenário.

Todos usamos máscaras, o tempo todo, felizes para sempre. Desejo não estar no cemitério da minha filha.

O homem ajustou os fones de ouvido, pisou no acelerador e continuou pela grama. A fumaça subiu, acre e cinza. O cortador de grama arrastou-se em direção ao mausoléu, serpenteando entre as fileiras mais antigas de lápides. A fumaça assentou, tão espessa quanto a de um campo de batalha.

A fumaça. Cinza agora. Envolvendo-a. Jorrando do matagal.

As árvores estavam pegando fogo.

— Jacob!

As primeiras chamas brilhantes saltaram dos arbustos, crepitando nas folhas, o vento levantando a fumaça e empurrando-a sobre as camas de terra dos mortos. Renee pensou ter ouvido um último "Faça um desejo", ou poderia ser o eco estrondoso do fogo, cujas brasas profundas, vermelhas e incessantes brilharam dentro de seu coração.

CAPÍTULO 16

Carlita tirara a virgindade de Joshua quando ele tinha catorze anos, a mesma idade em que Jacob descobrira o amortecimento brutal do álcool.

Na encosta de uma colina no canto sul da propriedade de Warren Wells, uma fileira de trailers hospedava os mexicanos que trabalhavam nas fazendas de árvores de Natal, pulverizando pesticidas e plantando mudas para substituir os abetos e os pinheiros que haviam sido cortados nos anos anteriores. Muitos dos trabalhadores tinham vistos temporários agrícolas, suportando viagens de ônibus de trinta horas a cada temporada para ganhar dólares americanos. Estrangeiros ilegais eram mais baratos e nunca reclamavam das condições de trabalho, portanto, os papéis eram frequentemente passados para mãos diferentes se um trabalhador disse "*No mas*" e pegasse mais cedo um ônibus de volta para Guadalajara.

— Quem diabos consegue diferenciar um Jose de um Joaquin? — Warren Wells costumava dizer em sua lógica irrefutável. — Para mim, todos eles são vagabundos mulatos.

Os gêmeos eram fascinados pela pequena tribo de estrangeiros que eram seus vizinhos mais próximos. Jacob não tinha permissão de se aproximar dos campos de árvores por causa dos pesticidas, cujo fedor ficava no ar semanas após a aplicação. Mamãe avisara sobre as brigas de bêbados que aconteciam no campo Piney Flats e implorara ao marido que contratasse "homens brancos honestos", que frequentavam a igreja batista e mantinham a bebedeira e a violência atrás de portas fechadas, onde era o lugar delas. Foi na mesa de jantar da família que a imaginação de Jacob levantara voo e os homens de pele escura que ele vira, movendo-se como fantasmas silenciosos entre os pinheiros, assumiram uma qualidade mítica. Depois da morte de Mamãe, os gêmeos ficaram cada vez mais livres, enquanto Warren Wells preocupara-se com seu império em constante expansão.

Ele e Joshua falaram sobre eles uma noite, em julho, semanas antes do incidente do barco. Papai estava na varanda fumando e observando as montanhas, maquinando formas de comprar mais terras e de construir nelas. Joshua jogara um "Faça um desejo" e Jacob respondera: — Desejo espiar o acampamento mexicano.

— Você é muito covarde para isso, mano.

— Não, não sou.

— Você não duraria cinco minutos. Eles têm rinhas de galo e cospem sangue.

Uma imagem sexual não formada piscou na mente de Jacob. — Como você sabe?

— Você não sabe de nada, não é? O que acha que eu faço depois da escola, enquanto você faz o maldito dever?

— Mentiroso.

— Então vou satisfazer seu desejo. Coloque a calça e os sapatos e vamos. — Joshua sentara-se na cama, a lua crescente do verão banhando os ombros, os olhos cintilando como besouros molhados.

— Nem pensar. Mamãe vai nos matar.

— Ela primeiro tem que nos pegar. — Joshua enfiou a camisa, deixando-a desabotoada enquanto vestia a calça jeans. Suas pernas e seus braços eram mais musculosos que os de Jacob e os pelos que subiam da virilha em direção ao umbigo eram mais densos que o do irmão gêmeo. Joshua sempre dissera que, apesar de ter nascido depois, ele virara homem primeiro.

Jacob tremera com uma mistura de medo e excitação ao vestir-se apressadamente. Eles saltaram da janela para o telhado inclinado, andaram até parte de trás da casa e desceram aproveitando um longo cano de metal que continha os fios de energia elétrica.

O orvalho estava fresco e os grilos esfregavam as pernas. Os vagalumes piscavam contra a cortina escura da floresta e uma lua rabugenta ocultava-se por detrás de nuvens cinzentas. O coração de Jacob saltava no peito como um rato aprisionado, enquanto seguia Joshua além do celeiro e através do campos de feno. Do topo da colina, ele olhou para trás e viu a casa dos Wells com seus pequenos quadrados de luz. A estrutura parecia um palco de teatro, uma coisa sem vida esperando que alguma coisa acontecesse.

Eles deslizaram por entre as árvores, descendo por um caminho que os trabalhadores mexicanos usavam quando carregavam ferramentas do celeiro. Um riacho corria abaixo da trilha e sua música prateada tocava junto com os sons noturnos da floresta. A copa das árvores bloqueava a maior parte do luar, mas Joshua parecia ter um mapa e uma bússola dentro da cabeça, levando Jacob por entre os carvalhos, as castanheiras e os bordos sem pausar para procurar o caminho. Logo, eles emergiram nas fileiras organizadas de abetos, as árvores um pouco mais altas do que os garotos, que em breve sentiriam as serras elétricas da colheita de outono. No pé da colina, as árvores deram lugar a mudas e a uma clareira onde os trailers quadrados enfileiravam-se ao longo de uma estrada de terra irregular. Música e risadas vinham da porta aberta de um dos trailers, quando alguém gritou o que parecia um impropério em espanhol.

— Eles estão jogando cartas — disse Joshua. — Eles fazem isso à noite durante a semana. As rinhas de galo só acontecem nas noites de sábado.

Como se para reforçar as palavras de Joshua, um galo cacarejou, sete horas mais cedo do que devia. Joshua conseguia ver os muros cinzas de um galinheiro atrás dos trailers, a tela de arame amarrada em postes retorcidos e a madeira compensada pregada nas aberturas.

— Quantas vezes você veio aqui? — Perguntou Jacob.

— Não o suficiente. Pelo menos por enquanto.

Eles curvaram-se e esgueiraram-se pelos abetos baixos e agacharam-se logo depois de um poste de energia, cuja lâmpada emitia um cone de luz pálida azulada. Dentro do trailer barulhento, homens estavam sentado em torno de uma mesa, sem camisa, a pele úmida por causa do calor. A fumaça dos cigarros saía pela porta e subia em direção à lua. O tilintar de vidro era agudo e perigoso, como se antecipasse que logo as garrafas seriam quebradas e usadas como armas. Os homens falavam rapidamente em espanhol, virando cartas, apostando notas americanas.

— Eles estão apostando — disse Jacob.

— Grande coisa.

Um homem baixo e atarracado saiu do trailer e parou o retângulo suave de luz que saía pela porta. Ele usava uma bandana rasgada na cabeça e fumava uma cigarrilha com cor de esterco. Ele arrotou alto, cuspiu em direção à escuridão, enfiou a mão dentro da braguilha e enviou um jato de urina sobre o pátio empoeirado.

— Aqui — sussurrou Joshua, passando por entre os ossos quebradiços de arbustos ornamentais mortos. — É aqui onde fica a ação.

Eles percorreram silenciosamente o caminho até uma cabana meio tombada perto do galinheiro. A cabana havia sido construída com tábuas tortas, papelão coberto com alcatrão e madeira compensada inchada. Joshua abriu a porta com um ranger de dobradiças enferrujadas e Jacob olhou para o mexicano que estava urinando. O homem tentou acertar um mosquito, fazendo com que o fluxo de urina oscilasse à sua frente. Os garotos entraram na cabana, a única luz um cinza esmaecido que atravessava as rachaduras da parede.

Jacob bateu a cabeça em algo que estava pendurado no teto e uma chuva de terra caiu dentro de sua camisa. Ele levantou a mão e sentiu o objeto duro. Era um pedaço grande de costelas salgado, defumado e curado, pendurado onde os ratos e os cachorros não conseguiriam alcançar. O ambiente tinha cheiro de feno molhado e óleo de motor usado e o ar era rançoso. Joshua moveu-se até a parede, acenando para que Jacob avançasse, o braço transformando a iluminação das rachaduras em uma luz estroboscópica.

Havia um buraco na parede do tamanho de um dólar de prata. — Show barato — disse Joshua.

Jacob espiou pelo buraco e, no começo, não conseguiu ver nada. Em seguida, ele se deu conta de que estava vendo um dos trailers da parte de trás. Ele moveu o olho direito para baixo e viu uma janela, a cortina suja como uma gaze macia escondendo a cena atrás do vidro. Na cama, estava uma garota com cabelos e olhos pretos, lendo um livro à luz de velas. Ela usava um roupão cuja brancura fazia um contraste enorme com a pele escura. Ela parecia ser um pouco mais nova que Jacob e Joshua, apesar dos inchaços em seu peito sob o roupão sugerirem um amadurecimento precoce.

— O que achou? — Disse Joshua, como se estivesse exibindo uma carta de beisebol importante que acabara de tirar do pacote.

O coração de Jacob deu um salto, mas ele não conseguia afastar o rosto do buraco. A garota esticou as pernas e o roupão abriu-se abaixo da cintura, relevando uma calcinha cor de rosa. Ela devia ter acabado de sair do banho, pois os cabelos molhados estavam grudados nas bochechas. — Ela mexia os lábios como se estivesse tentando pronunciar as palavras do livro e a visão da língua úmida provocou uma descarga elétrica na virilha de Jacob.

— *Tamale* gostosa, hein? — Disse Joshua. — Que tal enrolar um burrito com aquilo?

Jacob finalmente forçou-se para longe da parede. — Há quanto tempo você a espia?

— Tempo suficiente. Eu acho que ela é a filha de um dos trabalhadores e eles a contrabandearam para cá. Porque de jeito nenhum o governo daria um visto de trabalho para uma garota menor de idade.

— Uma imigrante ilegal? Como acontece no Texas e na Califórnia?

— Como aqui na Carolina do Norte. Bem aqui, no Terreno dos Wells.

Jacob estava louco para espiar novamente, apesar de seu estômago se contrair em culpa. Isso era errado. Era uma coisa que os pervertidos faziam, como Melvin Ricks, o servente, que fora despedido da escola por ter feito um furo na parede para espiar o vestiário feminino.

Havia somente uma porta na cabana. — E se eles o pegarem?

— Só venho à noite, quando eles já estão bêbados — disse Joshua. — Além disso, o que eles farão? Vão contar para Papai para serem despedidos? Vão me denunciar para a polícia? Ela verificaria o visto de todos e a metade deles estaria no próximo ônibus para Brownsville.

Jacob engoliu o que parecia uma pedra afiada presa na garganta. — Você a viu nua?

O sorriso de Joshua lampejou na penumbra. — Melhor do que isso.

— Mentira.

Joshua deu-lhe um tapinha no ombro. — Dez dólares e sua coleção de revistinhas do Hulk como é verdade.

— Eu não aposto.

— Fique aqui por um tempo e você superará isso.

Um grito ininteligível veio do trailer onde acontecia o jogo de cartas, seguido de risadas. — Parece que alguém conseguiu um *full house* — disse Joshua. — Algum idiota provavelmente acabou de perder o salário de duas semanas. Desgraçados idiotas.

Jacob mal ouviu, pois sua bochecha estava novamente pressionada contra a parede, o olhar rastejando entre a cortina e subindo as curvas internas das coxas da garota. Ele sentiu um leve movimento do ar. Joshua abrira a porta da cabana. A porta fechou-se com um ranger de metal, seguido do som de uma trava sendo encaixada.

— Joshua — Jacob disse em um sibilar sussurrado. — Deixe-me sair daqui.

— Continue espiando, mano, e eu vou mostrar a você o que significa ser um Wells.

Jacob tropeçou nos pedaços de metal, na palha amarrada e nos equipamentos para prender troncos até alcançar a porta. Ele forçou seu peso contra ela e depois empurrou-a com o ombro. Ele estava com medo de fazer barulho demais e chamar a atenção dos jogadores de cartas. Apesar da avaliação de Joshua, ele conseguia pensar em várias formas pelas quais os mexicanos poderiam despejar sua raiva em um *gringo* pervertido.

Ele ouviu uma batida e Joshua falou: — Carlita, sou eu.

Jacob ouviu por um momento e voltou para o buraco na parede. Ele chegou lá em tempo de ver a porta do trailer ser fechada. Joshua não estava à vista. Até que ele entrou no quarto da garota, foi até a janela e abriu as cortinas. Ele piscou e o quarto ficou escuro quando Carlita deitou-se, com o roupão aberto e amarrotado, e soprou a vela.

Jacob não tinha certeza de quanto tempo ficara na cabana, encolhido como uma bola. O jogo de cartas continuou, as risadas cada vez mais altas enquanto o espanhol ficava cada vez mais rude e indistinto. Talvez depois de uma hora, Jacob olhou pelo buraco, e viu que a janela da garota ainda estava escura. Ele tentou imaginar Joshua, a garota deitada sob ele com o roupão aberto, suas pernas entrelaçadas.

Dois homens saíram do jogo de cartas e pararam do lado de fora da cabana, compartilhando uma garrafa, falando baixo com palavras que Jacob não conseguia entender. Um deles foi para o trailer da garota, e Jacob ficou esperando os gritos quando o casal fosse pego no ato. Em vez disso, uma luz acendeu no quarto, dessa vez uma lâmpada, em vez da vela. Joshua estava deitado na cama, a coberta puxada até seu peito nu. A garota não estava à vista. Joshua levantou a cabeça e levantou dois dedos em sinal de vitória para Jacob. Ou talvez ele tivesse feito duas vezes.

Alguém mexeu na trava da porta da cabana.

Jacob olhou em volta. Seus olhos tinham se ajustado à penumbra e ele conseguiu distinguir alguns equipamentos agrícolas no fundo da cabana, pulverizadores de fertilizante e tanques de água. Ele afastou-se da parede e escondeu-se atrás das máquinas logo antes da porta se abrir. Alguém entrou na cabana, batendo vidro contra o batente de madeira da porta.

O homem desabou sobre a pilha de feno, cantarolando uma balada bêbada que continha referências a *señoritas* e *corazón*, até que as notas desafinadas transformassem-se em roncos. Quando os roncos ficaram mais graves e uniformes, Jacob saiu de seu esconderijo e ajoelhou-se perto da porta novamente. A luz fraca batia na garrafa ao lado do homem, fazendo com que o líquido dentro dela brilhasse. Jacob pegou a garrafa e voltou à sua vigília perto do buraco.

Ele abriu a tampa e cheirou. Ele sabia que era bebida alcoólica, pois seu pai tinha um armário cheio de garrafas que era mantido trancado, e a chave, de vez em quando, o abria para agradar convidados. Remédio para a dor, dissera Warren Wells.

Joshua ainda estava na cama e, agora, a garota estava com ele, as costas nuas viradas para a janela quando ela o montou. Ela jogou a cabeça para trás e os dedos de Joshua agarraram a cintura dela. Ela moveu-se para trás e para a frente, as nádegas firmes flexionando-se com o movimento suave. Jacob tomou um gole da garrafa, mal notando o fogo na língua e na garganta. Ele tomou outro gole enquanto a garota contraía-se mais rapidamente, balançando como se estivesse sobre um cavalo. O trote transformou-se em um galope e Jacob não tinha certeza de quanto bebera, mas sua cabeça flutuava e a mão ardia com a vontade de pegar no membro quente dentro da calça. A garota começou a gritar e Joshua gemia alto, a pele dela vermelha no lugar onde os dedos dele a apertavam. O cabelo preto dela caiu sobre os ombros quando empurrou os quadris contra Joshua e, com um tremor forte e um grito alto, ela ficou rígida.

Jacob bebeu o resto da garrafa enquanto o casal movia-se mais lentamente, até que a garota desabou sobre seu irmão gêmeo. A cabeça de Jacob estava pesada. Ele estava furioso, excitado e nauseado. O jogo de cartas devia ter acabado, porque o silêncio enchia o acampamento. Ele encostou o rosto contra a parede e fechou os olhos.

A próxima coisa que ele viu foi Joshua sacudindo-o para acordá-lo. — Vamos, garotão, temos que ir para casa.

Jacob sentia-se como se um arado tivesse aberto seu crânio. Ele piscou, olhou pela porta, viu o céu cinza da alvorada, o mexicano dormindo no feno, a garrafa vazia no chão.

Joshua pegou a garrafa e riu. — Jose Cuervo, huh? Porcaria barata. Aposto que você se sente como se o exército inteiro de Pancho Villa tivesse acampado em sua boca.

A sede arranhava a garganta de Jacob. Ele tentou limpá-la, mas não conseguiu engolir. Um nó de vômito seco subiu, passando pelos pulmões. — Aquela garota...

— Carlita — disse Joshua. O cabelo dele estava desgrenhado, os olhos brilhantes. — Mmm, mmm, *moy bien chiquita.*

— Por que não me contou? — Jacob não tinha certeza se estava com ciúmes ou simplesmente furioso porque Joshua guardara segredo. Seus pensamentos estavam enevoados e os olhos estavam secos como pedras.

— Porque você não teria acreditado.

— Então por que me trouxe aqui?

— Porque eu odeio você. — Um galo cacarejou, e depois outro. Joshua inclinou a cabeça em direção ao homem adormecido. — Eles irão para o trabalho logo. O querido Papai não consegue lucrar em cima deles se dormirem o dia inteiro. Vamos sair daqui.

Eles voltaram pelo campo de árvores de Natal, Jacob cambaleando e segurando o estômago. A folia que colorira o acampamento na noite anterior morrera com a escuridão e agora os trailers pareciam desordenados e tristes. Uma camionete estava estacionada na parte da frente, sem a porta lateral, o vidro traseiro quebrado. Jacob ajoelhou-se na grama e tentou vomitar, mas tudo o que saiu foi uma substância grossa verde amarelada. Ele rastejou alguns metros com aquela coisa escorrendo dos lábios até que Joshua o fez levantar-se.

— Ajeite-se, Jake. Você não quer que alguém suspeite de alguma coisa lá em casa.

Jacob lançou um último olhar para a janela da garota,

pensou naquela pele maravilhosa contra o tecido macio do roupão, no cabelo preto, nas curvas e nos músculos das pernas. Ele cuspiu para limpar a boca. — Você... mmm...? Joshua deu-lhe um tapinha nas cortas. — Um Wells nunca fracassa.

Eles voltaram para a casa e Jacob conseguiu tomar banho e devorar o café da manhã antes que o velho Wells chegasse à mesa. Papai bebeu o café e conferiu as cotações da bolsa no jornal. Joshua estava sentado em silêncio, com um leve sorriso divertido. O bacon gorduroso e os ovos caíram no estômago de Jacob como lascas de aço e borracha, mas a náusea passara e as mãos não tremiam mais. Era sexta-feira e ele e Joshua teriam que caminhar meio quilômetro para pegar o ônibus da escola perto da ponte.

— O que vocês vão fazer depois da escola? — Papai perguntou.

— Pensei em irmos até o acampamento dos trabalhadores — disse Joshua, capturando o olhar de Jacob e mantendo-o preso. — Estou pensando em estudar espanhol no próximo semestre e pensei em conseguir umas aulas de graça.

— Você fique longe daquele lugar. Aqueles mulatos são brutos. Eles trabalham duro, mas, se não fossem tão baratos, eu não me importaria com eles. Quando ficam bêbados, eles ficam maus. Eles cortariam a garganta um do outro por uma moeda.

— Eu não acho que nossos trabalhadores bebem, Papai — disse Joshua.

Papai olhou para ele sobre o jornal. — Todos eles bebem. Então não se meta naquele lugar. Se quiser aprender espanhol, podemos contratar um professor particular.

— Mas eu quero aprender sobre a indústria das árvores — disse Joshua, e Jacob ficou atordoado com a adulação falsa do irmão. Joshua sabia como enganar Jacob, é claro, mas essa conquista recente deve ter alimentado sua arrogância, porque ele estava mentindo para Papai, o rei dos mentirosos.

— Posso ensinar a você quando chegar a hora — disse Papai, voltando a atenção novamente para a média do índice Dow Jones.

— E se alguma coisa acontecer a você? Um de nós precisa saber o que fazer.

— Nada acontecerá comigo.

— Aconteceu com Mamãe, não foi?

Papai dobrou o jornal, cruzou a cozinha, derramou o café na pia e lavou o copo. Ele saiu do aposento. Um minuto depois, a porta da frente bateu e eles ouviram o som do motor da camionete.

Joshua recostou-se na cadeira e sorriu como uma doninha triste. — O bom mesmo é que um dia um de nós terá que continuar o trabalho dele.

Jacob colocou a cabeça na mesa, sobre as mãos. Será que ele conseguiria matar aula sem que Papai descobrisse? — Você está apaixonado por ela?

— Como disse, cara de vômito?

— Ela é sua namorada?

— Amor. Você realmente acredita nessa merda, não é?

Jacob queria perguntar como era, a pele quente e escorregadia sobre a dele, os lábios dela encostando no rosto dele, as dobras secretas abertas. Ele queria saber como Joshua podia desfrutar de todas aquelas maravilhas e permanecer tão indiferente a elas.

Ele sempre tivera medo de que gêmeos fossem parecidos demais, que a sombra dele e a de Joshua sempre estariam misturadas e um não conseguiria escapar do outro. Naquela manhã, ele viu pela primeira vez como eles eram muito diferentes, como se nem mesmo pertencessem à mesma espécie.

— Faça um desejo — disse Jacob.

— Não posso desejar que fique sóbrio, Jake. Só o tempo resolve isso.

— Não, deseje que eu seja você uma vez.

— Você gostou de Carlita, huh? Quer sentir o gosto dela?

— Faça um desejo.

— Bem, você já vai ser eu essa tarde, lembra-se? Meu teste de álgebra. Aquele que eu perdi e que você vai recuperar. A Srta. Runyon nunca saberá a diferença. E não se esqueça de escrever com a mão esquerda.

— Por que você mesmo não faz o teste?

— Você é mais inteligente. Além disso, eu e Carlita vamos nos encontrar sob a ponte. Pescar um pouco. — Ele sorriu. — Um dia, talvez eu lhe ensine como usar uma vara, quando for velho o suficiente.

— E se eu não quiser fazer seu maldito teste?

— Ei, acalme-se. A bengala, lembra-se?

Jacob arrotou e o ácido rasgou a garganta. Ele jurou para si mesmo que nunca mais beberia. E ele pararia de deixar Joshua ameaçá-lo, porque Joshua era tão culpado da morte da Mamãe quanto ele. Ele não aguentava mais Joshua e suas manipulações. Mas, primeiro, ele ia achar um jeito de terminar aquele teste cedo para poder procurar um bom esconderijo nos arbustos ao lado da ponte.

CAPÍTULO 17

Poeira.

Quais daqueles pequenos fragmentos era Mattie e quais eram pedaços de pele morta, asas de mariposa, pólen de dente-de-leão ou areia do mar?

Jacob olhou para a palma da mão e depois para a urna na cornija da lareira da sala de estar de Renee. A urna era fria em sua solidão, feita de porcelana preta com um fio dourado em torno da boca. Solenidade esmerada, a melhor que o dinheiro podia comprar.

Jacob deixou a poeira correr pelos dedos até o chão, sabendo que Renee estremeceria com a ânsia de pegar o aspirador de pó. — Eu preciso do resto.

— Eu já lhe entreguei.

— Eu posso fazê-lo ir embora.

— Comprando a propriedade de seu pai? Eu achei que você odiasse aquela casa. Você sempre disse que ela trazia más lembranças.

— Não vou comprar o lugar. Vou entregar o dinheiro ao meu irmão.

— Joshua? O nome que você mal aguentava dizer? Aquele que você manteve em segredo porque tinha muita vergonha?

— Eu devo a ele. Eu fiquei com tudo o que meu pai deixou. Eu enganei Joshua e fiquei com tudo porque achei que podia usar melhor.

— Você disse que ele se recusou a ficar com a herança. "Não quero nada que o velho tenha tocado".

— Eu fiquei com o dinheiro e as propriedades, Joshua ficou com a casa. Mas ele não pode vendê-la nem alugá-la por causa das cláusulas que Papai colocou. Como ele não quer morar lá, basicamente ele não ficou com nada. E eu terminei de construir o império dos Wells.

— Quando você começou a sentir-se culpado por isso? Se vai sentir-se culpado por alguma coisa, talvez deva começar a mostrar alguma emoção com a morte de sua filha.

Renee levantou-se com as mangas do casaco bege puxadas sobre os punhos. Os olhos dela tinham fogo e luz suficientes para acabar com a frieza no coração de Jacob, mas os locais combustíveis dentro dele tinham sido lacrados há muito tempo. Ele sentia-se como um invasor no apartamento dela, nessa nova vida que ela estava tentando construir. Uma na qual as crianças não eram nada além de fotografias na parede, pedaços de papel brilhante em porta-retratos polidos. Uma vida na qual Jacob não era nada além de um incômodo passageiro.

— Eu lidei com a morte de Mattie da minha maneira — disse ele.

— Ótimo. Muito obrigada por me deixar para trás enquanto o fazia.

Jacob olhou para ela, pensando se realmente a conhecera. Ou talvez ele nunca tivesse conhecido a si mesmo. — Você andou conversando com aquela maldita Rheinsfeldt novamente, não foi?

— Sim, e estou começando a descobrir algumas coisas. Ela disse que você teve alguma experiência traumática, ou provavelmente várias, que causaram seu distúrbio na adolescência.

— Distúrbio. Como se tudo tivesse que ser sempre perfeito.

— E agora essa coisa do seu irmão. Como se, talvez, você ficar em paz com Joshua, pagá-lo, possa comprar seu amor e assim, talvez, conseguir seu pai de volta. Mas talvez você não consiga mais juntar as peças.

— O dinheiro é uma boa cola.

— Eles não liberarão o acordo, Jacob. Não até que a investigação esteja concluída. Você sabe disso.

— Eu não comecei o incêndio. Mesmo que me odeie agora, você sabe que eu nunca faria nada tão idiota.

— Não tenho mais tanta certeza. Não sei qual Jacob você é.

É isso que sempre diziam.

Jacob lutou contra a vontade de atravessar a sala e bater nela. Ele forçou o punho a se abrir e esticou os dedos. Um pouco da poeira da urna ainda estava grudado na palma úmida.

Jacob tirou os olhos do rosto em lágrimas de Renee e voltou-os para a urna. Como um jarro tão pequeno podia guardar os milhões de memórias, o giz da amarelinha na calçada, a casa do Garibaldo, a viagem para a Disneylândia, as cartas do campeonato de futebol recortadas de caixas de suco? Como sua preciosa garotinha podia ser reduzida a um espaço tão finito, quando uma vez contivera infinitas possibilidades?

— Muito bem, então.

— Que diabos você espera? — Perguntou Renee. — Você chegou ao fim profundo novamente e não me deixa ajudá-lo. Você fugiu do hospital, escondeu-se de mim e de Donald, começou a beber, escondeu-se entre as árvores tentando me aterrorizar, fazendo de conta que era outra pessoa. Que diabos eu devo fazer? Trancá-lo no hospício novamente?

— Isso foi há muito tempo e estou muito melhor agora. Sou um adulto. Eu sei como lidar com os meus problemas.

— Você não lidou muito bem com a morte de sua mãe. Você ficou maluco quando perdeu uma filha. E agora estamos os dois malucos em dobro. Não vê que a única esperança é ajudarmos um ao outro?

— Rheinsfeldt e seu "diálogo até a cura" sentimentaloide.

Isso não se parece muito com esperança para mim. Porque quando acabasse, *se* acabasse, então só teríamos um ao outro.

— Talvez seja o suficiente — disse Renee.

— Dois milhões seriam o suficiente.

— Eu disse a você. Tudo o que sobrou foi dois mil e setecentos.

— Então me entregue o dinheiro.

A mandíbula de Renee estava rígida. — Eu já o entreguei a você. No cemitério.

— Pare de mentir, Renee. Se quiser me convencer de que estou ficando louco, tem que achar alguma coisa melhor que isso.

Ela balançou a cabeça. As lágrimas tinham parado de escorrer, mas repousavam nas bochechas em trilhas finas e brilhantes. Jacob quase ficou com pena dela, dessa mulher que ele amara por quase uma década. Ela perdera tanto quanto ele. Talvez o sentimento dela fosse ainda pior, porque ela acreditara em um Deus misericordioso e Deus provara a inutilidade de sua fé.

— Eu não estou com o dinheiro — disse ela. — Fale com Donald. Ele lhe dirá. Você está arruinado, Jacob. Não há mais dinheiro, os bancos estão interditando suas propriedades e, mesmo que consiga o dinheiro do seguro, será tarde demais para livrá-lo dessa vez.

— Não. Eu sou um Wells, que diabos. Essa é a minha cidade. Eles não podem tirá-la de mim.

— Sinto muito, Jake. Você não devia ter desistido de sua própria vida.

— Dê-me suas chaves — disse ele.

— Não. É o meu carro.

— Nosso carro. Não se esqueça do nome que está no documento. Wells.

— Como a casa, não é? E não sobrou nada dela, só cinzas.

Tudo o que tínhamos juntos virou cinzas. Tudo em que um Wells tocou.

Ambos olharam para a urna. Ela tinha o poder de uma relíquia sagrada, um ícone que marcava não o mistério duradouro da fé e da vida, mas o ponto absoluto mais baixo do desespero e do fracasso.

— Eu o levarei de volta para a fazenda dos Wells — disse ela.

— Não posso ficar lá.

— Você não pode dormir nos arbustos.

Jacob olhou para o sofá e depois para o final do corredor, para a colcha da cama dela. Quando você dá as costas para a própria vida, deixa tudo para trás, até mesmo as coisas que um dia pareceram valiosas. — Leve-me até as ruínas, então. Mostre-me onde a pessoa chamou você de entre as árvores.

— Era você, Jake.

— Não era. Eu juro.

Mas ele não podia ter certeza. Talvez visitar a cena do pesadelo removesse o seu poder. Ele não tinha mais nada a perder. Exceto dois milhões de dólares, a esposa e a propriedade dos Wells.

Eles percorreram a Buffalo Trace Lane em silêncio, Renee com a bolsa no colo, os olhos fixos na rua à frente. A cidade parecia um cenário de filme para Jacob, os prédios com frentes falsas para alimentar a ilusão dos Wells. Ele não fora dono de Kingsboro. Tudo o que ele tivera fora um nome mais pesado que blocos, vigas e tijolos.

Ao subirem a entrada da garagem, Jacob foi atingido pelo vazio cruel do terreno, como se o espaço em branco no céu exigisse a geometria satisfatória de paredes e teto para ser completo. O leito retangular de cinzas parecia um túmulo negro e afundado. A fita amarela da polícia estava frouxa e, em alguns lugares, partida, esvoaçando na brisa como as caudas de pipas entrelaçadas. As árvores em torno da ruína estavam queimadas, os galhos retorcidos e secos. Amoreiras novas tinham surgido das brasas mortas espalhadas além da fundação, como se as bordas dolorosas fossem o próximo passo evolucionário natural.

Renee desligou o carro e ficou sentada com as mãos no colo. — Chegamos em casa.

Jacob olhou para onde o segundo andar estivera, para o ar assombrado da janela desaparecida de Mattie. — Eu tentei salvá-la. Você acredita nisso, não é?

— Eu estava lá, Jake. Eu me lembro.

— Mas você não conseguia ver. Com toda aquela fumaça.

— Como eu disse para a chefe dos bombeiros.

— Nós fomos separados. Você teve que descer a escada. Era a única saída.

— Eu achei que você e Mattie já estavam a salvo, senão nunca teria saído. — Renee ajustou os óculos sobre o nariz, como se estivesse usando um truque de memória para recordar sua metade da história. — Mas eu tinha que pegar meus óculos no carro.

— E a porta de trás estava aberta.

— A porta que se abre para os dois lados.

— Hein? — Jacob imaginou as chamas lambendo o céu da tarde, um armagedom à luz do dia, uma onda curativa vinda das entranhas do inferno.

— A porta que se abre para os dois lados. Como você me disse na noite em que se escondeu entre as árvores.

— Eu não estava escondido entre as árvores.

— Alguma coisa sobre a porta, Jake. E quando você sentiu o cheiro de fumaça, disse-me para esperar no quarto. Como se estivesse com medo do que eu pudesse ver.

— Eu não queria que você visse Mattie. Eu queria proteger você. As duas. Como eu não pude proteger Christine.

Aquilo soara bem. Ele engoliu em seco.

Os fragmentos queimados do berço de Christine estavam em algum lugar no porão queimado, junto com uma infinidade de bichos de pelúcia, escovas de cabelo, bonecas Barbie e um forno elétrico. Pijamas com estampas de diversos personagens de desenho animado. Vídeos do Dr. Seuss. Pulseiras de plástico roxo e perucas prateadas, tênis que acendiam com LEDs vermelhos quando a garota dançava. As coisas sólidas eram as únicas recordações críveis de Mattie, porque a memória não se fixava no sorriso dela sob o sol, mas no rosto em meio ao fogo.

— Jake, não posso mais falar com Davidson. Ela suspeita de algo.

— Não vai demorar muito mais. O SBI já fez praticamente todos os testes que eles têm. Eles terão que fechar o caso logo e receberemos o nosso dinheiro.

— Mas não é nosso. Você quer entregá-lo a Joshua.

Um carro subiu a rua, reduzindo a velocidade ao passar por eles. Jacob olhou pelo retrovisor. Os Nelson do 217, que moravam depois da curva. A casa deles era muito menor que a que ele construíra. Com o dinheiro do seguro, ele poderia construir uma casa ainda maior, um monumento invejável dos Wells que teria três andares e...

Ele não iria reconstruir aqui. Não era mais o lar dele. Ele pertencia à casa de Joshua. E Joshua receberia os dois milhões, dinheiro do incêndio e de Mattie. Era justo. Jacob abriu a porta e saiu do carro.

O ar tinha um leve cheiro de queimado na umidade pesada. Se ele acreditasse em espíritos, poderia imaginar Mattie pairando sobre o leito de brasas mortas, procurando os fantasmas dos brinquedos entre as ruínas. Ele tocou no rosto, lembrando-se do calor insuportável, que devia ter sido dez vezes mais intenso para ela. O fogo roubara-lhe todo o oxigênio, sufocando-a em sua destruição egoísta. Os dedos sôfregos das chamas tinham batido, agarrado, puxado tudo o que havia à frente para dentro de seus braços.

O fogo surgira de uma fagulha minúscula e inchara até virar uma coisa faminta e teimosa. O fogo recusara-se a reconhecer seus limites. Portanto, a culpa era do fogo, não dele.

Nunca dele.

Porque um Wells nunca fracassa.

Renee veio por trás dele e colocou os braços em torno de sua cintura. Ele estremeceu. Ela sempre fora mais fria do que Carlita. — Jacob, o que vamos fazer?

— Esperar.

— Mas o que acontece depois disso? A M & W está arruinada.

— A sociedade pode declarar falência. Os reclamantes não podem tocar no dinheiro do seguro. Ele é meu.

— Nosso. Um patrimônio conjunto.

— Nosso. — A palavra perdera a maior parte de seu significado. Ainda assim, se ela queria acreditar em um futuro de fantasia, isso tornaria as coisas muito mais simples. A traição funcionava melhor quando aparecia de surpresa. Os inimigos eram as únicas pessoas em que podia confiar, pois eles eram previsíveis. O único problema era descobrir quem eram os inimigos.

— Por que seu irmão voltou?

— Ele é um Wells. Ele é parte de mim. — De uma forma que Renee nunca seria. O sangue dela, não importa o quanto fosse quente ou o quanto fosse derramado por ele, nunca teria a pureza do sangue de Joshua. Até mesmo Mattie e Christine eram diluídas, apenas metade Wells.

— Alguém sabe, Jake.

— Ninguém sabe.

Ela pegou a Barbie Rock Star da bolsa. — Lembra-se disso? O fogo, repousando no chão, gritando "Faça um desejo" contra o coro crepitante das chamas. — A boneca de Mattie.

Renee acionou o chip de áudio, que berrou *"Presente para a casa"*.

— Brincadeira de alguma criança, talvez. Algum bêbado. Ou algum maluco. — Não como ele. *Ele* não.

— Eu a encontrei entre as árvores.

— Esqueça. Ninguém viu nada.

— Deixe-me mostrar uma coisa a você — disse ela.

Jacob olhou para a rua, meio que esperando ver Davidson fazendo a curva em sua SUV, toda cromada e com faróis de neblina. Se ela sentisse o cheiro de incêndio criminoso, ela imputaria o crime a alguém. E um incêndio criminoso que causava a morte de uma criança seria, no mínimo, uma acusação de assassinato de segundo grau.

Renee puxou sua manga, levando-o em direção às árvores. Ao passarem pelos destroços, ele ficou imaginando o que aquelas ruínas significavam para ela, como o esqueleto das paredes, a madeira enegrecida e os aparelhos queimados atiçavam seu distúrbio obsessivo-compulsivo. Ela quisera remover a floresta, nivelar os carvalhos, os bordos e as bétulas com um projeto de paisagismo, arrumar a selva e alinhar os arbustos em uma ordem que agradaria a Deus. Jacob a convencera de que eles não ficariam na casa tempo suficiente para que as plantas atingissem a maturidade e ela se contentara com canteiros de flores ao longo da calçada da frente.

Ele procurou no bolso da camisa até encontrar o maço de cigarros. Marlboro Light, a mesma marca de Joshua.

— Também encontrei isso. — Ela puxou o chocalho de plástico do bolso e balançou-o, apesar do som ter evocado pontadas agudas de arrependimento.

— Isso estava no berçário — disse Jacob.

— Deveria estar.

Jacob pegou o chocalho com a mão esquerda e balançou-o. Ele tinha o rosto de um urso qualquer, os olhos pintados há muito descascados. O cabo estava gasto, mas era familiar na mão de Jacob. Ele próprio o balançara, quando era uma criança minúscula, cujo irmão gêmeo dormia no berço ao lado, cuja mãe inclinava-se em julgamento, cujo pai mantinha-se longe. Anos que Jacob raramente mencionara, não importava o quanto Renee insistisse.

Era uma das poucas relíquias que Jacob guardara quando saíra de casa. Ele tinha estado no apartamento da faculdade e Renee o encontrara em um de seus surtos frenéticos de limpeza. Ele se esquivara, mas Renee achou que era gracioso que aquele poeta rebelde agarrasse-se a um brinquedo da infância.

E, para todos os efeitos, o chocalho deveria ser um pedaço de plástico derretido nas entranhas escuras da casa.

— Alguém esteve na casa, Jake.

— Ele não tinha como saber.

— De quem você está falando?

— Quem você acha? — Jacob apertou o chocalho com tanta força que o plástico rachou.

— É por isso que vai dar o dinheiro a ele? Ele está chantageando você?

Jacob olhou para a casa, para o leito negro de ruínas queimadas que parecia um espelho de suas almas. Ele pegou o maço de cigarros e bateu nele para tirar um cigarro, balançando o chocalho ao fazê-lo.

— Quando você começou a fumar? — Perguntou ela.

— Eu sempre fumei.

Ele acendeu o isqueiro e encostou-o na ponta do cigarro, lutando contra o impulso de colocar a chama sob o chocalho.

Antes tarde do que nunca.

— Você confia em mim? — Perguntou ela.

— Eu amo você. — Como se aquilo fosse resposta.

Ela tirou o cigarro da mão dele. — Então vamos fazer isso juntos.

Ela jogou o cigarro no chão e esmagou-o com o pé. — Um Wells nunca fracassa, e dois Wells são melhores do que um só — disse ela.

CAPÍTULO 18

Enquanto Renee dirigia para o consultório da Dr. Rheinsfeldt com Jacob no carro, ela olhou para o banco do passageiro e admirou seu trabalho. Ele mudara-se para o apartamento dela, limpara-se e comprara alguns ternos novos. Eram ternos comuns, mas teriam que servir até que o dinheiro voltasse a entrar. E ele voltaria. Um barbear bem feito e um pouco de colônia, três semanas de abstinência e ele estava pronto para subir no trono novamente. Kingsboro estava esperando que ele se levantasse e fosse um Wells, que tomasse o futuro da cidade nas mãos e a levasse a uma nova era de prosperidade.

A atitude era a coisa importante. Eles tinham ficado de luto por tempo suficiente. O SBI devolvera o relatório final do incidente e o incêndio fora classificado como "Causa indeterminada". Não era tão bom quanto "acidental", o que teria significado que a origem definitiva do fogo fora encontrada. Dessa forma, a classificação indefinida deixava uma nuvem de suspeita, mas agora a seguradora tinha que pagar. Dois milhões de dólares, menos os vinte mil dólares que Renee recebera emergencialmente para o apartamento e para despesas.

Agora eles estavam ligados, conectados para o futuro, e Jacob não conseguiria se livrar dela. Ele tinha aceitado o novo arranjo com um ressentimento taciturno, mas ela explicara que não havia outra opção. Marido e mulher não guardavam segredos um do outro e agora eles tinham que andar juntos. Eles poderiam lidar com o resto depois de acertarem as contas da M & W Ventures e calar a boca de Donald Meekins. Eles já tinham assinado os formulários necessários e Rayburn Jones os tratara como velhos amigos, feliz de ver Jacob de volta à velha forma. Jacob parecia sentar-se um pouco mais ereto, os olhos mais brilhantes e maiores, a confiança retornando.

Eles não tinham conversado sobre Joshua. Renee esperava que ele tivesse desistido e saído da cidade.

— Isso é importante — disse Renee, entrando no estacionamento da Total Wellness. — Você sabe que cada um de nós tem que lidar com o sofrimento de seu jeito, mas a comunidade o perdoará mais rápido se você procurar ajuda. E não se esqueça de agir com humildade.

— Humildade — disse Jacob. — Acho que consigo.

— Nem precisamos falar sobre as meninas, se você não quiser.

— O que a médica achar que é melhor.

O verão estava dando lugar ao outono, a grama ficando com uma sombra azul esverdeada e os carvalhos com as copas vermelhas. O céu estava azul e as nuvens altas e brancas, a tristeza tinha diminuído o suficiente para que Renee pudesse novamente acreditar que Deus cuidava de todos eles.

Ela viu Rheinsfeldt na janela do segundo andar, olhando para eles ao caminharem pela calçada. Renee começou a abanar e depois ficou imaginando se era uma quebra de etiqueta. Talvez os terapeutas não reconhecessem seus pacientes fora dos confins da câmara do confessionário. Jacob não notou a médica, o olhar fixo em uma colina ao longe onde as escavadeiras estavam trabalhando abrindo um rasgão vermelho na encosta.

— Aquela é a equipe de Wade Thompson — disse Jacob.

— Tínhamos uma opção sobre aquela terra antes de todos os problemas recentes. Acho que ele vai fazer apartamentos para estudantes. Pessoalmente, eu teria feito condomínios. Menos dor de cabeça e um retorno mais rápido.

Ele soava como o velho Jake, o que fazia planos e tinha ambição. O homem que ela ajudara a criar e a única versão dele que ela podia amar. Ela não tinha utilidade para o Jake destruído que bebia uísque barato nos arbustos e encolhia-se à menção do irmão. Esse Jake renascido tinha um gingado ao caminhar e a aparência tinha uma cor saudável, a pele queimada quase completamente curada.

— Tenha paciência, querido — disse ela. — Conseguiremos tudo de volta. Um Wells nunca fracassa.

— E dois Wells são melhores do que um só.

A recepcionista reconheceu Jacob. — Bom dia, Sr. Wells — disse ela, sorrindo de um jeito que teria deixado Renee com ciúmes se não estivesse tão contente pelo fato de outra mulher achar o marido dela merecedor de um pouco de charme. — Por favor, assine aqui.

Ao começar a assinar, Renee o interrompeu. — Jake?

— Sim? — Ele olhou para baixo e viu que começara a escrever com a mão esquerda. — Oh.

Ele mudou para a mão direita e terminou a assinatura. Eles mal tiveram tempo de pegar revistas, *Home Design* para ele e *Entertainment Weekly* para ela, quando foram chamados ao consultório da Dr. Rheinsfeldt, no fim do corredor.

— Então — a médica disse, dessa vez sentando-se no sofá. A sala tinha um perfume de coisas misturadas e de incenso queimado há muito tempo. A mobília havia sido rearrumada e Renee ficou imaginando se uma das poltronas fora retirada especialmente para a visita deles. Com somente uma cadeira na sala, além da pequena cadeira na mesa do computador, um dos dois seria forçado a sentar-se ao lado da médica. Dividir para conquistar, talvez fosse essa a estratégia da médica.

Renee não se importava. O resultado já estava determinado, portanto, a Dr. Rheinsfeldt podia usar a técnica que desejasse. — Decidimos começar de novo — disse ela.

— Isso é bom — disse a médica, apertando a boca prussiana de uma forma que sugeria desgosto. — A vontade é metade da batalha.

Jacob sentou-se ao lado da médica. — Descobri que eu estava me culpando pelo que aconteceu — disse ele. — E depois culpei minha esposa.

— Você descobriu que não há culpa — disse Rheinsfeldt. — Só um acidente trágico.

Renee e Jacob trocaram olhares. A médica continuou, sem saber dos sentimentos deles. — Quando sofremos uma perda, cada um de nós precisa estabelecer seu próprio processo de pesar. Algumas pessoas choram até o funeral, depois se acalmam e parecem não se incomodar nunca mais. Outras não mostram emoção alguma e perambulam frias e mortas por dentro por meses, ou até mesmo anos. Não é incomum que entrem em depressão clínica — ela olhou para Jacob por sobre a armação dos óculos — especialmente se abuso de substâncias químicas estiver envolvido. E com seu histórico, Jacob...

— Parei com isso tudo. — Jacob puxou a gravata, centralizando-a na garganta. — Tenho que continuar com minha vida, devo isso a Mattie e a Christine.

— A outra coisa — disse Renee — ele está fazendo as pazes com o passado.

Rheinsfeldt a ignorou, concentrando-se em Jacob. — A julgar por seus registros, isso parece ser a origem de seus traumas.

— Eu acho que Jacob e seu irmão gêmeo estavam competindo pela afeição do pai e Jacob sempre achou que não brilhava tanto quanto o irmão — disse Renee. — Pelo menos, aos olhos do pai.

— Estou ciente de Warren Wells — disse Rheinsfeldt. —

Aparentemente, ele sempre superava as expectativas de forma consumada. E seu irmão gêmeo?

— Não importa agora — disse Jacob.

— Eu sinto raiva — disse Rheinsfeldt.

— Eu tenho o direito de sentir raiva. Joshua usou truques sujos comigo durante toda nossa infância. Apesar de sermos fisicamente idênticos, de alguma forma ele era mais forte e mais determinado do que eu. Ele sempre tinha as namoradas mais bonitas, as posições principais nos times de esportes, as melhores notas. Mesmo quando eu fazia o dever de casa dele.

— Então você se sentia inferior a ele?

— No começo. Depois, quando decidi que iria embora assim que tivesse idade suficiente para me virar, não me incomodava mais. Mamãe morreu e tudo mudou.

— Você sentiu-se abandonado?

— Não. Eu me senti *aliviado*. Papai era somente distante e reprovador. Mamãe nos desprezava abertamente.

— Vocês sofreram... abuso físico?

— Não. — Os olhos de Jacob fixaram-se no chão. — Teria sido simples demais.

— Jacob nunca foi violento comigo — disse Renee. — Ele nunca bateu em Mattie. Eu sempre fui a disciplinadora.

— Isso lhe causa ressentimento? — Perguntou a Dr. Rheinsfeldt.

— Talvez, mas vamos nos concentrar em Jacob — disse Renee. — Eu acho que ele precisa mais do que eu agora.

— Conte-me mais sobre Joshua — a médica pediu a Jacob.

— Eu fui embora para a faculdade, determinado a nunca mais voltar. Eu até mesmo brinquei com a ideia de mudar de nome. Eu só queria esquecer que era um Wells, especialmente depois que Papai fez toda essa pressão para que seguíssemos seus passos.

— Como ele fez isso? Você disse que ele se mantinha

afastado.

— Ele tinha suas maneiras. Ele era um mestre de escravos, um dono de plantação que nasceu na época errada. Ele era um conquistador, não um pai. Com ele, só importava vencer.

— E Joshua o agradava mais do que você? Ou, pelo menos, era como você via as coisas?

— Joshua tinha um jeito de... eu não sei, esquivar-se da responsabilidade, transferir a culpa. Se uma lâmpada estava quebrada, a culpa era sempre minha. Se o jornal estava amassado, era eu quem não tinha respeito pela propriedade dos outros. Um boletim ruim e eu era o que não desempenhava de acordo com as minhas habilidades, mesmo se minhas notas fossem melhores que as dele.

Renee inclinou-se para a frente e tocou no joelho de Jacob, encorajando-o a continuar. Ele estava expondo sua alma, as coisas que sempre escondera dela. Ele estava levando a sério o desejo de recomeçar. E contar a história da forma certa era importante.

— Eu comecei a ter dores de cabeça, principalmente quando estava perto de Joshua — disse ele. — Nós sempre dividimos o mesmo quarto, apesar de morarmos em uma casa grande. Eu acho que Mamãe ficava feliz com isso. Ela gostava da ideia de que os filhos fossem próximos. Dava a ela a ideia de que ela tinha feito um bom trabalho com nossa criação.

— E ela fez?

Jacob olhou pela janela, sem ver as cortinas ou o pedaço de mundo do lado de fora entre elas. — Quem sabe? Eu acho que você julga seus pais pelo resultado de sua vida.

— Você culpa sua mãe por tê-los deixado?

— Eu não tenho raiva da minha mãe — disse Jacob. — Eu acho que tinha raiva do Papai. É por isso que tentei tanto escapar. Se não fosse por Renee...

O pesar sumiu de seus olhos, substituído por um lampejo

de determinação. Ele conseguiria, por ela e pelo futuro deles juntos. Talvez um dia pudessem começar uma nova família. Ela o amava.

— Foi ela que me fez dar a volta, que me fez ficar limpo, que me fez recuperar parte do meu orgulho — disse Jacob. — Parece estranho, mas ela me fez entender o que significa ser um Wells.

— Você acha que transformou Renee em uma figura materna?

— Não, eu não acho — disse Jacob. — Renee é diferente da minha mãe de todas as formas.

— Exceto pela limpeza — Renee interrompeu novamente. — Você sempre disse que nós duas éramos maníacas por limpeza.

— Mas não foi o que me atraiu em você — disse Jacob, falando com ela agora, como se a médica não estivesse na sala. — Foi sua atmosfera, a forma como lidava com a vida. Como se soubesse o que queria.

— E, sendo um pouco bagunçado, você viu uma chance de impor um pouco de ordem em sua vida — disse a médica.

— Talvez — disse Jacob. — Isso, e a conversa.

— Sexo — disse Renee. O sexo não fora excepcional no começo. Jacob fora hesitante, contido, como se carregasse um fardo de culpa. Levara alguns meses antes que ele realmente se abrisse e se tornasse atencioso e expressivo. Começara com a noite em que ele viera para casa bêbado e a forçara, com uma paixão animal que virara uma ternura tão profunda que ela chorara durante o último orgasmo. A noite em que Mattie fora concebida.

— Eu estava tentando bancar o cavalheiro.

— Lembre-se de que só temos uma regra nessa sala — disse a médica. — Honestidade absoluta o tempo todo.

Renee assentiu com a cabeça para ele. Jacob nunca fora um

bom mentiroso. Apesar do sucesso nos negócios, apesar da longa tradição de engano dos Wells, apesar do ódio dos pais e do irmão gêmeo, o sangue de Jacob nunca fora tão frio a ponto de qualificá-lo como um sociopata. Ela o conhecia melhor do que ele mesmo. Ela sorriu para ele em apoio.

— Vamos voltar aos seus estados de fuga quando adolescente — disse Rheinsfeldt. — O que acontecia durante esses estados?

— Eu tinha períodos de esquecimento. Na maioria das vezes, eles duravam só um minuto ou dois. Como quando eu estava na escola, ouvindo a professora começar um problema de matemática e, subitamente, ouvia o sinal e todos os garotos saíam das carteiras para mudar de sala. O quadro-negro estava cheio. Eu olhava para o caderno e via todas essas anotações para mim mesmo. Anotações que não tinham nada a ver com a aula.

— Anotações?

— A maioria para meu irmão. Costumávamos jogar um jogo, chamado "Faça um desejo". Um jogo bobo em que você fazia um desejo impossível. Exceto que Joshua sempre o deixava assustador.

— Assustador?

— Em nosso quarto, à noite. Ele se escondia embaixo da minha cama e fingia ser o Monstro da Meia. Ele colocava uma meia sobre a mão, esgueirava-se e me beliscava. Eu dizia, "Desejo afastar o Monstro da Meia". Mas ele dizia: "Desejos não se tornam realidade para garotinhos podres". E ele torcia minhas orelhas, puxava os dedos dos meus pés ou batia no meu rosto.

— Não admira que tenha raiva dele — disse Rheinsfeldt, batendo o cigarro apagado na borda do cinzeiro. Renee tinha certeza de que a médica ficaria encantada em ter os dois gêmeos na mesma sala. Apesar de nunca ter conhecido

Joshua, Renee não podia evitar odiá-lo depois de toda a dor que causara em seu marido. E, claro, ele podia ser perigoso de outras formas. Ele era um rival.

— Eu dava cobertura a ele — disse Jacob. — Ele era a ovelha negra, sempre metido em encrencas, mexendo com as garotas, desobedecendo Papai.

— E você era o responsável?

— Nem sempre. Mas — ele olhou para Renee, os olhos impenetráveis — ele me fez fingir que eu era ele, algumas vezes.

A médica endireitou-se. — Durante seu distúrbio dissociativo?

— Nada sério — disse Jacob. — Ele matava aula e me fazia acobertá-lo. Então eu era o que não recebia presença. Ele tinha um emprego de fim de semana como ajudante de carpinteiro e, se tivesse um encontro com uma garota, eu tinha que trabalhar no lugar dele. E os carpinteiros ficavam bravos comigo porque eu não sabia como fazer o trabalho. Éramos tão idênticos que ninguém nunca nos pegou. Exceto que Josh é canhoto, portanto, eu tive que aprender a ser ambidestro.

— Você fingiu ser Joshua em casa? Tentou enganar seus pais?

— Papai sempre sabia quem era quem. Como eu disse, Joshua sempre foi o favorito dele, quem ele finalmente decidiu que carregaria a tradição da família. Eu era o segundo, apesar de ter nascido primeiro. Mamãe parecia ignorar os dois igualmente. Não acho que ela se importasse o suficiente para aprender as diferenças entre nós dois.

— Depois de sair de casa, como se sentiu?

— Libertado. Como se finalmente pudesse respirar pela primeira vez na vida.

— E seus estados de fuga?

— Não tive mais nenhum depois disso. Mas há um que

ainda me preocupa.

— É mesmo? Conte-nos sobre ele.

A cabeça de Renee doía por causa da doçura nauseante da sala. Jacob escondera tantas coisas dela. Ela olhou para ele, para os olhos dele que sempre a lembrariam dos olhos de Mattie. Ela estudara as feições dele mais de perto, mas não vira nada de Christine nelas. Christine fora dela, mesmo que somente por dois meses.

— Joshua costumava torturar as galinhas — disse Jacob. — Papai as tinha para fazer de conta que era o fazendeiro diletante, mas nunca pegávamos os ovos. Em sua maioria, elas só corriam pela floresta. Joshua as encurralava no celeiro e enfiava coisas nelas - pontas de cigarro, pedaços de milho, borrachas. Ele sempre me fazia assistir.

— Como ele o forçava? Que tipo de poder ele tinha sobre você?

Jacob deu de ombros. — Ele era um Wells.

— Alguma vez seu irmão recebeu ajuda profissional?

— Não, mas eu sim. Por causa dos apagões. Eles até fizeram exames no meu cérebro. Papai pensou que fosse alguma outra coisa. Problemas de ajuste ou seja lá como o psicólogo da escola o chamava. Como se ele fosse notar a diferença.

— Ah — disse Rheinsfeldt, com um sorriso sábio, confiante de que sua profissão tinha tratado bem os problemas anteriores de Jacob. — E qual a fuga que o preocupa?

— Uma em que eu acordei no celeiro. Joshua estava parado, segurando uma machadinha ensanguentada. Havia seis galinhas espalhadas no chão do celeiro. Joshua disse que eu enlouquecera e cortara a cabeça delas. Minhas mãos estavam cheias de sangue. Uma das galinhas ainda não estava morta e tentava rastejar pelo feno sujo, uma das asas arrastando no chão. A cabeça estava aos meus pés, os olhos piscando para mim enquanto eu via a luz extinguindo-se deles. E não consigo entender como eu faria tal coisa. — Jacob olhou para as mãos como se o sangue das galinhas ainda estivesse em seus dedos.

— Memória reprimida — disse a médica. — Frequentemente, as pessoas bloqueiam eventos traumáticos. É a forma que o cérebro tem de se proteger. Proteger-nos contra nós mesmos, pode-se dizer.

— De qualquer forma, depois que escapei de Papai e de Joshua, tudo foi maravilhoso. Conheci Renee e ela me permitiu ser eu mesmo. Eu sei que soa sentimental, mas, depois que me afastei, comecei a sentir saudades de Kingsboro.

— Seu pai aprovou Renee?

— Depois que ele achou que ela me colocaria no caminho para o sucesso. A ideia *dele* de sucesso. Desenvolvimento imobiliário, orgulho cívico, grandes sonhos e dinheiro. Muito dinheiro.

— Mesmo assim, você não guarda rancor de sua esposa? Afinal, parece que ela tinha o mesmo tipo de poder sobre você que Joshua tinha, e que seu pai tinha, mas ela o usou de uma forma mais construtiva.

Renee não gostou da forma astuta como a médica passou a língua nos lábios. Seu poder sobre Jacob era incerto. O amor tinha uma mágica limitada. Depois disso, só sobravam as palavras.

E a ameaça de segredos.

Mas Jacob não seguiu o caminho de argumentação da médica. — Sem Renee, eu não seria nada. Depois de Christine, depois da primeira tragédia, nós ficamos muito unidos. Decidimos dedicar o resto de nossas vidas à felicidade de Mattie. Talvez se a amássemos o dobro, de alguma forma a vida curta de Christine não teria sido totalmente desperdiçada.

Renee puxou um lenço de papel da caixa na mesa. Ela ficou contente de ele não ter perfume algum, apesar de ter absorvido um pouco do cheiro da sala em suas fibras. Ela limpou os olhos e o nariz, determinada a não fraquejar. Isso era por Jake. Ela não precisava adicionar drama.

— E depois que Mattie morreu? — Perguntou a médica, visivelmente medindo a umidade nos olhos de Jacob. — Depois de nossa sessão?

— Eu perdi a cabeça — disse Jacob. — Eu bebi, evitei Renee, fugi de minhas responsabilidades no negócio. Praticamente tudo pelo qual trabalhei e que achei que tinha perdido.

— E você estava bravo?

— Com certeza.

— E precisava de alguém em quem botar a culpa?

— É claro.

— Ele me culpou — disse Renee. — E parte da culpa era minha. Se eu tivesse ido até o quarto de Mattie com ele, talvez pudéssemos tê-la salvado.

— Não — disse Jacob. — Temos que superar isso. Foi apenas um acidente terrível. Eu sinto muito.

Ela queria confiar nele, queria acreditar que ele tinha voltado a ser o que era. O Jacob que ele prometera ser, aquele que reconstruiria Kingsboro à sua imagem. Mas ela tinha que saber onde a lealdade dele estava e quem tinha poder maior sobre ele.

— Joshua voltou à cidade — disse ela a Rheinsfeldt. — E tenho medo de que os estados de fuga de Jacob também tenham voltado.

A boca de Rheinsfeldt abriu-se, em surpresa ou prazer. Ela levantou-se com as pernas gordas, foi até o telefone, pressionou um botão e falou ao microfone. — Judy, cancele minha próxima consulta. Obrigada.

A médica voltou ao sofá, pegou novamente o cigarro apagado e tragou como se estivesse frustrada pela falta de fumaça. Ela olhou para Renee. — Conte-nos.

CAPÍTULO 19

Jacob preferiu a camionete Dodge Ram em vez da Mercedes. A camionete dava uma impressão de atitude. Ele tentara convencer Renee a comprar um carro novo, mas ela disse que eles tinham que ser parcimoniosos por um tempo. Senão, as pessoas poderiam começar a falar.

Depois de repor o que ele tinha retirado das contas da M & W, ainda sobrara algum dinheiro. Ele tivera que fabricar alguns recibos criando firmas empreiteiras, paisagistas, de encanamento e escavação fantasmas, as mesmas empresas que ele usara para drenar a maioria do dinheiro de Donald Meekins no começo. E depois havia o pagamento para Joshua...

Mas, agora, ele saíra do vermelho e estava pronto para soltar as escavadeiras em uma Kingsboro sonolenta.

Era setembro, um excelente mês para escavar nas montanhas. Ele inclinou-se contra a camionete, que tinha uma fina camada de poeira vermelha sobre o capô preto. Nesse lado da colina, virado para a parte antiga da cidade, daria para construir talvez uma dúzia de casas e a vista adicionaria alguns milhares de dólares aos preços. Uma das casas já estava sendo construída, kits de troncos com muito vidro para captar a exposição ao lado sul. A rua da subdivisão estava cortada e pavimentada, e as serras elétricas cortavam o ar enquanto os trabalhadores limpavam os terrenos adjacentes. O poço ainda não fora enchido, então não havia tubulações de água conectadas. Dois tambores de cinquenta e cinco galões de água estavam ao lado do pátio de obras da casa para serem usados na construção. A equipe de trabalhadores era mexicana, rostos escuros e solenes, gritando uns com os outros acima do ruído das máquinas. Jacob apreciara a tradição dos Wells que ele continuara, empregando imigrantes que tinham vistos temporários. Ele não se importava se os papéis estavam em ordem. Eles trabalharam por dinheiro, sem nenhuma papelada onerosa.

Ele observou o vale abaixo. A extremidade oeste de Kingsboro consistia em prédios planos e baixos. O hospital erguia-se acima do horizonte urbano ao leste, juntamente com o Holiday Inn que Jacob via como sua criação. Um novo centro comercial estava sendo construído ao longo da rua principal, obra de alguma equipe do Texas. Mas Jacob não estava ameaçado por ela. Quase quatro mil metros quadrados de espaço para lojas, quatro fachadas, nada muito grande. Provavelmente terminaria tendo uma loja de artesanato, uma livraria cristã, uma lavanderia automática e uma agência de investimentos. Além disso, eles estavam construindo para os lados, não para cima, e Jacob sabia que sua verdadeira marca seria feita ajustando o horizonte. Agora, a Primeira Igreja Batista era a estrutura mais alta em Kingsboro, 25 metros de altura contando o campanário. Warren Wells ganhara o contrato ao se tornar um membro da congregação no instante em que ouviu falar que a igreja estava coletando o dízimo para o fundo da construção.

— O que acha, Jacob? — Donald perguntou. Donald raramente visita os campos de obra, preferindo o ambiente controlado do escritório. Ele estava contente de ter o sócio de volta, pois ambos sabiam que Donald nunca sobreviveria se tivesse que lidar com pessoas de verdade, aqueles que tinham que trabalhar com as mãos e viviam de contracheques. Ele gostava as pessoas de terno, os financistas, os banqueiros e os advogados. Mas, ultimamente, ele começara a se interessar muito pelos projetos da empresa no nível do solo.

— Temos que terminar essa subdivisão até outubro — disse Jacob.

— Já tenho alguns compradores interessados.

— Bom, porque podemos usar aquele capital para fazer algumas outras coisas. Sinto um período de sorte chegando.

— Espero que dure até o inverno, mas estou pronto para voltar para o escritório com ar-condicionado. — Donald limpou a testa. O sol estava brilhando, mas a umidade da estação ainda não tinha estabilizado. O casaco e a gravata de Donald estavam deslocados naquele pedaço rasgado de terra.

— Lá — disse Jacob, apontando para um grupo de sempre-vivas e carvalhos do outro lado do vale. Uma fita de asfalto de duas faixas subia a colina e alguns tetos eram visíveis por entre as copas das árvores, mas a maior parte da montanha não estava desenvolvida.

Donald colocou a mão na testa para fazer sombra. — Sim? O que tem?

— Outra subdivisão. E, em alguns anos, Kingsboro estará pronta para um parque comercial.

— Não sei, Jake. Nós nos demos muito bem com essa coisa residencial segura. Parece que nos damos mal quando apostamos em projetos comerciais.

Os lábios de Jake apertaram-se. O negócio Comfort Suites fora uma perda de duzentos e cinquenta mil por causa da chuva. O tempo ruim atrasara a fundação e a laje, o que fez com que todos os outros empreiteiros ficassem à espera. Alguns dos que tinham se comprometido pegaram outros trabalhos e Jacob teve que usar toda sua força para que eles retornassem. Enquanto isso, os juros sobre o dinheiro emprestado acumularam e Donald tivera que se livrar de algumas propriedades alugadas para cobrir a diferença. Mas Donald não parecia apreciar a realização de um estabelecimento de residências novinho em folha, o que ele significava para a comunidade e para outros negócios. Tudo o que Donald conseguia ver era o saldo.

— Ficaremos bem — disse Jacob. Ele esticou a mão e deu um tapinha no ombro de Donald. O som dos martelos, das furadeiras e das serras elétricas misturou-se em uma sinfonia do progresso. Era a música do dinheiro, sim, mas também era a música de uma cidade melhor.

— Eu não sei. Jeffrey está analisando os recibos e acha que encontrou alguns buracos. Provavelmente alguns erros de matemática, mas parece o suficiente para querermos a auditoria anual mais cedo esse ano.

— Mais cedo quanto?

— Em novembro, talvez. Tenho certeza de que não é nada, mas erros podem devorar nossa base de ativos se não agirmos rapidamente. E se pagamos a mais para algumas pessoas, precisamos recuperar o dinheiro antes que ele seja gasto.

— Bem, eu não botaria muita fé em Jeffrey. Ele é um recepcionista, não um contador.

— Ele é bom no telefone — disse Donald. — E ele perturba os locatários se eles ligam pedindo manutenção.

— Mas ele é muito caro. E acho que ele é ruim para os negócios.

— O que quer dizer?

— O que você disse. Claro, ele dá um jeito nos locatários e isso é bom quando só temos apartamentos. Mas se mudarmos para aluguéis de escritórios e profissionais...

— Espere um segundo, Jake. Não se apresse. Eu sei que você tem um buraco em sua vida, mas alguns planos malucos não vão enchê-lo.

— Eu acho que temos que nos livrar de Jeffrey e contratar Renee. Economizaríamos em seguro, porque ela já está coberta pela minha apólice. Ela trabalharia por um salário menor também. — Jacob olhou para um homem que estava instalando e nivelando uma porta em uma das casas. — Ela precisa de algo que a mantenha ocupada. Não quero que ela fique vivendo no passado.

Donald ajeitou a gravata e fez uma careta. Depois de um momento, ele disse: — Bem, desde que minha esposa entenda que foi sua ideia, não minha. Qualquer mulher no escritório pode significar problemas para mim.

— Só se não conseguir manter as calças fechadas, Donald.

— Jake, eu juro que nunca olhei para sua mulher...

Jacob riu. — Brincadeira. Nossa, você está mesmo nervoso.

— Sim. Esse negócio de contabilidade me assusta, acho. Estou na idade de querer apostar em coisas seguras.

— Aposte em coisas seguras quando estiver morto. — Jacob abriu os braços em direção a Kingsboro. — Temos o mundo inteiro para conquistar.

Donald apertou os lábios e assentiu. — Ok. Daremos aviso prévio de duas semanas a Jeffrey e pagaremos as outras duas semanas.

— Renee fará bem aos negócios. Ela tem um olho bom para detalhes.

— Muito bem. — Donald acenou com a mão. — Vou dar a notícia a Jeffrey. Direi a ele que temos muitos locatários reclamando dele e precisamos mudar de direção. O de sempre.

Donald entrou em seu Lexus e desceu a estrada de terra em direção a Kingsboro. Jacob foi até sua camionete para pegar o almoço na cabine. Renee o estava alimentando com muita cenoura e aipo, e comidas com alto teor de proteínas, como sanduíches de manteiga de amendoim e aquelas barras de granola. Ele recuperara a maior parte do peso que perdera enquanto estava no hospital e trabalhar ao ar livre removera a palidez da pele. Jacob sentou-se, ligou o rádio para ouvir a previsão do tempo e abriu o saco.

Dentro, havia um pacote de papel encerado. Ele o tirou do saco e desembrulhou o pacote, imaginando que surpresa Renee deixara para ele dessa vez. A cabeça de galinha caiu, bateu no joelho e parou no chão do carro com um barulho nojento. O papel encerado estava sujo de sangue seco. Escrito em um canto com caneta preta estavam as palavras: — Não seja covarde.

Embaixo delas, a inicial "J.", inclinada para a esquerda.

Jacob abaixou-se e examinou a cabeça de galinha. Era da mesma raça que as que corriam soltas na fazenda dos Wells. Um anel de sangue coagulado circulava o corte com machadinha. O ônix desbotado de um olho aparecia pela abertura das pálpebras. O bico estava aberto, como se fosse soltar um grito.

O celular no banco ao lado emitiu um som eletrônico. Renee lhe dera um telefone novo quando ele comprara a camionete, um reconhecimento tácito de que Jacob voltara ao normal. O espírito das meninas finalmente descansara no coração deles e eles podiam ir em frente. Felizes para sempre não era mais uma opção, mas suicídio mútuo também não.

Jacob abriu o telefone, olhando pelo para-brisa para a casa em construção. — Alô?

— Como foi seu almoço?

— Eu lhe disse para não me ligar mais. Você está fora da minha vida agora. Você e Carlita podem voltar para o acampamento no Tennessee ou ficar na casa de Papai até que seus esqueletos malditos fiquem cheios de teias de aranha. Mas acabou.

— Querido irmão — disse Joshua. — Não estamos nem na metade. Porque você ainda me deve um milhão. E irmãos sempre cumprem suas promessas, não é?

— Não tenho mais medo de você. Ninguém acreditaria em

você se fosse à polícia.

— Eu não preciso ir à polícia. Só preciso falar com sua mulher.

Os músculos no pescoço de Jacob ficaram rígidos e o sangue subiu-lhe ao rosto. — Mas que droga. Deixe-a fora disso.

— Nem pensar, mano. Estamos nisso juntos. Como uma grande família feliz. Não é, Carlita?

Jacob ouviu um ruído no alto-falante do telefone quando Carlita pegou o aparelho. — *My buena*, Jake — disse ela, com aquela voz provocante e áspera. — Como nos velhos tempos, *si*?

Jacob odiava a resposta automática que ela causava nele, aquela mesma mistura de culpa, terror e excitação. Como algo proibido, uma fruta madura que tinha um cheiro doce, mas estava podre por dentro. — Não entro mais nos seus joguinhos — disse ele, o peito doendo.

— Ah, mas você inventou esse jogo, *chiquito* bobo. Faça um desejo, lembra-se?

— Mas acabou. Vocês já tem o seu milhão.

— E você tem sua vida de volta, não é? Do jeito como era antes.

— Nunca será como era antes. — Jacob limpou o suor do rosto. Mesmo com a porta da cabine aberta, o calor do verão era intenso.

— Bem, você não pode culpar uma garota por desejar — disse ela. Ela abaixou a voz até um sussurro que enredou-se na alma dele como dedos abaixo de sua cintura. — E dois Wells dão muito mais água. Deixam-me duas vezes mais molhada.

Jacob não conseguiu pensar em uma resposta. Aquela fora uma das frases favoritas de Carlita quando eles tinham dezesseis anos. Joshua provavelmente a tinha inventado. A criatividade de Carlita nunca era revelada na linguagem. Ela tinha a malícia de uma cobra, que buscava fendas quentes e camufladas e esperava pacientemente para soltar seu veneno. Joshua retornou ao telefone. — Eu nunca fui muito bom em matemática, mas, pelas minhas contas, sempre dividimos tudo meio a meio, desde o esperma nojento de Papai. E agora você conseguiu tudo de volta e eu ainda não tenho nada. Outro milhão não é pedir muito, quando você vê as coisas desse jeito.

— Não. Você conseguiu seu milhão. Eu terei sorte se conseguir me livrar dessa vez. Meu sócio já está farejando como se os sapatos dele estivessem sujos de merda.

— Ei, Jake, eu achei que você fosse o maioral agora. Sentado na sela e tal. Quero dizer, você está com esse novo projeto residencial. Deve estar entrando alguma grana.

No local da construção, dois mexicanos estavam jogando pedaços de telha pela beira do telhado, gritando avisos em espanhol caso algum trabalhador estivesse no chão abaixo. Era o tipo de ação descuidada que deixava Jacob feliz, pois a visita dos inspetores de segurança só acontecia no primeiro dia de cada mês. Ele teria que falar com o empreiteiro. Apesar de ele não ser responsável pelas reclamações de salário dos trabalhadores, alguns acidentes mexeriam com as taxas de seguro deles. — Como soube que eu voltei a trabalhar?

— Eu tenho rodas, lembra-se? E eu tenho olhos.

— Onde está você? — Jacob presumira que Joshua estava fora do estado, acordando ao meio-dia e bebendo até cair às quatro da tarde. Metade do dia na cama com Carlita, com uma corrida aqui e ali até a loja de conveniência para comprar Budweiser e Marlboro Light. Um milhão de dólares era dinheiro suficiente para aquele tipo de vida. Mesmo com os dois gastando, Joshua e Carlita nunca conseguiriam gastar tudo antes que os fígados ou os pulmões se acabassem.

— Estou de olho em meu investimento — disse Joshua.

O estômago de Jacob retorceu-se. Ele ergueu-se no banco e olhou para fora da cabine, chutando a cabeça de galinha para fora do carro. E se Joshua estivesse do lado de fora do apartamento de Renee agora, ou vigiando-a na lavanderia? Talvez eles a tivessem seguido até o mercado ou o correio e estivessem só esperando para aparecer e se apresentar.

— Que merda, onde? — Disse Jacob.

— Veja só, isso é que é engraçado sobre gêmeos. Não importa a distância entre eles, ou o que há entre eles, de alguma forma sempre acabam juntos. Como Deus quis que fosse.

— Não ouse falar sobre Deus. Se Deus existisse, minhas filhas estariam vivas e nós nunca teríamos nascido.

— Isso não faz o menor sentido.

— Você está me vigiando, não está? — Jacob andou ao redor da camionete, observando as árvores atrás da construção. A propriedade atrás da subdivisão planejada da M & W pertencia a uma empresa do Texas. Algumas estradas cruzavam o topo da montanha, mas as entradas tinham portões. O Chevy gigante de Joshua nunca conseguiria passar naquelas estradas irregulares.

— Foi ideia de Carlita. Ela tem uma queda por você, sabia?

— Não. Isso foi há muito tempo. Em uma outra vida.

— A mesma vida em que você matou sua mãe?

Jacob teve que se segurar para não jogar o celular no meio do mato. — Onde você está?

— Você nos verá na hora certa. Agora, sobre aquele dinheiro que você me deve.

— Por que você não consegue ser feliz com o que tem? Você tem a propriedade, tem a casa e tudo o mais que deixou para trás quando cruzou a fronteira do estado. É mais do que jamais mereceu.

— Exceto que Papai deixou uns oito milhões para você, se me lembro bem. Papai não acreditava em dividir irmãmente e acho que você também não.

— Vá embora. Por favor. Eu já lhe paguei o suficiente.

— Mas que droga, Jake. Você ainda não entendeu. Não se trata do dinheiro. É a diversão.

— Vá se foder.

Carlita pegou o telefone novamente. — Ei, o que vocês falaram sobre diversão? Já faz muito tempo, não é, *gringo*? Sua mulher está cuidando de você?

— Você não tem lugar aqui, Carlita. — Jacob era impotente contra ela. Ele se sentia como se estivesse em um poço sem fundo, agarrado em uma corda fina com as mãos escorregadias. Indesejado, aquele sentimento que tivera no hospital o assaltou, o de estar submerso na água escura e sufocante. No frio silencioso onde não poderiam alcançá-lo.

— Mas temos tanto para compartilhar — disse Carlita, provocando-o. — Quero dizer, o garoto de catorze anos não sabia o que estava fazendo. Aposto como sua esposa lhe ensinou alguns truques nesse tempo.

Jacob ouviu o barulho do isqueiro dela antes que desse um trago no cigarro. O som acendeu chamas em sua cabeça. Joshua deve ter sussurrado algo para ela, pois ele ouviu um zunido abafado.

— Josh pediu para dizer "Onde há fumaça" — disse ela. — Não sei o que significa. Vocês dois são *muy loco*. Feitos um para o outro.

— Deixe-me falar com ele. — Uma sensação doentia surgiu no estômago de Jacob, uma serpente ardente de inquietação.

— Lembra-se daquela vez sob a ponte? — Perguntou Carlita. — Eu sei que você se lembra. Um garoto nunca esqueceria uma coisa daquelas.

Jacob bateu na tecla "End" e fechou o telefone. Ele sentou-se no para-choque da camionete, sem confiar nas pernas. O barulho das serras elétricas misturou-se com o zumbido em seus ouvidos e cada martelada no telhado enfiava pregos em seu crânio. O telefone tocou de novo. E de novo.

Seis vezes.

Eles estavam observando.

Ele ativou o sinal e pressionou o telefone contra o lado da cabeça.

Era Joshua. — As mulheres não são bem assim? Não deixam as coisas para trás.

O tom da voz dele mudou, o sotaque rural desapareceu. — Mas o passado tem um preço, mano. Lembre-se disso.

O sinal morreu.

Jacob soltou os botões superiores da camisa de flanela, botou as mãos no rosto e respirou fundo, esperando que a hiperventilação sumisse antes que ele desmaiasse. Ele voltou para a cabine, apoiando-se na camionete. Ele tinha acabado de sentar-se no banco do motorista e fechado os olhos quando os gritos começaram na casa. As palavras eram em espanhol e Jacob não captou o significado imediatamente. Logo em seguida, a palavra "*fuego*" se destacou.

Fogo.

Ondas de fumaça preta saíam dos quadrados abertos das janelas. Os telhadores correm escada abaixo, as ferramentas esquecidas, o papel dos sacos de telhas esvoaçando na brisa. O líder da equipe, um homem branco musculoso, usando um macacão cinza, saiu correndo do interior da estrutura. Os outros carpinteiros correram para os tambores de água, enchendo baldes e correndo de volta para a casa. O líder pegou um dos baldes e começou a entrar no prédio, mas o calor o forçou a recuar. As chamas já estavam visíveis, lambendo a porta dianteira que acabara de ser instalada.

Jacob tentou mover-se, mas era como se tivessem derramado cimento em suas veias, que se solidificaram, criando um peso denso e imóvel. Finalmente ele conseguiu mover os lábios, completando a frase que Carlita começara.

Onde há fumaça, há fogo.

CAPÍTULO 20

Renee passava o aspirador de pó no tapete, perdida no zunido da limpeza. As janelas estavam abertas e a brisa fazia com que as cortinas levantassem e inchassem. Renee preferia o ar fresco e o aroma dos pinheiros que cresciam ao longo do riacho lá fora. A luz do sol dava à sala um aspecto suave que ela gostava.

Eles não ficariam no apartamento por muito mais tempo. Ela gostara do tempo que passaram juntos aqui. Lembrara os dias do apartamento de Jacob na faculdade, amontoado e fechado. Muito antes de Mattie e Christine e...

Ela não pensaria naquelas coisas. O que importava era o futuro, não o passado. Eles já estavam planejando construir uma casa nova. Jacob queria uma casa maior do que a que tinha incendiado, mas Renee não tinha muita certeza de que queria algo tão grande e vazio. No entanto, o ninho não ficaria vazio para sempre. Depois de toda a dor e o sacrifício em suas vidas, eles mereciam um pouco de felicidade.

Ela desligou o aspirador e abaixou-se para verificar o chão. Quando Jacob voltava para casa depois de visitar um canteiro de obras, geralmente sujava o carpete todo de lama. Ela pedira a ele que tirasse as botas na porta, mas o apartamento não tinha um vestíbulo e ela ficava tão incomodada com as botas sujas do lado de fora quanto ficava com as marca de lama. Na casa nova, ela prometera a si mesma que os armários seriam grandes o suficiente para manter tudo fora das vistas.

Ela olhou para o relógio. Vinte minutos para chegar ao escritório no fim do horário do almoço. Ela estivera incerta sobre trabalhar para a M & W, mas o entusiasmo de Jacob a convencera. Agora ela estava contente por ter aceitado o emprego, pois via o marido várias vezes durante o dia e frequentemente eles almoçavam juntos. Duas vezes eles tinham escapado para o apartamento e fizeram sexo à luz do dia, como nos primeiros anos de seu relacionamento. Um brilho nascera dentro dela, um sentimento de que ela o estava reconstruindo. Agora ela tinha uma finalidade nobre, uma que ajudaria a curar as feridas causadas pela perda das meninas. A salvação de um homem talvez compensasse seu fracasso em salvar duas crianças. Talvez isso contasse aos olhos de Deus.

Como último ato de seu ritual diário, ela colocou uma flor fresca na cornija, ao lado da urna de Mattie. Um louro, pois a estação deles recém começara e eles cresciam livremente no solo preto das montanhas. Rico e cheio de vida, o oposto das cinzas escuras dentro da casca de cerâmica.

— Faço um desejo, Mattie — sussurrou ela. — Desejo que você esteja em um lugar melhor.

Ela inclinou a cabeça ligeiramente, fez o sinal da cruz e saiu para o sol de quinta-feira. Ao destrancar o carro, ela notou um Chevrolet antigo e enferrujado ao lado do dela, um daqueles carros grandes que eram populares quando os pais dela eram jovens. Era um verde feio, com base cinza desbotada em um dos para-lamas e pneus carecas. Os vidros tinham um tom muito mais escuro do que o permitido por lei. Ela nunca vira o carro no estacionamento e os novos locatários tinham que registrar seus veículos no escritório da M & W. Talvez o carro fosse de um visitante.

Ela estava dando ré da vaga quando o motor do carro verde ganhou vida, acompanhado por uma nuvem de fumaça preta na traseira. Ela esperou, dando espaço para que o carro saísse na frente dela, mas o carro não se moveu.

Um ato de bondade aleatório inútil. Ela acenou para indicar que ia avançar e começou a andar. O Chevy deu uma guinada à frente, cortando seu caminho. Renee pisou no freio com força, o cinto de segurança enterrando-se no ombro, parando o carro a alguns centímetros do Chevy. Ela fez uma careta para o para-brisa manchado, inquieta porque não conseguia ver o rosto do motorista.

Irritada, ela fez sinal para que o Chevy avançasse. O Chevy ficou parado, roncando.

Renee abaixou o vidro e botou a cabeça para fora. — Por favor — gritou ela. — Estou com pressa.

Ela olhou em torno do complexo de apartamentos e considerou buzinar. Mas isso perturbaria a paz dos locatários. Grosseria não tinha lugar em Ivy Terrace. Em vez de esperar, ela deu marcha a ré e contornou o Chevy.

Ele andou alguns metros à frente, o motor roncando com enfisema mecânico. Renee acelerou e passou, abrindo um círculo mais amplo em direção à entrada do estacionamento. Quando se afastou, ela reduziu a velocidade e olhou no espelho retrovisor, vendo o Chevy atrás dela. Ela entrou na estrada sem parar e o Chevy a seguiu de perto, os pneus guinchando por causa da inércia do chassi pesado de aço. Renee agarrou o volante com toda a força e olhou para o velocímetro. Ela já estava acima do limite de velocidade da área residencial, mas o Chevy continuava acelerando, aproximando-se dela.

Renee não era uma motorista agressiva, mas o medo fez com que seu pé apertasse o pedal do acelerador. As casas passavam borradas nos dois lados, os carvalhos altos ao longo da rua formando um túnel e os carros na pista do outro lado davam a ela bastante espaço. Ela olhou pelo retrovisor novamente. O Chevy estava a poucos metros, a grade recortada parecendo o sorriso de um canibal cromado. Havia um semáforo logo adiante que acabara de mudar para amarelo. Renee mediu a distância, prendeu a respiração e pisou no acelerador, passando no cruzamento quando mudou para vermelho.

O Chevy ignorou o sinal para parar, balançando enquanto a perseguia. Uma buzina soou e um homem que esvaziava latas em um caminhão de lixo pulou para a calçada. Havia um posto de combustível logo à frente, no lado direito. Renee reduziu a velocidade como se fosse entrar. O Chevy cruzou as faixas amarelas duplas, entrou na faixa oposta e ficou ao seu lado.

O vidro de Renee ainda estava abaixado e o cabelo batia em seu rosto, cegando-a brevemente. Acima do silencioso estourado do Chevy, ela ouviu música e parecia uma cena de um daqueles antigos filmes de Burt Reynolds como fugitivo. Os instrumentos soavam muito altos e uma voz masculina meio familiar gritava alguma coisa sobre bolhas, grandes bolhas em seu coração.

Renee achou que o Chevy fosse parar perto das bombas de gasolina e encurralá-la, ou talvez correr atrás dela se ela disparasse para dentro da loja de conveniência. Mas aquela noção era tão maluca quando a ideia de que ela estava sendo perseguida por um carro. Ela tirou o pé do acelerador e fez a curva à direita logo antes do posto de combustível. O Chevy freou, as rodas levantando fumaça, cortou em volta de uma picape e de uma cabine telefônica no estacionamento do posto de combustível. O perseguidor recuperou o terreno perdido em menos de trinta segundos. Renee estava com medo de ir rápido demais na rua estreita, apesar de agora estar em uma área rural e, portanto, era menos provável que tivesse problema com outros veículos na pista. Mas uma estrada remota também tinha menos testemunhas, caso o motorista do Chevy a forçasse a sair da estrada.

Ela olhou pelo retrovisor novamente, desesperada para

ver o rosto de seu perseguidor. O brilho preto do para-brisa não mostrava nada. Mas, se o Chevy a estava perseguindo, o que faria se a alcançasse?

Ela poderia finalmente ver o rosto de Joshua.

E ela poderia conseguir algumas respostas.

A melhor forma de superar o medo era enfrentá-lo, mesmo se ele o matasse.

O terreno inclinava-se para cima à sua direita, coberto com uma floresta baixa. À esquerda, havia um pasto grande, a grama quase azulada por causa do verão. Um rebanho de animais passeava pelo campo, as cabeças todas viradas para a sombra das árvores. Renee viu um lugar onde poderia parar, uma entrada de terra que levava a uma cabana meio decadente. Ela reduziu a velocidade e fez a curva, conferindo o Chevy no retrovisor, segurando-se caso Joshua decidisse bater em seu carro por trás. Ela desligou o motor e esperou, com o vidro aberto. Uma casa de fazenda repousava no vale e os telhados de algumas casas eram visíveis nas colinas do outro lado da estrada.

O Chevy reduziu e parou ao seu lado, e novamente ela ouviu a batida country e os vocais. A letra passara para um coro sobre um anel de fogo e, então, ela identificou o cantor. Johnny Cash. Ela não sabia muito sobre ele, mas vira um especial na televisão sobre a carreira dele logo após sua morte. "O Homem de Preto", o narrador o chamara.

Renee não esperou que o motor do Chevy fosse desligado. Ela saiu e passou pela frente do carro, sabendo que estava vulnerável, quase desafiando o carro a avançar. Ela olhou diretamente para o lugar onde o motorista estaria sentado. Ela conseguiria suas respostas agora, era hora de dar um basta nos segredos e jogos. Ela estava prestes a bater no vidro manchado do lado do motorista quando a porta se abriu.

Um fio de fumaça cinza saiu do interior do veículo,

acompanhado do anel de fogo repetitivo de Johnny Cash. O motor do Chevy tossiu umas duas vezes e ficou silencioso. Renee ouviu o vento nas árvores e um ranger metálico do banco do motorista. Seus músculos ficaram tensos, metade dela pronta para atacar e a outra metade querendo fugir pelo campo.

Vamos, Joshua. Você não pode ser pior do que eu imaginei.

Uma mulher saiu do carro, alta, pele escura, bonita, mas com uma expressão dura em torno dos olhos. Ela parecia hispânica, com cílios longos e grossos e cabelo liso. A blusa de algodão amarela estava amarrada em um nó abaixo dos seios, a barriga mulata plana, com o umbigo parecendo uma minúscula caverna escura. Ela usava uma bermuda jeans cortada e um par de chinelos baratos cor de rosa. Ela bateu o cigarro e sorriu.

— Você não é ele — disse Renee.

— Nem você — disse a mulher, o sotaque uma mistura de sulista das estradas de tabaco e espanhol de becos, um *r* arrastado com as vogais bem destacadas.

— Por que estava me perseguindo?

— Precisamos conversar. — A mulher encostou-se no Chevy.

— E por que você não podia usar o telefone, como todo mundo?

— Porque eu precisava ter certeza — disse ela. — E eu não queria que Jacob soubesse.

— Quem é você?

— Carlita. Uma amiga de seu marido.

— Jacob nunca mencionou você.

Carlita riu e depois tossiu. Ela jogou o cigarro na vala. — Não é surpresa.

— O que tem o meu marido? — Renee desejou estar com o celular. Um carro desceu a estrada e passou antes que ela pudesse se decidir a fazer um sinal.

— Jacob tem sido um garoto muito mau. Ele fica um pouco *loco*. — Carlita moveu os quadris e inclinou a cabeça, fazendo com que o cabelo preto caísse sobre os ombros. A boca torceu-se em uma curva estranha. — Não é culpa minha. Mas você sabe como ele é, *si*?

— Espere um pouco — disse Renee. — Primeiro você tenta me atirar para fora da estrada e agora está falando como se fôssemos velhas amigas.

— Somos quase irmãs — disse Carlita. — E Joshua falou muito sobre você.

— Mas eu nunca encontrei Joshua. Jacob não fala sobre ele. Eles tiveram uma briga há anos, mesmo antes de eu conhecer Jacob.

— Jacob tem essa... como se diz? Essa ilusão. Ele acha que Joshua enganou o pai deles para ficar com a casa e a terra. Ele acha que Joshua está atrás do dinheiro dele agora. Mas Joshua só quer fazer as pazes, reunir a família novamente.

Renee balançou a cabeça. — Jacob odeia aquela casa. Ele diz que ela está cheia de lembranças ruins.

— Você confia em seu marido?

— É claro que sim. Quero dizer, tivemos alguns momentos ruins ultimamente...

— As crianças. Uma coisa terrível.

O coração de Renee parou e depois disparou dentro do peito. Ela mal conseguiu reconhecer a própria voz quando falou. — Como você soube?

— Como irmãs, lembra-se? Irmãs guardam segredos do resto do mundo, não uma da outra.

— Eu não sou sua irmã e, se não começar a falar coisas que façam sentido, vou... — Ela olhou para o chão em busca de algo para jogar. Uma pilha de pedaços de carvalho, usados para curar tabaco, estavam ao lado do portão. As pontas eram afiadas o suficiente para atravessar um vampiro. Suas mãos tremiam e a visão estava embaçada com as lágrimas e a raiva.

— Não seja assim — disse Carlita, a voz plana, como se ela fosse ameaçada com tanta frequência que a única reação era enfado. — Estou tentando ajudar.

— Com essa perseguição e depois jogando isso tudo sobre a minha cabeça?

— Estou fazendo isso por Joshua, porque eu o amo e quero que ele seja feliz.

— Então você o faz feliz às custas da minha infelicidade?

— Estou preocupada com o que Jacob possa fazer a ele.

— Jacob não machucaria uma mosca. Ele é o homem mais bondoso que já conheci.

— Mas você sabe como ele quando alguém fica em seu caminho. Confusão grande.

— Não o meu Jacob.

— Você não o conhece.

— Eu o conheço bem demais.

— Então você sabe que ele está apaixonado por mim.

O sotaque da mulher deixou a palavra ainda mais alienígena. — Amor?

— Somos amantes há muitos anos.

Renee sempre imaginou se a expressão "enxergar vermelho" era verdadeira. Ela achava que era figurativa, com base em uma conotação emocional. Agora, ela sabia que era real, porque a loucura vermelha espremeu-se da parte de trás das pálpebras e dos sulcos ocultos dentro do crânio. Uma energia doentia e estranha fluiu pelo corpo, uma eletricidade cruel acesa por um raio demoníaco.

— Puta. — Renee lançou-se sobre a mulher, sabendo que estava fora de forma e que era menor, e não era páreo para a oponente forte.

Mas a onda de raiva vermelha a inundou, usou seu corpo

como uma marionete, lançou sua carne contra Carlita. As mãos fecharam-se em punhos e ergueram-se para esmagar aquele rosto escuro e sombrio, para socar aqueles olhos castanhos sem fundo, para arrancar os lábios que haviam pronunciado aquela frase obscena.

O impulso do ataque de Renee carregou as duas através do capô quente do Chevy. A chapa de metal amassou quando Renee ficou sobre Carlita, uma das mãos agarrando o cabelo da mulher. Carlita grunhiu, o hálito cheirando a tabaco e cerveja. Renee deu-lhe um tapa e sentou-se sobre a cintura dela, enquanto Carlita retorcia-se e tentava chutar sua atacante. Um pé bateu no queixo de Renee, mas ela quase não o sentiu. O cotovelo de Carlita bateu com força na barriga de Renee, fazendo-a perder o fôlego enquanto a dor irradiava do ponto de contato.

Renee inclinou a cabeça para a frente e se deu conta, horrorizada, que estava prestes a enfiar os dentes na bochecha da mulher. Ela congelou, o corpo amoleceu e ela saiu de cima do corpo de Carlita, consciente dos seios livres da mulher sob a blusa fina. Consciente do calor da mulher, das coxas macias e poderosas, dos lábios hispânicos robustos, tudo o que era feminino, perigoso e atraente para os homens.

Qualquer homem. Mesmo um homem como Jacob.

Ela afastou-se e deslizou pelo para-choque até o chão, as pernas fracas. Ela não conseguia conciliar a ideia. Jacob nem mesmo olhara para as garotas da faculdade tomando banho de sol e não olhava para as atrizes em shows de televisão.

Ela confiava nele.

Não confiava?

Apesar de suas fugas, de seus lapsos de memória e de sua raiva ocasional e inexplicável.

Carlita estava sentada no capô sobre as pernas cruzadas como se estivesse em uma posição de ioga. Ela pegou um pacote enrolado em celofane no bolso, bateu nele e ofereceu a ponta marrom de um cigarro a Renee. — Dê algum tempo — disse ela.

Renee balançou a cabeça, recusando o cigarro e o conselho.

Carlita acendeu um cigarro e passou a mão na bochecha. — Você luta de verdade.

— E você e Jacob?

— Eu não queria contar desse jeito. Um homem deve ser honesto sobre seu coração. Mas homens, eles nunca são.

Uma picape desceu a estrada em direção a elas, reduziu a velocidade, o motorista abanou antes de acelerar novamente. Um garoto do campo conferindo se tudo estava bem. Como se alguma coisa fosse jamais ficar bem novamente. Renee pensou em sinalizar a ele que parasse e chamasse a polícia, mas ela não queria chamar mais atenção sobre a família Wells.

Agora que a raiva desaparecera, Renee sentia-se vazia. Ela mal conseguiu sussurrar: — Conte-me. Por favor.

— Eu vivia na fazenda dos Wells quando era jovem. Meu pai e meu irmão trabalhavam nas árvores de Natal e eu ajudava na horta, colhendo tomates e vagens verdes. Trabalhadores imigrantes com permissões temporárias. *Mi padre* disse que era o único caminho para fora do México. Foi quando eu conheci Joshua.

— Você quer dizer que Warren Wells deixou que o filho dele namorasse uma mexicana? Pelo que Jacob me disse, sua gente... quero dizer, os trabalhadores, não eram pessoas que ele respeitava.

Carlita soltou a fumaça em meio a um sorriso. — Nós não namoramos. Ele ia até o acampamento quando os homens estavam no campo. Eu estava na cabana, separando feijões. Ele entrou como se fosse dono do lugar e sentou-se ao meu lado. Eu era apenas uma garota assustada, mas sabia o suficiente para manter minha boca fechada. Meu inglês era decente, mesmo naquela época. Eu ia para a Carolina do Norte com a minha família há anos, principalmente quando meu *padre* trabalhava com soja e tabaco perto da costa, algumas vezes pêssegos. Uma coisa levou à outra, Joshua tirou o cesto de feijão do meu colo, deixou-o de lado e deitou-me no feno.

— Deus. Ele *violentou* você?

Carlita deu um riso áspero. — Ah, não. Eu queria ver como era um *gringo*. Eu só tivera alguns dos garotos do acampamento antes e *mi padre* teria me matado se tivesse me pego. Era um perigo e isso deixa as coisas mais divertidas quando você é uma adolescente. *Comprende?*

— Na verdade, não. Eu mantive a minha virgindade até que conheci Jacob — mentiu ela. — E só desisti dela na época porque sabia que íamos nos casar.

— Talvez eu pensasse algo como isso. Nosso visto dizia que podíamos ficar nove meses e que tínhamos que voltar para Guadalajara em dezembro, depois que todas as árvores estivessem cortadas. Achei que, se engravidasse de Joshua, eu ganharia um anel e um *green card*.

Renee ficou chocada com a confissão. — O que isso tem a ver com Jacob?

— Depois da primeira vez, Joshua e eu ficávamos juntos durante todos os minutos em que conseguíamos escapar. Ele gostava e eu achava que, quanto mais fizéssemos, mais rápido conseguiria um bebê *gringo* em minha barriga. — Ela bateu na barriga nua e falou com amargura: — Acontece que não sirvo para nada lá. A semente não cresce.

Renee ficou imaginando se nunca ter um bebê era pior do que perder duas filhas. Ela decidiu que nada podia ser pior que aquilo. — E então você teve que voltar para o México?

— Não. O pai dele ajeitou as coisas para que não precisássemos voltar imediatamente. Joshua disse que foi porque éramos baratos. Disse: "Papai não precisa pagar salários de homens brancos". Jacob costumava seguir Joshua algumas vezes quando ele ia ao acampamento. Eu acho que ele tinha ciúmes.

— Sinto muito, você não conhece Jacob.

— Talvez você não conheça, hein, *senora*? Ele costumava nos observar enquanto estávamos juntos. Um dia, sob a ponte, eu o vi escondido nos arbustos. Ele saiu e disse que contaria ao pai se eu não o deixasse fazer também.

Os intestinos de Renee reviraram-se como se hospedassem um ninho de cobras. — E você deixou?

— Joshua ficou *loco*, bateu nele. Disse que ele era mais velho e tinha o direito de ser o primeiro. Disse para voltar quando tivesse algo a oferecer em retorno.

— E?

— Jacob finalmente voltou. Há oito anos. Logo depois de casar com você.

CAPÍTULO 21

A casa parecia uma torre de vigia na colina sobre o rio. Jacob disparou a picape sobre a ponte, subiu o caminho e parou, derrubando o corrimão que beirava a escada. Ele correu para a sombra da varanda e bateu na porta com os dois punhos. — Josh. Abra essa maldita porta.

A maçaneta girou e a porta se abriu. Joshua segurava um jarro cheio de chá gelado, um pedaço de limão preso na borda. — Olá, mano. Que bom que veio. Estamos começando a parecer uma família novamente.

— Você começou o incêndio na construção.

— Jake, não seja assim. Entre e beba alguma coisa.

Jacob não se moveu, os punhos ainda fechados. — Eles estão me observando. Eles suspeitarão.

— Olhe, não me diga que a coisa não tinha seguro. Eu conheço você. Você é uma lasca do velho. Mesmo se perder, você ganha dinheiro, exatamente como Warren Wells. — Joshua olhou para o cemitério da família, um sorriso maldoso no rosto com a barba por fazer.

— Incêndio culposo é um crime grave.

— A chefe dos bombeiros apareceu, não foi?

— Eles investigam todos os incêndios em estruturas. Você sabe disso.

— Mas ela não encontrou nada. Tinha que ser um acidente. Um trabalhador jogou um cigarro perto da lata de querosene, certo?

Jacob fez uma careta, odiando-se por deixar o irmão gêmeo dominar sua vida por tanto tempo, mesmo enquanto estava ausente. — Ela disse que farão mais testes, mas foi sua conclusão preliminar.

— Eles farejarão por todo lado e tentarão assustar você, mas, no final, eles pagarão. E então você pode me pagar.

— Eu pagarei. Mas deixe minha esposa fora disso.

— Ah, Jakie. Não é assim que se joga. Ela está envolvida demais para ficar de fora. Ela é família.

— Que droga, estamos tentando fazer com que as coisas deem certo. Não quero perdê-la.

— Você quer dizer que não pode se dar ao luxo de perdê-la ainda.

Jacob olhou para a inclinação das colinas, o prado descendo até o rio, o longo caminho de areia, a ponte distante.

— Eu cumpri minha parte do negócio — disse Jacob. — Agora dê o fora e volte para o Tennessee.

— Eu até que comecei a gostar daqui.

— Eu devia ter matado você quando tive a chance.

— Ver Carlita o deixou todo animado.

— Você contou a ela, não foi? Sobre Mamãe?

— Segredos de família ficam na família — disse Joshua. — Não é o que sempre diz?

— Ela sabe que você envenenou o próprio pai?

— Por que não entra e toma alguma coisa gelada? Estou bebendo Corona hoje. Um gostinho do México enquanto Carlita está fora.

— Ela voltou para o Tennessee?

— Não faço a menor ideia. Ela pegou as chaves e saiu antes que eu acordasse. Você sabe como as mulheres são. Você sabe como *ela* é.

— Você devia deixá-la fora disso.

— Ah, mas ela é a pitada certa entre nós dois, não é? — Joshua inclinou a cabeça em direção à parte de dentro da casa. — Ela devia estar nos retratos de família, os braços em torno de você e de mim, Mamãe e Papai na parte de trás, sorrindo como um casal de caveiras.

— Cale a boca.

— Como um casal de caveiras.

— Eu não os matei.

— Não. Papai fui eu.

— Você não precisava. O câncer já tinha chegado ao fígado. Ele não teria vivido mais do que seis meses.

— Eu não ia deixar o desgraçado acabar com a minha alegria.

— Eu não sabia que ele tinha mudado o testamento.

— Claro. — Joshua pegou um cigarro no bolso da camisa, colocou-o entre os lábios apertados e limpou o suor da testa oleosa com a parte de trás da mão. — Pensamos que seria meio a meio. Mas ele nos enganou até o fim, como fez a vida inteira.

— De vez em quando eu o pegava observando aquela bengala quebrada, olhando as lascas da madeira. Como se soubesse.

— Não me admira nada — disse Joshua em torno do cigarro. — O único motivo pelo qual ele não a matou foi você ter chegado primeiro.

— Eu não...

— Deixe de merda, Jake. Está no seu sangue. É o que fazemos. — Ele acendeu o cigarro, segurando o isqueiro no alto, o reflexo da chama em cada uma de suas pupilas escuras. Ele balançou os cubos de gelo no jarro de chá, o ruído como ossos sacudidos em um caixão de vidro. O isqueiro desapareceu dentro do bolso, em um lugar fácil de encontrar se precisasse incendiar alguma coisa.

E frequentemente precisava, Jacob sabia. — Ninguém acreditaria se você contasse.

— E isso importa? Em uma cidade pequena como essa, o

jornal estaria em cima como moscas no mel. Eles o arrastariam pela lama até que você estivesse tão sujo que não importaria mais a verdade. Não é todo dia que um garoto mata a mãe. E depois eles começariam a ligar os pontos no resto.

— Você também iria para a cadeia.

Joshua deu um trago no cigarro como se fosse a última dose de oxigênio e depois soprou. — Não tenho nada a perder. Nenhuma prisão é pior do que acordar mijado e pobre todos os dias. Além disso, eu não deixo provas. Papai estava tomando aquelas pílulas, de qualquer forma. Um pouco de digitalina e cianeto não era nada.

Os amigos de Warren Wells haviam derramado simpatia nos gêmeos. Pessoas como Rayburn Jones e o advogado da família, Herbert Isaacs, falaram sobre como os filhos tinham sido tão nobres, voltando à fazenda para ajudar o pai doente a terminar a última colheita de árvores. O funeral aconteceu na Igreja Batista de Three Springs, onde Warren Wells servira como diácono por alguns anos, antes de seu fervor voltar-se para o acúmulo de tesouros da Terra em vez dos do espírito. Durante o serviço do funeral, Joshua disfarçara as risadas para se parecerem com soluços. Jacob não sentira emoção alguma.

No dia seguinte ao enterro no cemitério da família, Herbert Isaacs reunira a família no estúdio da casa dos Wells e lera o testamento. Foi quando Joshua descobriu que ele recebera a propriedade, em vez do dinheiro vivo que queria. Jacob recebeu a parte do leão, oito milhões de dólares em outros ativos, algumas propriedades e vários títulos e ações, enquanto cinco parentes mais distantes receberam, cada um, títulos de propriedades comerciais no centro de Kingsboro. A risada final de Warren Wells fora colocar uma cláusula na herança de Joshua que o impedia de vender a propriedade, e os impostos sobre o terreno de cento e quarenta acres só serviram para garantir que Joshua precisaria de um emprego para pagá-los. Caso contrário, o condado poderia penhorar a propriedade e deixar Joshua com nada além de um parricídio não rentável.

Com aquele ato desesperado, Joshua não conseguira viver à altura de um legado de família que exigia que todos os feitos sombrios pagassem dividendos.

— Não dá para vender nem fazer dinheiro com as plantações. Até mesmo as árvores de Natal foram parar no inferno, ninguém plantou as mudas e o resto ficou grande demais para vender.

— Mas um milhão pode durar muito tempo no Tennessee.

Joshua riu, mostrando os dentes irregulares. — Como eu disse, Kingsboro não é tão ruim se você tem dinheiro.

— Saia da minha cidade.

— Ora, ora, Jacob. Agora que estamos nos acostumando um com o outro. Meio que traz de volta os bons tempos, quando éramos iguais.

— Éramos opostos.

Gêmeos opostos, o médico os chamara. Desenvolveram-se no ventre face a face, imagens espelhadas um do outro. Joshua nascera canhoto, com o coração deslocado para o lado direito do peito e, nas propriedades misteriosas dos hemisférios do cérebro, mais propenso a habilidades mecânicas e matemáticas, mas sem um conjunto emocional profundo. Jacob nascera com o lado esquerdo do cérebro dominante, a criança sensível e reclusa, facilmente dominada. Desesperado pelo amor dos pais, mas sempre fracassando em consegui-lo, enquanto Joshua o extraíra dos pais como um açougueiro arrancando corações em um matadouro.

— Somos parecidos — disse Joshua, e adicionou com um piscar feio: — Queremos as mesmas coisas.

— Você está errado. Eu mudei.

— Eu vi como você olhou para Carlita. Ela teve alguns

anos difíceis, mas ainda é um taco bem gostoso, não é?

— Para mim chega. Como eu disse, vou resolver as coisas com Renee. Depois de todos os tempos difíceis, devo isso a ela.

— Claro. — Joshua jogou o cigarro na grama, na beira da varanda, e um fio fino de fumaça subiu para o céu. — Entre, sente um pouco. Vamos agir como irmãos.

Jacob olhou para a ponta laranja quase apagada do cigarro. Se Jacob queimasse a casa que Wells construíra, Joshua teria que ir para casa. Não *essa* casa, mas para sua casa de verdade, um trailer sujo além da fronteira estadual, onde bandeiras confederadas tremulavam ao vento e lanchonetes de waffle e casas de penhor personificavam um distrito comercial.

— Você merece esse lugar — Jacob ouviu-se dizendo, apesar de, em sua mente, enxergar as garras amarelas das chamas subindo pelas paredes de madeira, agarrando a beirada do telhado, arranhando as telhas.

Joshua resmungou. — Aposto como você fez com que aquele advogado vagabundo de porta de cadeia Isaacs, quando descobriu que Papai tinha câncer, o manipulasse. Fez com que ele mudasse o testamento enquanto eu envenenava o velho rato. Fico imaginando quando ele levou para fazer isso.

— Você era o favorito do Papai, lembra-se?

— Somente quando ele não conseguia saber quem era quem.

Jacob olhou novamente para o celeiro, lembrando-se da carnificina que fora a matança de galinhas de Joshua. Psicólogos forenses dizem que muitos assassinos em série fizeram um estágio praticando em animais. De acordo com o perfil, muitos deles também mijavam na cama até bem tarde na infância. Mas Jacob, não Joshua, era quem acordara com os lençóis molhados até os sete anos, quem esgueirava-se para fora da cama e amontoava os lençóis antes que o irmão gêmeo acordasse. Ele nunca era esperto o suficiente, porque Mamãe não deixava ninguém mais lavar a roupa. E ela sempre ficava exultante ao pendurar os lençóis amarelados de Jacob, sabendo que os trabalhadores e o pai os veriam.

Jacob passou por Joshua e entrou na casa. A casa que deveria ter sido dele.

Ele encaminhou-se para a escada escura, cada batida do corpo em queda de sua mãe ecoando na cabeça. Lá, entre as sombras, na alcova no final do corredor, ele viu um rosto pálido. Um rosto de criança, flutuando, etéreo, moldado pela névoa distante de uma lembrança. Ele afastou a lembrança, porque não se podia confiar em lembranças, especialmente aquelas que nasceram nessa casa.

Joshua gritou do andar de baixo, mas Jacob não conseguiu entender as palavras. O quarto de sua infância estava logo em frente. Ele abriu a porta e entrou. O sol brilhava através da janela aberta, as cortinas douradas e macias. A cama dele ainda estava desarrumada e as cordas que Joshua usara há algumas semanas para amarrá-lo ainda estavam presas na cabeceira. A cama de Joshua parecia que não fora usada e ele ficou imaginando se Joshua e Carlita tinham passado para o quarto principal.

Jacob abriu o armário. Nenhum Monstro da Meia, nenhuma cabeça ensanguentada de galinha, nenhum brinquedo quebrado. O armário estava vazio, exceto pela prateleira superior. Ele puxou a bengala quebrada com o cabo de marfim amarelado entalhado no formado de uma cabeça de águia. Ele correu a mão pelas bordas quebradas, sentindo a madeira onde ele usara a faca quinze anos antes. Ele não sabia que ela quebraria. Ele não quisera matar a mãe, não importa o quanto ela o odiava.

— Dois milhões é uma boa barganha — disse Joshua da

porta, sem nenhum traço do sotaque rural do sul. Joshua, o
ator, o bajulador, o manipulador. Aquele que enganara os pais
com uma pretensão de devoção.

— Eu preciso saber que vai acabar.

— A culpa é uma moeda emprestada da alma — disse
Joshua. — E só uma pessoa consegue quitar a dívida.

— Eu acho que Papai suspeitava de alguma coisa. Talvez
seja por isso que ele me deixou o dinheiro. Como uma espécie
de pagamento.

— Ele sabia sobre Carlita, é por isso. — O sotaque de
caipira de Joshua voltou, como se ele estivesse falando em
dialetos. — Ele não queria filho dele encostado com uma
mexicana.

— Ele também não gostava de Renee.

— Você conhecia o Velho. Ele descobriu o valor dela.
Simples assim.

— Eu a amo.

— É claro que a ama. Um Wells sempre ama sua mulher
até que ela fique no caminho para o que você realmente quer.

— Eu não quero isso.

— Você devia ter pensado nisso na época em que espiava
eu e Carlita.

— Eu nunca vira nada como aquilo antes.

— Seu sotaque, Jake. Está voltando.

— Não consigo evitar. — E não podia. Esse quarto, os
fantasmas nas paredes, os passados real e imaginário, tudo
ganhava e perdia substância. O chão parecia se mover sob
seus pés e ele segurou-se na porta do armário para se
equilibrar.

— Por que você acha que eu casei com ela, Jake?

— Para que ela conseguisse o *green card*.

— Isso não importava na época. Foi antes de ficarem tão
loucos com os terroristas. Ilegais podiam ficar por alguns anos

e perderem-se no sistema. Há um único motivo para eu ter me casado com ela.

Jacob segurou-se na porta do armário, aquele no qual seus pesadelos de infância haviam sido projetados. O estômago contraiu-se, o coração bombeou vidro moído pelo sistema vascular. Esse quarto, a cama que havia ficado encharcada com seus sonhos e sua urina, o espaço entre a cama onde Joshua encenara seus melhores jogos, a janela através da qual o mundo ficara menor e mais feio. As paredes fecharam-se e ele mal podia respirar.

— Eu casei com ela porque você a queria — disse Joshua. — Era a única coisa que eu podia tirar de você.

— Não — disse ele, mas a mentira tinha gosto de poeira do armário.

— E você só a queria porque ela era minha.

Ele balançou a cabeça e o suor e a tristeza caíram do couro cabeludo.

— Porque você viu como era ser próximo de alguém — disse Joshua. — Não era só o sexo, apesar de isso com certeza tê-lo deixado doido. Você acha que eu não sabia quando estava espiando? Por que você acha que o levei ao acampamento naquela noite? Eu queria que visse o que estava perdendo. Eu queria que visse que você nunca seria eu, não importa o quanto tentasse.

— Eu nunca quis ser você.

— Não foi o que os psiquiatras disseram. E Papai estava furioso, um de seus filhos tinha a cabeça fodida.

— Aquelas eram... dificuldades emocionais... distúrbios de ajuste.

— Palavras de vinte dólares para "cabeça fodida".

Jacob sentia-se como se a porta do armário estivesse se fechando sobre seu corpo. Ele piscou e o quarto parou de se mover. — Um dos médicos disse que podia ser congênito.

— Ainda empurrando a culpa, hein? Por que não pode simplesmente aceitar que você era um fodido desde que respirou pela primeira vez? Que você deveria ter morrido dentro da maldita barriga da Mamãe e deixado tudo para mim, como deveria ter sido.

Jacob deslizou para o chão até ficar de joelhos, novamente com onze anos, depois nove e depois sete. Joshua esticou a mão esquerda e lá estava o Monstro da Meia, sangrento, pontudo e cinza. Joshua mexia a meia imunda como uma marionete, usando a voz de "Faça um Desejo".

— Deseje que eu faça você desaparecer — disse a meia, e a voz teatral de Joshua ecoou pelo túnel dos anos, perseguindo-o, agarrando-o, arranhando-o.

Ele chutou e arrastou-se para trás, para dentro da segurança do armário. A porta bateu e a escuridão caiu sobre ele, mas, em sua mente, o Monstro da Meia ainda tentava alcançá-lo, alcançá-lo, alcançá-lo.

CAPÍTULO 22

A chefe dos bombeiros, Davidson, estava esperando no escritório da M & W quando Renee chegou, vinte minutos atrasada. A porta do escritório de Donald Meekins estava fechada. Ele devia estar em uma reunião, ou teria trancado a porta externa do escritório.

Davidson estava parada, rígida como um soldado. — Onde está seu marido?

— É o que eu queria saber. — Os olhos de Renee estavam inchados e úmidos. Ter um marido traidor fazia isso com uma mulher. Mas ela sabia bem da capacidade dele de manter segredos. Sua ligação mais profunda era a desonestidade mútua.

— Lamento fazer isso aqui, mas preciso falar com vocês dois. Juntos.

— Não existe mais "juntos".

— Lamento, Sra. Wells. Não quero me meter em assuntos pessoais. Mas depois do incêndio na construção de seu marido, tive que voltar e olhar as provas coletadas quando sua casa incendiou.

— Você disse que o SBI classificou o incêndio como acidental.

— Não exatamente. Eles disseram "causa indeterminada".

Renee limpou o nariz com um lenço de papel amassado que puxou do bolso. Ela odiava ser vista desse jeito. O cabelo estava emaranhado e suado, as bochechas brilhando com choque e pesar. Ela não deveria ter vindo para o escritório depois do encontro com Carlita, mas esperava confrontar

Jacob.

E dar uma olhada na cópia impressa da apólice do seguro de vida da empresa.

— Tivemos uns poucos casos recentes de incêndio criminoso, então tive que voltar e analisar novamente todos os incêndios suspeitos desse ano. Houve um no cemitério e o zelador disse que viu uma mulher perto das árvores quando ele começou. O escritório de um advogado pegou fogo há seis semanas, queimou a parte de trás do prédio antes que conseguíssemos controlá-lo. Começou do lado de dentro, parece que foi um curto-circuito no fio do computador. O escritório pertencia a Herbert Isaacs. O nome soa familiar?

— Não, a não ser que ele alugasse alguma coisa da M & W. Então pode ser que eu tenha visto o nome dele em alguma declaração ou algo parecido. — Renee não conseguia pensar direito. Ela tinha que se livrar de Davidson até que pudesse resolver as coisas com Jacob. Ela não podia falar antes que soubesse que história iriam usar.

— Herbert Isaacs era o advogado do pai de Jacob, que foi quem construiu o prédio de escritórios. Então acho que talvez houvesse uma chave extra por aqui e alguém teve acesso sem precisar arrombar nada.

— É um chute bem longe.

— Normalmente, incendiários têm um *modus operandi*, uma maneira de trabalhar que é tão distinta quanto impressões digitais e que os entrega. Mas, dessa vez, quatro incêndios diferentes, quatro causas diferentes.

— Parecem acidentes aleatórios para mim. Isso explicaria a diferença.

— Três deles têm o nome Wells em comum. Quatro, se você contar o fato de que uma Wells está enterrada no cemitério.

Renee jogou o lenço de papel úmido no lixo e tentou

sorrir. Alguma coisa se quebrara dentro dela e seu estômago doía por causa da cotovelada que recebera de Carlita. Ela passou a mão na barriga. — Não sei do que está falando.

— Sra. Wells, estou começando a acreditar que você era a mulher que o zelador viu.

— É crime uma mulher visitar o túmulo da filha? — Renee canalizou a raiva que sentia de Carlita e de Jacob em Davidson. — Se estou sob suspeita, talvez eu deva falar com um advogado antes de responder mais alguma pergunta. Mas como não vejo a polícia com você, estou começando a acreditar que está blefando.

Davidson torceu os lábios finos, os olhos quase fechados de tão apertados. Ela puxou um saco plástico do bolso de trás da calça. Dentro dele havia um pedaço de papel amassado. — Encontrei isso na cena quando voltei para dar mais uma olhada na casa. Estava no porão, perto dos pedaços de carvão. Alguém deve ter deixado isso lá para ser encontrado, caso contrário, teria queimado. E é bem recente, ou o clima teria desbotado a tinta.

Renee não pode evitar de esticar o braço para o saco, mas Davidson o puxou para longe. — Deixe-me ler para você — disse ela. — "Espero que goste do presente para a casa. J.".

Davidson observou Renee como se ela fosse um germe em uma lâmina de microscópio, mas o rosto de Renee transformara-se em pedra.

— Muito estranho, não é? As impressões digitais coincidem com as de Jacob. Ele tinha um registro da época da adolescência, vandalismo leve na escola, e ele incendiou uma ponte, mas não foi registrada queixa. Ele também foi preso por agressão, mas a vítima era um mexicano que não quis registrar queixa. Suas impressões digitais não estão arquivadas, mas você tocou nisso antes, não foi?

Renee deixou o rosto dobrar-se o suficiente para formar

um sorriso. — Se você acha que Jacob incendiou a própria casa, ele seria muito burro de deixar algo como isso na cena.

— Eu não acho que seu marido seja burro. Mas posso contar dois milhões de razões para que ele acoberte o crime.

— O seguro da casa era só um milhão.

Os olhos de Davidson ficaram sérios, o cabelo curto fazendo com que ela parecesse um monge que fazia careta ao ver a alegria dos outros. — Sua filha valia mais um milhão.

— Isso não deveria ter acontecido — disse Renee, os olhos desviando-se para o Rembrandt na parede, uma vila flamenga presa no tempo, um lugar onde nenhuma criança queimava. Ela não conseguia encarar isso. Estava lá dentro, escondido, dentro de uma tumba. Nada além de cinzas. — Foi um acidente.

— Você não sabia, não é? Sobre o seguro de sua filha?

— É claro que eu sabia — disse ela. Um milhão por filha. Ela aceitara porque reconstruíra a pessoa que costumara ser, moldara o passado até que conseguisse viver com as consequências. Ela simplesmente mudara aquilo em que acreditava. Não era errado, era? Não quando sua alma e sua sanidade estavam em jogo.

— Eis o que acho que aconteceu — Davidson disse. — Seu marido tinha problemas de dinheiro. Não sabemos qual era o tamanho do buraco, mas os detetives terão tempo suficiente para descobrir depois que conseguirmos acusá-lo de incêndio culposo. Então, ele precisava de dinheiro rapidamente e havia essa bela casa nova, que valia talvez trezentos mil, mas com um seguro de um milhão. Tudo o que precisa é de um curto-circuito e seu marido consegue um lucro enorme da noite para o dia. Se não fosse por um pequeno erro, provavelmente ele teria se livrado.

Um pequeno erro.

A chefe dos bombeiros reduzira a vida de Mattie a três

palavras. Davidson nunca saberia como o pezinho de Mattie chutava no ventre, bem perto das costelas, com tanta força que ela e Jacob brincaram sobre sua futura estrela do futebol.

Davidson não sentara Mattie no colo e lera histórias, não assistira a vídeos de receitas com ela e não fizera doces, não vira Mattie com roupa de bailarina saltando pelo chão do ginásio, não penteara seus cabelos luxuriantes nem a deixara usar esmalte roxo e colares bobos. Davidson não sabia sobre as dezesseis milhões batidas do coração de sua filha, cada uma delas uma bênção sem medida, e nem das outras milhões que Deus tomara deles.

— Não foi Jacob — Renee deixou escapar, tentando convencer a si mesma. — Eu acho que foi Joshua que começou o fogo.

— Joshua?

— O irmão gêmeo dele. Ele sempre teve ciúmes do sucesso de Jacob. Ele quer destruir Jacob, fazê-lo descer ao nível dele, arrastá-lo para o inferno.

Davidson bateu o saco contra a coxa grossa. — Joshua Wells, uh? Ele não aparece aqui há anos.

— Você o conhece?

— Eu sabia sobre ele. Eu fui à escola no outro lado do condado, mas todos sabiam sobre os garotos Wells, o pai sendo rico e tudo. Engraçado, mas Jacob sempre foi o encrenqueiro, o garoto com o nome nos jornais, não o outro.

— Você entendeu errado. — Renee lembrou-se do que Carlita dissera a ela sobre o gêmeo misterioso de Jacob. O desespero espremeu suas entranhas. — Joshua, era ele que fazia todas as coisas ruins e colocava a culpa em Jacob. Eu conheço Jacob. Ele é honesto e bom.

— O gêmeo malvado que fazia tudo, hein? — Davidson não pareceu se divertir com a piada. — Você está tentando vender sua história para o canal Lifetime ou algo parecido?

— Jacob não começou o fogo em nossa casa. Eu estava lá, lembra-se?

— Nada pessoal, Sra. Wells, mas não acredito em você. Em nenhum dos dois. E quando eu analisar de novo esses quatro incêndios, vou descobrir alguma coisa. E então quem vai bater à sua porta será a polícia, não eu.

O rancor invadiu Renee. — Muito bem. Pelo menos, não precisarei sentir o fedor de seu suor novamente.

No fim do corredor, a porta do escritório de Donald Meekins abriu-se. Uma mulher ruiva e sardenta saiu, arrumando a blusa de fibra natural. Renee a reconheceu como uma das inquilinas da empresa, uma massagista que alugava um escritório no centro. Donald a seguiu, sua risada morrendo quando ele viu Renee com uma mulher de uniforme.

A ruiva ergueu as sobrancelhas, mas Donald disse: — Volte na semana que vem e discutiremos a extensão do aluguel, Srta. Adamson. Ligue para Renee e marque uma hora.

— Obrigada, senhor — disse a Srta. Adamson, afortunada de ter escolhido como carreira a medicina alternativa, em vez da atuação. — É um prazer fazer negócio com o senhor.

Donald levantou o braço para ajustar a gravata, mas deve ter se dado conta de como isso pareceria. — Sim. Obrigado. Bem, vejo você na semana que vem.

A Srta. Adamson sorriu ao passar por Renee para sair, rebolando como uma potra nos saltos altos. Depois que ela saiu, Donald perguntou a Davidson: — Posso ajudá-la?

— Só preciso preencher mais alguns formulários para fazer inspeções em alguns de seus apartamentos. A Sra. Wells aqui me ajudou.

Donald olhou para o distintivo e assentiu na pressa de esconder-se novamente no escritório. — Bem, depois de todos os incêndios que vêm acontecendo, acho que é uma boa coisa.

— Parar, olhar e essas coisas todas — disse Davidson. — Preciso voltar ao carro. Alguém pode estar tentando roubar um hidrante.

— Ok, obrigado — disse ele, usando a frase em excesso, grato por tudo hoje. Parecia que a Srta. Adamson tinha um talento raro para a cura emocional. Donald entrou no escritório e fechou a porta.

— Ele acha que Jacob teve uma onda de azar — disse Renee.

— Algumas vezes, as pessoas fazem a própria sorte — disse Davidson. Ela enfiou o saco com o bilhete no bolso.

— Você deveria ver se há impressões digitais de Joshua — disse Renee. — Ou gêmeos idênticos têm as mesmas impressões?

— Não, as impressões digitais são diferentes. O DNA é que é igual.

— Não foi Jacob.

— Você parece uma mulher legal. Só casou-se com o homem errado. Queria não ter que pegá-la.

Davidson saiu sem olhar para trás. Renee sentou-se à mesa, pegou o telefone e tentou ligar para o celular de Jacob. O sinal estava muito fraco.

Ela lembrava-se de ter mostrado o bilhete para Jacob quando ele estava no hospital, mas achou que ele ainda estava na bolsa. Talvez ela o tivesse deixado cair quando voltara às ruínas, na noite em que encontrou o espelho. Na noite em que seguiu o estranho para dentro da floresta. Ele deveria tê-lo queimado.

Pelo menos agora ela sabia quem era o estranho. O incendiário.

Joshua.

Um homem que ela nunca encontrara, mas que devia ter tanto ódio por ela como tinha pelo irmão gêmeo. Ódio suficiente para querer matá-los. Mas somente Mattie pagara.

Mas por quê? Se ele queria vingança, por que esperara tantos anos? O que ele tinha contra Jacob? Havia uma palavra alemã, "doppleganger", que significava uma cópia espiritual. Se o distúrbio dissociativo de Jacob era congênito, então talvez Joshua também tivesse alucinações.

A não ser que Carlita estivesse falando a verdade e Jacob estivesse realmente apaixonado por ela. Aquilo deixaria Joshua com ciúmes, não deixaria? Os irmãos tinham sido competitivos e Joshua sempre perdera.

Ela não conseguia fazer a conexão final. Ela conhecia Jacob. Eles eram mais próximos do que os gêmeos jamais poderiam ser. Eles sobreviveram juntos a duas grandes tragédias, eles tinham se apoiado para sair da hipoteca do desespero. Eles estavam se desenvolvendo, criando um futuro novo e brilhante sobre as cinzas do passado. Dois Wells eram melhores do que um.

Renee sentou-se na mesa e tentou se concentrar no trabalho, verificando um banco de dados de contas de água. Os números na tela do computador embaralhavam-se diante de seus olhos. O relógio arrastava-se lentamente, mas Jacob não entrou pela porta. Ela tentou o telefone novamente.

Ele respondeu no segundo toque. — Alô?

— Jake! Onde você está?

— Onde a porta se abre para os dois lados.

— Não, Jake, pare com os joguinhos. Precisamos—

— Termine. Adeus.

Ela afastou-se da mesa e saiu, sem se incomodar em dizer a Donald que estava saindo. Ela encontraria Jacob e o confrontaria sobre Carlita. Jacob podia ser um incendiário e uma fraude do seguro, mas não era um trapaceiro. Mas, se ele tivesse ido para a casa novamente, para o lugar que desprezava, então a chantagem de Joshua devia ter tido uma reviravolta sombria.

Apesar de nunca ter andado muito naquela parte do condado, ela conhecia a estrada de duas pistas que corria para o oeste ao longo do rio. Além do vale de Kingsboro, a estrada era sinuosa e as casas eram mais esparsas nas colinas. As florestas estavam viçosas com pinheiros, carvalhos e nogueiras. Grande parte da terra ao longo do rio tinha fileiras de tabaco ou milho e o gado pastava, servindo suas sentenças em campos da morte idílicos cercados com arame farpado.

A ponte ficou à vista e ela reconheceu os parapeitos de madeira com a tinta cinza descascando. Sob aquela ponte, de acordo com Carlita, Jacob espiara o irmão fazendo amor. Exceto que Carlita não considerava a afeição de Joshua como amor. Ela falou dela como um vício mútuo, uma necessidade degradante, uma ligação de desespero. Aparentemente, somente Jacob era capaz de amar Carlita, seja qual for a forma que a mulher imaginara. Uma imagem atravessou sua mente, de Jacob sobre Carlita, a pele pálida suada dele contra o corpo escuro e musculoso dela, as coxas dela em volta do quadril dele, as pernas entrelaçadas em uma paixão profana.

A casa dos Wells ficava na colina, tão inflexível quanto se lembrava e, além das árvores, ela viu a nova picape de Jacob. Mas o Chevrolet verde enferrujado não estava lá. Jacob estava sozinho na casa.

Ela reduziu a velocidade ao cruzar a ponte, as mãos tão apertadas no volante que as juntas estavam brancas. Ela olhou sobre o parapeito para a água que corria lá embaixo, as correntes passando rapidamente ao redor de pedras e derramando-se em pequenas quedas d'água, alimentadas por uma centena de fontes que nasciam nas montanhas. Jacob contara a ela uma história de um barco que tivera quando criança e como ele fora esmagado no rio. Ela ficou imaginando se Joshua também ganhara um barco igual, já que gêmeos frequentemente ganham os mesmos presentes.

A casa estava quieta quando ela estacionou o carro. Ninguém saiu para a varanda. De perto, a casa tinha uma aparência gasta, como se não tivesse sido cuidada, com janelas empoeiradas e algumas tábuas meio soltas. O velho celeiro ficava em uma colina próxima e galinhas cinzentas andavam pela grama na sombra do prédio. Jacob tentara levá-la para dentro do celeiro durante a visita do noivado, mas a ideia de poeira, estrume e insetos a havia feito recusar. Ela estremeceu ao lembrar-se da história de Jacob sobre a tortura dos animais.

Renee bateu na porta. — Jacob?

Talvez Joshua nunca estivera aqui e a chantagem fora um artifício. Talvez Jacob tivesse vindo aqui para esperar Carlita. Um ninho de amor perfeito. Talvez ele estivesse esperando na cama nesse momento, com algumas velas, óleo mineral e cerveja importada. Ela tentou girar a maçaneta. Trancada.

Ela caminhou em torno da casa, erguendo-se sobre a beira da janela grande do primeiro andar, apoiando os pés na parede. A sala de jantar estava vazia, exceto por uma mesa de madeira oval coberta de poeira. Naquela noite, há muito tempo, Warren Wells sentara-se na cabeceira, com Renee entre ele e Jacob. Além da mesa, havia uma lareira, com pequenas estatuetas alinhadas na cornija, sua ordem aparentemente inalterada desde a sua primeira visita. Ela pulou de volta para o chão e continuou a circundar a casa. A porta de trás estava aberta.

— Jacob?

A porta levava à cozinha, que era espaçosa, mas escura, apesar do dia ensolarado. Ela tentou o interruptor das luzes. Nada. À medida que seus olhos se ajustavam, ela viu uma mesa de metal, perto do refrigerador, coberta de caixas de pizza, garrafas de cerveja vazias e latas de comida abertas. Sob a mesa, havia uma caixa de isopor. Alguém estava usando a casa. Ela tentou contar todas as vezes em que Jacob chegara em casa tarde, cuidando de afazeres ou visitando uma construção depois do expediente. Depois que saíra do hospital, ele desaparecera por algumas semanas. Ele alegara estar dormindo na floresta, mas a memória havia sido prejudicada pela bebida. Talvez seus estados de fuga fossem somente uma história para cobertura. Afinal, você não é pego em uma mentira se não se lembra de onde esteve. Ou com quem esteve.

Talvez Jacob tivesse voltado a fumar.

Ela atravessou o corredor até a escada. A luz do dia era mais fraca aqui, os aposentos escondidos do sol por cortinas pesadas. A casa cheirava a mofo, fumaça de cigarro e gordura de cozinha velha. Havia cinzas de cigarro sobre algumas das latas e pontas estavam espalhadas pelo chão. Ela parou e escutou, imaginando se Jacob a ouvira chegar e estava se escondendo.

Renee começou a subir os degraus. Ela observou onde colocava o pé, tomando cuidado para que a madeira não rangesse. Se Jacob estivesse fazendo alguma coisa, era melhor pegá-lo no ato. Ela deu dois passos e segurou-se no corrimão para distribuir melhor o peso. A mão dela tocou em algo escorregadio e úmido.

Ela puxou a mão e colocou-a perto do rosto. Mesmo com pouca luz, não havia engano.

Sangue.

CAPÍTULO 23

Escuridão.

Onde o Monstro da Meia vivia.

E todas as outras feras, as centenas de criaturas que alguma vez rastejaram sobre a cama e o agarraram, apertando sua carne e o destroçando.

Era o que Jacob disse ao primeiro médico, logo depois que a mãe morrera.

Não, não "morrera", veio a voz do Monstro da Meia de um canto invisível do armário. *Ela foi morta.*

O diagnóstico original fora um distúrbio de identidade, paranoia com um complexo subjacente de perseguição. Mas o médico conversara com Warren Wells e concordara em mudar o diagnóstico para "distúrbio de ajuste", uma falha temporária no mecanismo de adaptação. Dessa forma, Jacob podia se recuperar e continuar com o negócio de tornar-se um Wells.

Dois anos depois, no sábado perdido, Warren Wells encontrou o filho inconsciente no celeiro, rodeado de corpos sem cabeça de duas dúzias de galinhas, uma machadinha ensanguentada a seu lado. Daquela vez, o médico sugerira um distúrbio de personalidade limítrofe com tendências sociopatas. Warren Wells o descartara usando seu próprio diagnóstico: "Garotos são garotos".

E aquele foi o último médico, até Rheinsfeldt.

Alguns dos trailers no acampamento dos imigrantes haviam queimado no ano seguinte, mas isso foi no final do inverno, quando a maioria dos mexicanos fora para a costa para trabalhar com soja e algodão. A única família que ainda morava no acampamento era a de Carlita, mas ela e Joshua tinham se casado recentemente e se mudado para o Tennessee. Jacob escapara da casa grande de frígida naquela noite, cansado do ar pesado que envolvia seu pai depois que seu "único filho" casara fora do próprio grupo étnico. Jacob passara a noite com uma garrafa roubada de tequila, bebendo na cabana e olhando para a janela escura e vazia de um dos trailers.

O fogo não fora culpa dele. Era como a raiva, ou como enxergar vermelho, algo que queimara tão forte dentro dele que também incendiara o que estava do lado de fora. Um palito de fósforo que acendera a si mesmo.

Depois a faculdade, quando a bebida em excesso trazia rodadas infindáveis de estados de fuga. Exceto que eram facilmente explicáveis e, até onde Jacob sabia, ele nunca cometera atos violentos quando elas aconteceram. Claro, algumas vezes ele acordava com sangue na boca ou com pedaços de vidro quebrado por dentro da roupa, mas nunca fora preso. Depois disso, ele conhecera Renee e a raiva dissipara-se.

Mas ela não conhecia Joshua.

A metade dele que não podia ser restaurada nem extirpada.

No escuro, Joshua estava sempre com ele, sussurrando, provocando, tentando.

Jacob nunca fora capaz de explicar isso para os médicos. Mesmo psicólogos como Rheinsfeldt eram espertos demais para seu próprio bem, folheando seus manuais grossos procurando palavras latinas que o descrevessem. Se eles pelo menos tivessem escutado, saberiam que não eram suas as palavras que ele dizia. Ele só dizia o que Joshua diria.

Carlita entendera aquela parte. Carlita era primitiva, carnal, um espírito animal. Ela via que Jacob e Joshua eram o mesmo e conseguia amar os dois. Nem mesmo a mãe e o pai deles conseguia fazer isso. Quando todos os outros tentaram afastá-los um do outro, transformá-los em seres diferentes, Carlita os aceitara do jeito como eram.

Ela era a única pessoa em que Jacob podia confiar, a única pessoa que o seduzira a baixar a guarda.

E, como todos os erros de amor, esse carregava um preço enorme.

Agora, encolhido na escuridão, o nariz cheio de poeira e fungos, ele sabia que era tolice achar que um dia poderia escapar de Joshua. Mesmo se ele matasse o irmão, a voz não o deixaria. Mesmo se ele pagasse milhões de dólares e Joshua se mudasse para o México, Jacob ainda estaria casado com o irmão gêmeo. Joshua era parte dele. Algumas vezes, ele até mesmo pensara que era mais Joshua do que ele mesmo, porque só Joshua teria medo do escuro desse jeito.

Não Jacob.

Porque Jacob era corajoso, não era? Jacob cuidava dos negócios. Jacob fazia o trabalho sujo para os dois.

Ele havia batido em Joshua, antes que a porta do armário tivesse se fechado? Ele esticou os dedos e moveu-os lentamente pelo chão. Ele tocou na cabeça de águia pesada da bengala. O bico encurvado estava escorregadio e úmido. Ele levantou a bengala e sorriu.

Você não precisava ter medo só porque estava no escuro.

Quando havia dois de você, nunca estava sozinho.

Certo, Joshua?

Passos.

Subindo a escada.

Mamãe. Você sofreu uma queda terrível. Por que não se deita e descansa?

Ele riu no escuro, o som engolido pelo ar morto do armário. A imaginação podia levar a melhor se você não tomasse cuidado. Como Papai sempre dizia: "Sonhos são para os sonhadores, mas o resto de nós tem que viver no mundo real".

Os passos ficaram mais próximos.

Devia ser Joshua, aquele outro que vivia fora de sua cabeça, vindo para provocá-lo um pouco mais. Ou exigir mais dinheiro.

Mas Jacob estaria pronto dessa vez.

Ele agarrou a bengala.

Matá-lo e depois incendiar a casa.

Passos mais próximos.

E a voz dela. — Jacob?

O estômago dele se contraiu.

Ela. Ela sabia?

Ele mantivera Joshua em segredo porque ela não entenderia. Ninguém nunca entendia.

E ele sacrificara tudo por ela, certo? Mudou-se de volta para Kingsboro, assumiu os negócios dos Wells, tentou criar algum impulso em um mercado difícil. Tudo para que ela pudesse dizer que ela o transformara em um sucesso. Deu a ela as crianças, para que pudesse sentir-se realizada, o sinal mais óbvio e inquebrantável de comprometimento.

Mas até mesmo aqueles comprometimentos podiam ser quebrados.

Ele a amava e, quando você ama alguém, deve tudo a essa pessoa.

Carlita entendia aquilo, mas Renee nunca entenderia.

— Jacob? — Ela estava do outro lado do quarto agora, provavelmente perto da janela. Ou da cama.

Ele ergueu-se sobre as mãos e os joelhos. Ouviu o deslizar do tecido quando ela abriu as cortinas e um feixe de luz apareceu na base da porta do armário. Por quanto tempo ele estivera ali? Dias?

Não. O sangue teria secado. Ele não se esquecera de nada. Isso não era um estado de fuga.

Ele estava... confuso, mais nada.

Aquela besteira de Joshua era o tipo de coisa com que um garoto assustado sonharia. Ele era um homem adulto, seu *próprio* homem. Ele chamou baixinho pela porta. — Carlita? O feixe de luz foi interrompido pela sombra dela. — Jacob? Você está aí dentro? Você está bem?

— Sim. Joshua trancou-me aqui dentro. Deixe-me sair.

— Há sangue por toda parte.

Quantas vezes ele atingira Joshua? Ele não conseguia se lembrar. Obviamente, não o suficiente, senão o corpo de Joshua ainda estaria no quarto.

A maçaneta da porta girou e a porta chacoalhou no batente. — Está trancada.

Jacob largou a bengala no canto. Ela não precisava vê-la nem o sangue que estava na cabeça de águia do cabo. Ela não entenderia. Ninguém nunca entendia.

Ele apoiou-se nos joelhos e procurou o gancho que instalara quando era adolescente, para que tivesse um lugar para se esconder da família quando o celeiro estivesse muito frio. Ninguém nunca esperava que um armário fosse trancado pelo lado de dentro. Mas Joshua descobrira e havia instalado uma trava também do *lado de fora*.

— A porta se abre para os dois lados — Joshua dissera. — Você pode me trancar do lado de fora, mas eu também posso trancá-lo do lado de dentro.

Jacob empurrou a trava de metal para cima e ela caiu contra a madeira. Quando a porta se abriu e a luz do dia o cegou, ele olhou para a silhueta à sua frente. Piscando, ele disse: — Eu fiz isso por você.

— O que, Jake? O que você *fez*?

Não era ela. Era a outra.

Renee.

O sangue marcava o chão como as pegadas de um animal raivoso. A luz do sol criava diamantes de arco-íris enlouquecidos no vidro da janela. O céu era um espelho, o céu era um espelho, o céu era um espelho.

— Eu fiz isso por nós — disse ele.

CAPÍTULO 24

— O que está acontecendo, Jake? — Renee perguntou, colocando a mão no ombro de Jacob. O marido estava com os olhos frenéticos e pálido, sobre os joelhos, as roupas amassadas. Por que ele se trancara dentro do armário?

— É Joshua — disse Jacob. — Foi ele que incendiou a casa. Foi ele que matou Mattie.

Ela tentou compreender as palavras, mas não conseguiu. Mattie morrera em um acidente. Até mesmo Davidson dissera isso. Se você repetisse a história o bastante, ela se tornaria verdade.

Ela olhou em torno do quarto, viu as camas iguais, as cobertas amarrotadas. Um dos lençóis tinha manchas redondas da cor da ferrugem.

Ela recuou, mas ele esticou o braço, pegou suas mãos e olhou para ela, uma imitação bizarra do momento em que ele pedira sua mão em casamento. — Ele pegou o dinheiro do seguro — disse Jacob. — Ele disse que Papai o enganou e o privou da herança.

— Jacob, temos que levá-lo a um médico.

— Temos que encontrá-lo, ou ele contará.

O trilho de manchas de sangue seguia para fora do quarto e descia a escada. Jacob não parecia estar machucado. — Não. Podemos usar o seu celular e chamar a polícia. Se seu irmão está machucado, podemos conseguir ajuda para ele.

Meu Deus, Jakie, o que você fez com ele? Você está tão obcecado com Carlita que ataca seu próprio irmão?

Ela precisava de tempo para entender as coisas. Se Jacob

estava encrencado, eles superariam juntos, como sempre o fizeram. Ela puxou Jacob para que ele levantasse.

— Vamos — disse ela. — Você está ferido?

— Não. — Ele olhou pela janela e ela virou-se para ver o sol da tarde banhando o cemitério da família e o celeiro além dele. — O acampamento. É para lá que ele foi.

— Você o machucou?

— Temos que chamar a polícia.

— Sem polícia. Cuidaremos de nós mesmos, como sempre fizemos. — Ela pegou a mão dele e o levou para o corredor, tentando ver se escutava passos. Se Joshua estava na casa, ele a teria ouvido chamar. A não ser que estivesse inconsciente. Ou morto.

A mão dela ficou fria com a ideia de que poderia estar tocando em um assassino.

Não. Ele não era um assassino. Era o marido dela.

Não era? Porque esse era o mundo real e Jacob amava somente Renee. Claro, eles tiveram suas tragédias, mas todos as têm. Fazia parte do território da respiração. As coisas fariam sentido novamente quando fossem embora desse lugar. Ela ficou imaginando se Joshua teria feito um seguro para a casa dos Wells e o quão rapidamente ela queimaria, com toda aquela madeira.

Ao descerem a escada, Jacob disse: — Ele a teria matado.

— Matado quem?

— Mamãe. É o jeito dele.

— Ela morreu em um acidente, Jacob — disse ela, e se deu conta de que aquilo acontecera aqui. Ela deslizara na escada e caíra, os ossos quebradiços batendo contra o corrimão. Um pescoço quebrado. Ninguém teve culpa.

— É — disse Jacob, mas seus olhos viraram-se para o pé da escada como se o corpo ainda estivesse esparramado lá. — Foi o que Joshua disse. Um acidente.

Quando eles chegaram ao final da escada, ela disse a Jacob para esperá-la na camionete.

— O que você vai fazer?

— Vou procurar Joshua.

— Eu lhe disse, ele foi para o acampamento.

— Eu sei, querido, mas você está confuso nesse momento.

É para o próprio bem dele. Ele estará mais seguro assim. E é meu trabalho protegê-lo. Pela família.

Ela esperou que Jacob passasse pela cozinha e saísse da casa. Depois que ele passou do canto da casa, ela fechou a porta, trancou-a e entrou na sala de estar. Os livros estavam desarrumados nas prateleiras, alguns deles caídos e virados para baixo no chão. Estatuetas, muitas delas reduzidas a fragmentos de gesso e cerâmica, estavam espalhadas sobre a cornija. Uma garrafa de cerveja jazia deitada sobre uma das cadeiras, uma poça seca à sua volta. A lareira tinha camadas de cinzas finas, como se alguém tivesse queimado pilhas de papel. O celular de Jacob era um bolo derretido no centro delas.

Ela olhou por entre as cortinas e viu Jacob na camionete.

Renee verificou a sala de jantar. Ela quase podia ver o fantasma de Warren Wells sentado na mesa, governando a família, exigindo unhas limpas, a mesa posta com perfeição e a comida na temperatura adequada. Ela conseguia entender o desejo dele de perfeição. Ela o compartilhava. Talvez fora isso que Jacob vira nela e fora por isso que se apaixonara. Era algo que nem Carlita nem nenhuma outra mulher poderia dar a ele.

Um direcionamento para ser absoluto.

Ela o desafiara a ser um Wells e ele se tornara um. Ela era a história de sucesso, tanto quanto o marido o era. Outros podiam medir sucesso pelo número de acres desenvolvidos, a receita recebida, as caridades realizadas ou os prêmios comunitários recebidos. Mas o sucesso dela era interno, eterno, espiritual. Ela o salvara dele mesmo.

Mas a um custo tão alto. Ainda assim, sacrifícios eram necessários.

E ela não podia perder agora. Não quando o pagamento estava tão perto.

Um Wells nunca fracassa.

Ela entrou no aposento que parecia ter sido o estúdio de Warren Wells. Ele estava escuro, com cortinas pesadas bloqueando uma janela fina. Havia uma escrivaninha no meio, com um pedaço de papel solitário sobre ela.

Ela o pegou, levou-o até a janela e o leu pela fresta de luz: "Devo a você oito milhões de dólares pela dor e pelo sofrimento". O "oito" fora cortado e "dois" havia sido rabiscado embaixo a lápis.

Estava assinado "J". Como no bilhete que ele mostrara a Jacob no hospital, o mesmo que Davidson encontrara na cena da casa incendiada. As letras eram inclinadas para a esquerda.

Oito milhões. Era aproximadamente o valor da herança de Jacob, incluindo a participação dos Wells na M & W Ventures.

— Não acredito que conheça você. Pelo menos, não formalmente.

Ela virou-se, amassando o papel. Ele estava parado na porta, só uma silhueta, com a janela da sala de estar atrás dele. Ela reconheceu a voz. Aquela na floresta atrás da casa destruída, no matagal do cemitério, aquela que ela ouvira no telefone. Mesmo tendo sido disfarçada antes, o timbre das palavras era o mesmo, espantosamente próximo do de Jacob, mas com um sotaque mais preguiçoso.

— Joshua?

Ele deu um passo para dentro da sala e tinha que ser Joshua, pois ele se parecia tanto com Jacob que ela teve que olhar duas vezes para notar as diferenças. A principal era uma ferida acima do olho direito, aberta e molhada, precisando de pontos. O sorriso dele era mais duro, mais cínico, e os dentes eram tortos e amarelados. O cabelo era oleoso, jogado para trás e irregular. Esse era o cunhado dela, o homem que tinha o mesmo sangue e que nascera da mesma semente que seu marido.

Ele era família.

Joshua passou a mão na sobrancelha e limpou-a na calça.

— Seu marido tem uma veia má — disse ele, em um tom arrastado exagerado. — Não sei de onde diabos ele a tirou.

— Não sei que tipo de jogo você está fazendo, mas vamos chamar a polícia.

— Não tenho o menor problema com isso, senhora. Aí posso contar a eles o que Jacob fez.

— Ele não fez nada.

Joshua mancou à frente. — Ele fez bastante.

Agora a luz bateu no rosto dele e os olhos eram castanhos e sombrios como os de Jacob, o queixo e as bochechas com as mesmas proporções geométricas, a constituição com a mesma força angular. Exceto pela crueldade no olhar, ele era tão bonito quanto o marido dela.

— Fique longe de mim ou gritarei para chamar Jacob.

— Eu não faria isso se fosse você. Porque talvez você precise que eu a salve *dele*.

— Você é louco. Jacob me contou sobre você.

— Bem longe do suficiente, aposto. Ele contou sobre quando éramos crianças? Sobre como ele jogava a culpa de tudo em mim, como roubava meus brinquedos? Como ele colocou Papai contra mim até que me expulsassem da família?

Renee moveu-se até que a escrivaninha ficasse entre ela e Joshua. Ela não gostava do sorriso maldoso dele, das fagulhas enlouquecidas das pupilas. Jacob devia estar sentado na camionete, esperando-a.

— E os oito milhões de dólares? — Perguntou ela.

— É justo — disse ele. — Foi o que Jake roubou de mim e é o que ele vai me pagar de volta.

— Ele não roubou nada. Eu vi o testamento de seu pai. Jake ficou com o dinheiro e você ficou com a casa e as terras.

— Deveria ter sido meu. Jacob virou o jogo todo.

— Não podemos lhe dar mais dinheiro.

— Não é assim que funciona. Mais dois milhões ou eu conto tudo.

— Foi você quem começou os incêndios. Eles estão falando de assassinato agora.

Ele avançou, gemeu e apoiou-se contra a mesa. Seu hálito fedia a cerveja e cigarro e o odor do suor subiu de suas roupas. Ele estava feroz, desesperado, além da lei e da ordem.

Bum-bum-bum. O eco de punhos batendo na porta de trás. A voz abafada e ininteligível de Jacob veio de fora.

—Dois milhões — disse Joshua a ela. — Você não tem mais ninguém para matar? Pergunte a ele sobre a mãe.

Ele virou-se e mancou para fora do estúdio, fazendo uma pausa, os dentes manchados cerrados. A ferida sobre o olho abrira-se novamente e uma enorme lágrima vermelha corria pela bochecha. — E pergunte a ele sobre o meu bebê.

E Joshua desapareceu, deixando Renee olhando do papel em suas mãos para o retrato de família dos Wells na parede. Depois de um momento, ela colocou o papel no bolso da calça e correu pela casa, os saltos batendo no chão de madeira. A porta da frente bateu e a fechadura foi trancada no momento em que ela a alcançou. Por um painel de vidro na porta, ela conseguia ver a camionete de Jacob e o seu carro, ambos com o capô levantado.

Ela correu pela sala de estar e pela cozinha, lutando com a fechadura antiga na porta traseira e abrindo-a. Jacob estava parado no degrau, os braços erguidos de cada lado. Em cada uma das mãos, um monte de fios estava pendurado como cobras mortas.

— Ele cortou os fios da ignição — Jacob disse. — Isso é bem a cara dele.

— Eu o vi, Jake.

Os olhos de Jacob apertaram-se e moveram-se para a frente e para trás. — Onde?

— Lá dentro. Ele quer mais dinheiro. Eu achei que tínhamos chegado ao fim dessa história.

— Eu falei que ele era louco. Bem como o pai dele.

— Ele disse para perguntar a você sobre sua mãe. E sobre o bebê dele.

Jacob jogou os fios no chão e passou por ela, entrando na casa. Seus pés soaram na escada e ele gritou o nome de Joshua. Ela o seguiu, com medo de que Joshua saltasse das sombras e enfiasse uma faca em sua garganta. Ela deveria ter sabido que eles não conseguiriam comprar o caminho de volta a um mundo perfeito, especialmente depois do que acontecera com Mattie e Christine.

Renee entrara no mundo dos Wells, fora seduzida pela promessa de poder. Mas ela pensou que pudesse mudá-lo, salvá-lo. Mesmo depois dos acidentes.

O amor podia fazer milagres. O amor podia curar todas as feridas. O amor podia consertar todos os lugares quebrados dentro de Jacob. Mas, primeiro, ela tinha que afastá-lo de Joshua, não importava o preço.

Ela chegara ao pé da escada quando Jacob apareceu no topo, o rosto praticamente irreconhecível na escuridão. As mãos dele contraíram-se. — Ele não está aqui — disse ele.

— Eu falei, ele saiu pela frente. Ele estava sangrando, Jake. Você o atingiu?

— Como eu poderia machucar meu querido irmão? — Jacob desceu, dando um passo lento atrás do outro. — Minha própria carne, meu próprio sangue. Prefiro me suicidar.

— Jake?

Ele continuou a descer, lentamente, seguro, refazendo o caminho da queda da mãe até a morte. Queda, ou *empurrão*? E se Joshua estivesse falando a verdade? O quanto ela podia confiar em Jacob?

Um teste. O amor passava em todos os testes em um mundo perfeito.

— Eu sei sobre Carlita.

Jacob parou na escada, pairando acima dela, perto o suficiente para que ela pudesse ver os cantos dos lábios curvados para cima. — Você não entenderia. Ninguém nunca entende.

— Jake?

Ele continuou a descer a escada, uma marcha funerária, os olhos vazios. — Ele está no acampamento. Com ela.

Renee agarrou a manga dele. — Vamos embora. Podemos caminhar se for preciso. É pouco mais de um quilômetro até a estrada.

As palavras dele assumiram um sotaque que ela nunca o ouvira usando antes. — O que se deve, tem que ser pago. É o jeito dos Wells.

— Ele me disse para perguntar sobre o bebê dele. Mas Carlita disse-me que não pode ter filhos.

— Ela não sabe de nada. Uma vagabunda barata que abre as pernas para qualquer *gringo* com um sorriso e um dólar.

— Você a ama? — Ela puxou o braço dele, mas os olhos dele estavam fixos além da porta, além do mundo lá fora, olhando para um lugar que ninguém mais tinha permissão de visitar.

— Joshua não — disse Jacob. — Ele só ama a si mesmo. É o jeito dele.

— Não me importo nem um pouco com Joshua. Só me

importo com *nós* dois.

— Não há "nós", querida. Só há você, eu, ele e ela.

Ele soltou-se com um puxão do braço e saiu da casa escura para os raios de sol.

CAPÍTULO 25

O cemitério no topo da colina estava cheio de mato, os túmulos descuidados, as lápides derrubadas. Ele era cercado de moirões, com a sujeira em torno das pedras revirada pelas galinhas. Alguns pés de roseira selvagem ao longo da cerca, uma herança antiga do campo que um dia reclamaria esse terreno negligenciado. Os avós de Jacob tinham sido enterrados aqui, juntamente com o único irmão do pai dele. A família Wells não fora dona da terra por tempo suficiente para enterrar um conjunto decente de corpos. Aqueles sob a terra estavam ligados apenas pelo DNA, tendo o pó e a decomposição como denominadores comuns.

Jacob parou ao lado da cerca para recuperar o fôlego. Ele leu os nomes nas duas lápides maiores, que ficavam lado a lado no centro do terreno. Warren Harding Wells e Nancy Elizabeth Wells. Ele raramente pensara na mãe como alguém com um nome. Ter um nome a teria deixado mais humana e mais real para ele. Talvez Joshua não a tivesse matado se ela fosse "Nancy Wells", em vez de "Mamãe".

Ele estava feliz por Christine e Mattie não terem sido enterradas aqui. Era ruim o suficiente serem poluídas com o sangue dos Wells, sem precisarem passar a eternidade entre eles. O cemitério tinha espaço para mais uma dúzia e, sem dúvida, Warren Wells sonhara em ter os filhos repousando juntos a seus pés. A divisão do ovo de Nancy chegaria a um círculo completo e faria sua reunião final.

Jacob olhou para a casa. Renee estava tentando ligar o carro, o motor girando com desinteresse seco. Ela provavelmente procuraria o celular também. Nunca ninguém entendia e, também, nunca ninguém acreditava em sua palavra.

Ele olhou para o celeiro, onde Joshua poderia estar escondido em emboscada. A porta do celeiro estava pendurada, uma das dobradiças quebrada, e a abertura parecia negra como um pecado de inverno. Joshua talvez fosse capaz de segurar uma arma, uma machadinha ou uma foice, algum remanescente enferrujado do negócio de árvores de Natal. Joshua poderia enfraquecer e matá-lo, justo quando Jacob estava prestes a devolver seus direitos de herança.

Não, Joshua estava tão desesperado por uma resolução quanto Jacob e o negócio só poderia ser fechado em um lugar: no acampamento pobre onde havia começado.

As galinhas saíram das árvores na beira do pasto, esperando serem alimentadas. Elas eram listradas como granito, com riscos azuis e cinzas. Alguma memória ancestral as mantinha perto do celeiro, cuidando de suas crias, fugindo de uma ou outra raposa ou falcão de cauda vermelha. Elas haviam delimitado seu território e nem mesmo o cheiro do homem que uma vez abatera sua espécie as afastava.

Galinhas eram burras e Jacob odiava todas as criaturas burras. Ele sabia que devia ir até o acampamento, pois Carlita o estaria esperando.

Renee agora corria em sua direção, subindo a colina, os sapatos de salto deixando-a mais lenta. Ele esperou que ela estivesse perto o suficiente para que conseguisse ouvir os gritos dela e, então, deu as costas para o cemitério. Ela nunca viera para essa parte da fazenda e ele não a queria perder. Joshua nunca o perdoaria se Renee perdesse toda a diversão.

O caminho ficou irregular sob seus pés, a trilha havia erodido desde os dias em que o gado o percorria entre o celeiro e os pastos mais distantes. O sol estava se pondo em direção ao topo das montanhas, onde o Tennessee e a Carolina do Norte colidiam em ondas rochosas monstruosas e as árvores de outono gritavam em vermelho e amarelo, como se estivessem em fogo. Jacob conseguia sentir o cheiro do próprio suor, o cheiro ácido de folhas de carvalho mortas e de tabaco. Joshua não merecia esse lugar.

Ele virou-se mais uma vez para ver Renee subindo a colina atrás dele, agora sem os sapatos. O cabelo dela esvoaçava, dourado sob o sol de fim de tarde. Não era surpresa que Joshua a amasse tanto. Ela era um ideal, uma imagem flutuante de sonho de um caráter feminino, alguém que era fiel, estável e forte. Uma mulher que podia criar um homem melhor. Ela entendia o que significava ser uma Wells.

Bem, em sua maior parte.

Ele chegou ao primeiro dos pinheiros, árvores de Natal que eram deformadas demais para o mercado e foram deixadas para crescer a esmo. Eles lançavam longas sombras enquanto ele corria por entre as fileiras, os tocos das árvores cortadas marcando o lado da colina. Espinhos rasgavam as pernas da calça e ele sabia que Renee teria dificuldade em segui-lo com os pés descalços. Ele pensou em parar, deixá-la alcançá-lo, mas os tetos do campo dos imigrantes estavam abaixo dele agora, a cabana cambaleante de onde ele vira Carlita e Joshua pela primeira vez, o terreno dando lugar a um barranco atrás dos trailers que ia até o rio. As ruínas enegrecidas de dois trailers incendiados ficavam em um local um pouco afastado, fragmentos de metal derretido esticados em direção ao céu.

A estrada para o acampamento corria paralela ao rio, trilhas gêmeas de terra marrom ladeadas por carvalhos e pinheiros brancos. Uma ponte estreita e cambaleante atravessava o rio, levando aos campos de árvores e aos pastos superiores. Jacob percorrera de carro aquela estrada muitas vezes, e muitas outras vezes a pé, o caminho longo até a casa. Todas aquelas noites em que seguira Joshua, espiando enquanto Carlita se entregava, passava suas pernas mulatas em torno dele e gritava seu nome.

Joshua.

Aquele fora o problema. Ela sempre gritava "Joshua".

Ele apressou o passo, empolgado. Logo ela não gritaria "Joshua" novamente.

O Chevy verde enferrujado estava estacionado em frente ao último trailer. Sem dúvida, Carlita estava limpando o corte no rosto de Joshua, beijando sua testa e dizendo a ele que logo tudo estaria acabado. Seu irmão *loco* não o perturbaria mais. Eles iriam embora desse lugar, ricos, e poderiam viver como mereciam.

O sorriso parecia estar rasgando seu rosto. Não era fácil ser um Wells, tornar-se um Wells. Mas o fim estava próximo. Ele conseguiria todas as coisas boas que merecia.

Jacob ganhou velocidade ao correr colina abaixo, as pernas rejuvenescidas. O tempo parecia ter desaparecido e ele tinha dezesseis anos novamente, as colinas luxuriantes com árvores, um fio de fumaça subindo do acampamento, o cheiro de bacon no ar. Era o dia depois do aniversário deles, os dois garotos tinham feito o exame de direção e tinham conseguido suas carteiras de motorista. Joshua dissera que eles deviam comemorar e que tinha um presente especial para seu irmão favorito. Ele dissera a Jacob para ir ao acampamento naquela tarde. Havia um laço verde na porta da cabana e, quando ele abriu a porta, o coração como uma britadeira dentro do peito, ele ouviu os grunhidos nas sombras, o sussurrar frenético do nome do irmão e risadas. Joshua estava sobre Carlita, a pele pálida contra a dela, o feno espalhado em torno deles devido aos seus movimentos, o ar denso com poeira. Joshua gemeu e ficou de joelhos, olhando para o irmão parado na porta.

— Feliz aniversário para nós — disse ele.

E o Jacob de dezesseis anos deu um passo para dentro da cabana, abrindo os botões da camisa desajeitadamente. Carlita não se levantou, ficou deitada de costas e sorriu, os seios subindo com a respiração, a moita escura entre suas pernas abertas brilhando na meia-luz. Os dedos trêmulos de Jacob finalmente conseguiram livrá-lo da camisa. Ele tirou os sapatos e estava aproximando-se dela, desafivelando o cinto, imaginando se conseguiria fazê-lo com seu irmãozinho assistindo, quando a parte de trás de sua cabeça explodiu em um trovão de agonia vermelha.

O Jacob de trinta e três anos passou a mão na cabeça, lembrando-se do latejar intenso, saindo na névoa cinzenta para encontrar-se deitado sobre a barriga no chão sujo da cabana. O cabo de um machado estava a seu lado. Suas roupas estavam espalhadas, a calça em torno dos joelhos, a carteira desaparecida. Joshua roubara sua carteira de motorista e nunca a devolvera.

Ele chegou ao acampamento e passou pelo Chevy, espiando pelo vidro manchado pra ver se a chave estava na ignição. Carlita desejaria fugir rapidamente. As mulheres eram assim, especialmente quando queriam arrancar o coração de um homem e mostrar que ele ainda batia, enquanto riam o tempo inteiro.

Eles estariam no último trailer, o que tinha uma faixa prateada desbotada na lateral e fita adesiva transparente grudada nas janelas.

A porta estava destrancada. Ele olhou novamente para a colina e viu a silhueta de Renee contra o sol. Se ela não caísse, chegaria bem na hora. Ele abriu a porta. — Joshua!

Joshua e Carlita estavam sentados em um sofá na sala de estar escura. O sofá parecia um ninho de ratos, com o algodão saindo pelas costuras. Um tijolo apoiava um dos pés. Carlita estava inclinada sobre Joshua e ele tinha um dos braços ao redor dela.

— Vamos, Carlita — disse Jacob. — Ele já conseguiu o que queria.

— Não tão rápido — disse Joshua. — Mais dois milhões.

— Você pode pegá-los com Renee.

— Você não é um bom negociante, hein?

— Só quero acabar com isso.

Carlita olhou para ele com aqueles olhos castanhos enlouquecedores. — Por que você coloca aquela mulher maluca no meio disso, Joshua?

— Nada com que você tenha que se preocupar. Só estamos dando a você o que sempre quis todos esses anos.

— Quero voltar para o Tennessee.

— Então entre no carro — disse Jacob.

Carlita olhou para Joshua, que apertou o ombro dela e retirou o braço. Ele deu-lhe um empurrão de leve. — Você ouviu seu marido. Prometeu honrá-lo e obedecê-lo, até que a morte nos separe.

Carlita levantou-se, os seios balançando sob a camisa, a maturidade desafiando o tempo e a verdade. Jacob passou a língua nos lábios. Ele ficou imaginando o quanto ela mudara, se ainda era tão molhada e frenética como fora naquela noite da troca, há muito tempo. Ela tivera uma vida dura desde então e Jacob planejava dá-la uma vida ainda mais dura. Muito mais dura.

— Como vai fazê-lo? — Joshua perguntou a ele.

— Acidente, como sempre fazemos. Acho que no rio. Estava escuro, ela escorregou, bateu a cabeça nas pedras.

— Pena que não pode queimá-la, hein? — O sorriso manchado de Joshua parecia o de uma doninha dentro de um galinheiro.

— Não quero forçar minha sorte — disse Jacob.

— Você receberá todo o tipo de simpatia pela perda. Se conseguir se safar.

— Não gosto disso — Carlita disse para Josh. — Achei que pegaríamos o dinheiro e iríamos para casa.

— Jake e eu, nós fizemos um novo acordo. — Joshua tomou um longo gole da garrafa que tinha no colo. — Eu fico com a casa e o dinheiro, as coisas divertidas. Eu fico com a boa vida dele e ele fica com a minha. Eu finalmente viro um Wells e ele... bem, ele consegue o que quer.

— Ele fica com a sua *vida*? — Carlita balançou a cabeça. — Você não tem uma vida.

Jacob ficou excitado com a memória de Carlita gemendo sob ele, arquejando e urgente, depois empurrando-o para ficar por cima, aceitando-o por trás, pelo lado, exigindo, faminta, uma coisa selvagem que Renee jamais seria. Abrindo partes dele que ele não sabia que existiam. Ela o fizera sentir-se vivo. Ela o fizera querer matar.

Jacob sorriu e pegou-a pelo pulso. — Entre no carro.

— O carro bebe muito — disse Joshua. — E não dirija bêbado porque o documento está vencido. Você não tem dinheiro suficiente para pagar a fiança.

— Nós vamos nos virar — disse Jacob. — Viveremos de amor, certo, Carlita?

— Vocês dois são *loco* — disse ela.

Ele a puxou para a porta. Carlita bateu no braço dele, os olhos implorando a Joshua que a ajudasse. Ela cuspiu em Jacob, um fio de saliva grudando na bochecha cor de rosa dele antes de começar a escorrer lentamente pelo rosto. — Solte-me, porco.

— Siga a vida — disse Joshua. — Depois de um ou dois meses, você nem saberá a diferença. Jacob nunca será tão bom quanto eu na cama, mas, ei, você nunca notou antes.

— Antes?

Jacob sorriu. — Nunca ficou se perguntando sobre aquela noite?

— Que noite?

Joshua ergueu a lata de Budweiser, mostrando o pomo de adão enquanto engolia. — Há dez anos. Quando fizemos a troca pela primeira vez.

Jacob arrastou Carlita para a porta, mas as pernas dela cederam e ela se tornou um peso morto. O trailer balançou com a luta, oscilando nos pilares. A voz de Renee veio do lado de fora, chamando Jacob.

— Agora, a minha parte do trato — disse Joshua. Ele levantou-se do sofá, cambaleando, os olhos brilhantes e vermelhos. Ele jogou a lata de cerveja no canto da sala, assustando uma barata. O cheiro de seu arroto ficou no ar quando ele passou por Jacob e Carlita. — Estou aqui, querida — gritou ele.

Jacob passou os braços em torno de Carlita e arrastou-a para fora. Ela agarrou-se na fechadura da porta, chutando, mas Jacob quase não sentia os golpes. As unhas dela *rasparam* contra o metal da porta, ele puxou-a com força e finalmente conseguiu soltá-la.

Renee chegara ao Chevy e estava encostada contra ele, recuperando o fôlego. O cabelo dela estava emaranhado, os joelhos da calça rasgados e a pele nua cheia de arranhões e sangue.

— Entre, querida — Joshua falou para ela. — Temos muito o que conversar.

— Jacob? — Ela virou a cabeça, confusa.

— O quê? — disse Joshua.

Jacob ainda a amava, de uma forma estranha, e estava quase arrependido do que teria que fazer. Mas ela quisera ser uma Wells, assinara o plano da empresa e valia dois milhões de dólares, morta.

Algumas vezes, é assim que as coisas são. Às vezes, você valia mais morto do que vivo.

Basta perguntar a Mattie.

Jacob arrastou Carlita para o Chevy. Ela deu-lhe uma cotovelada nas costelas e ele lutou contra a vontade de bater nela. Era o que Joshua faria, bateria nela e a jogaria no chão. Ele não era Joshua. Ainda não.

Renee o agarrou, tentando afastá-lo de Carlita. — Deixe-a em paz.

Jacob livrou-se da mão dela e abriu a porta do lado do motorista. Presa somente por um braço, Carlita contorceu-se, conseguiu se soltar e virou, a saliva voando da boca, os punhos erguidos à frente. Jacob aproximou-se dela, encurralou-a entre o trailer e a cabana de ferramentas. Ele a empurrou contra a cabana. Ela esquivou-se para a esquerda, mas ele a derrubou e eles começaram a lutar no chão.

— Seu desgraçado fedorento — disse Carlita, os golpes aterrissando nas costas dele com o som de um tambor.

— Jacob! — Renee gritou, mas Joshua a segurou. Ela contorceu-se contra ele, de forma muito parecida como ela provavelmente fizera quando Joshua estava plantando a semente que se tornaria Mattie.

Enfurecido pela memória, Jacob levantou Carlita, atirou-a dentro da cabana, bateu a porta e fechou a tranca.

— Jake! — Renee gritou. — Ajude-me!

— Bem aqui, querida — disse Joshua, rindo ao empurrá-la contra o Chevy, obviamente gostando do contato enquanto ela se contorcia sob ele.

— Você é louco — ela disse. — O que fez com Jacob?

— Deixei que fosse ele mesmo — disse Joshua. — Coisa que você nunca fez.

— Como diabos você sabe o que eu fiz ou não fiz?

Joshua botou a mão no bolso de trás e puxou um gravador

portátil. Ele pressionou um botão e aumentou o volume. O chiado da fita abafou o rugido do rio e, em seguida, surgiu a voz de Jacob, comprimida e nivelada, mas reconhecível, assustadoramente similar à voz da Barbie Rock Star.

— É a única forma, querida — disse Jacob na fita. — O incêndio começará no andar de baixo. Quando o alarme disparar, pegarei Mattie e encontrarei você do lado de fora. Assim, ninguém suspeitará de nada.

Jacob aproximou-se do Chevy e sorriu quando a fita reproduziu a voz de Renee: — Estou preocupada, Jake.

Ele moveu os lábios sincronizadamente com o que diria a seguir na fita: — Um milhão de dólares, querida.

Joshua desligou o gravador quando Renee encolheu-se em rendição. Carlita devia ter encontrado algum objeto de madeira, pois estava batendo na porta da cabana, fazendo com que lascas caíssem das tábuas. O vento aumentara e o ar esfriara com a aproximação do fim do dia. O sol agora tocava nos cumes, uma bola laranja obscena cuja luz transformava as nuvens em trapos manchados e lançava dedos de chamas infernais sobre a propriedade.

— Você gravou — Renee disse a Jacob.

— Você sabe como me sinto sobre o seguro.

— Seu maldito, você gravou.

— Se fôssemos pegos, eu não ia afundar sozinho.

Joshua colocou o gravador no bolso da camisa. Renee parara de lutar, mas ele a mantinha presa contra o para-lama do carro. Ou talvez ele apenas gostasse do calor de seu corpo.

— Um Wells nunca fracassa.

— E dois Wells são melhores do que um só — disse Jacob.

— Você é louco — disse Renee entre soluços. — Vocês dois.

— Merda — disse Joshua. — Não fui eu que matei minha própria filha por dinheiro.

— Foi sim — disse Jacob. — Eu nunca teria feito aquilo.
Mas você sim.

— Que droga, eu comecei o incêndio, mas foi você quem
estragou tudo. Você deveria tê-la tirado de lá.

Jacob riu e a expressão caiu como uma serpente viva sobre
seu rosto. — Eu tentei. Mas talvez não tenha tentado tanto
quanto deveria.

Renee olhou para ele, depois além dele, os olhos
arregalados e vazios. — Jakie. Ah, Jakie.

— Eu não podia deixá-la viver — Jacob disse a Renee. —
Você consegue entender isso, não é?

— Ah, Jesus, Jacob.

Joshua cuspiu no chão. — Mas que diabos, foi mais um
milhão, certo?

— Foi culpa de Christine. Ela teve morte natural e o seguro
pagou bem. Mattie era saudável demais.

Renee desabou e Joshua a soltou. Ela caiu sobre os joelhos,
os soluços sacudindo os ombros. Ela tentou falar, mas as
palavras tornaram-se mais soluços. O pôr-do-sol lançou uma
luz dourada sobre o acampamento, a cor das lembranças de
Jacob. Lembranças de espiar Carlita e Joshua pela janela, de
fantasiar que ele era o irmão mais novo, de que ele podia
trocar sua vida pela de Joshua.

Só que ele não podia trocar na mesma moeda. Ele devia
demais.

— Dois milhões por duas crianças — Joshua disse para
Renee. — E dois milhões por você. Mas vou tomar um
adiantamento antes. Tenho a impressão de que você não tem
um homem de verdade há anos.

— E a autópsia? — disse Jacob.

— Merda. Sêmen tem DNA, não tem?

— Bem, temos o mesmo DNA, então vá em frente.

Renee olhou para Jacob, imaginando a próxima respiração

e como ela conseguiria forçá-la a sair de seus pulmões comprimidos, parecendo dois tijolos. Ela o forçara a isso. Fora ela quem colocara valor nas coisas materiais. Ela quisera o mundo dos Wells, o poder, as terras, o respeito. Ela quisera ser uma Wells muito mais do que Jacob jamais o quisera.

Mattie, ela fora um acidente. Mas *Christine*...

Como se pudesse ler os pensamentos dela, Jacob disse: — Eu não matei Mattie pelo dinheiro.

Ele sentou-se no capô do Chevy e acendeu um cigarro, soprando a fumaça no rosto de Joshua. — Eu a matei porque ela era sua.

CAPÍTULO 26

Os músculos de Renee transformaram-se em trapos molhados. A língua estava inchada dentro da boca, a garganta apertada. O tinir nos ouvidos era tão intenso que talvez ela não tivesse entendido direito o que Jacob dissera.

Mattie era filha de *Joshua*?

A revelação deixou o horizonte borrado na beira de sua visão e o céu era um oceano obsceno e sufocante sobre sua cabeça. A cabeça latejava, os olhos doíam, os maxilares estavam cerrados. Parecia que os intestinos iam ser arrancados de seu interior e amarrados em torno da laringe. Mas, por baixo da pressão doentia nas costelas, havia um brilho pequeno e asqueroso de alegria: ela não tinha culpa na morte de Mattie.

Era tudo culpa de Jacob.

Mas o que Joshua estava dizendo sobre Christine?

Ela não conseguia entender, não queria entender. As batidas na porta da cabana pareciam o bater de um coração de madeira e os palavrões em espanhol e os gritos de Carlita vinham em uma arritmia abafada por trás dele. O sol lançava a lava do juízo final sobre a terra. Renee fechou os olhos e colocou as mãos sobre os ouvidos, mas era tarde demais. O conhecimento havia entrado em sua cabeça e nunca mais poderia ser removido.

Jacob matara suas filhas.

— Levante-se — Joshua gritou com ela, com a voz rouca. Ela abriu os olhos e viu as pontas gastas das botas dele. Ela levantou a cabeça, apesar de a gravidade ser um inimigo implacável.

— Ouviu o que ele acabou de dizer? — Perguntou Joshua.

Ela não conseguia falar. As palavras haviam se tornado cascalhos em seus pulmões.

— Ele queimou nossa filha — disse Joshua. — Não parece um Wells de verdade?

Ela balançou a cabeça e um sorriso impossível abriu-se nos lábios. O pôr-do-sol estava morno em seu rosto, o ar com o cheiro doce de pinho, o rio frio. Esse era o fim do mundo, essa terra que criara os gêmeos Wells. Os portões do inferno com certeza estavam ali por perto, esperando que todos eles entrassem.

— *Nossa* filha. — Joshua bufou com escárnio. — Acho que a minha semente chegou aonde a dele não conseguiu.

Ela tentou arranjar as palavras dele em uma estrutura sensata. A linguagem tornara-se uma serpente ilusória enterrando-se em um buraco úmido na beira do rio. Tudo o que ela ouvia era o som do rio, com seu sussurrar, com a água batendo contra as pedras, deslizando em direção a um lugar muito longe.

Aquela noite em que Jacob a tomara à força, em que gastara sua paixão dentro dela uma vez depois da outra, quando ela abrira-se totalmente para ele e deixara-o entrar naquele santuário mais sagrado. No fim das contas, não fora Jacob. Fora Joshua.

Mesmo naquela escuridão bêbada, ela deveria ser sabido. Talvez ela soubera, mas enganara a si própria. Talvez ela desejara aquele lado de Jacob que ele nunca deixaria sair de controle. E o desejo trouxera Joshua para ela.

Faça um desejo, sussurrou a voz louca dentro da cabeça dela. *Desejo que dois Wells sejam melhores do que um.*

— Vamos — disse Joshua, segurando o braço dela. Ele puxou Renee para que ela se levantasse e colocou um braço ao seu redor. O suor dele substituiu o cheiro molhado do rio. Ela inclinou-se contra ele, uma boneca de pano com um arame envolvendo a espinha.

— Bem, Jake, vamos acabar com ela — disse Joshua. — Parece que Carlita está ficando um pouco inquieta.

— Espere um segundo — disse Jacob. — Você não entendeu? Eu matei seu maldito bebê.

— Grande merda.

— Eu ganhei, vê? Eu fodi você muito mais do que você me fodeu. Eu sou um Wells mais do que você.

— Ah, agora entendi. Aquele negócio de culpa. É minha culpa que você tenha matado Mamãe, certo? — Joshua colocou um cigarro entre os lábios e o acendeu. Quando ele exalou, a fumaça sufocou Renee. — Você não ganhou nada — disse ele para Jacob.

— Carlita — respondeu Jacob.

— Você poderia ter ficado com ela por alguns milhares, seu idiota. Na minha primeira vez, custou só vinte dólares. Mas quatro milhões não é nada mau.

Jacob acenou a cabeça em direção a Renee. — Completamente pago, mano.

As pernas de Renee tremeram. Sua mente foi esmagada pelas nuvens acima, a névoa do hálito de Deus, o crepúsculo que escurecera o horizonte ao leste. Joshua a empurrou em direção ao Chevy.

Dois milhões.

O quanto ela valia de acordo com a apólice de seguro de Jacob na M & W.

Jacob estava se livrando dela também. Transformando-a em dinheiro, como fizera com as meninas.

Meios para um fim.

E o fim de Jacob era tornar-se seu irmão.

— Eu acho que é melhor na ponte — disse Joshua.

— Nada mal — disse Jacob. — Tropeçou no escuro, caiu no rio e bateu a cabeça nas pedras. Desmaiou e se afogou. Mais uma tragédia.

— Esses Wells realmente tem um azar danado.

— O pai e marido sofredor. Ninguém me culpará por casar com Carlita tão cedo depois da perda.

— E o dinheiro me agrada. O tipo de Carlita é fácil de achar em qualquer esquina. Não sei o que ela tem que o deixou tão de quatro.

— Ela era sua.

Joshua abriu a porta de trás do carro, no lado do motorista. Renee tentou soltar-se, mas ele a jogou no banco fedorento, sobre embalagens de lanchonetes e latas de cerveja vazias. Jacob entrou logo depois dela e bateu a porta enquanto Joshua sentou-se atrás do volante. Renee sentou-se, mas Jacob colocou o peso sobre ela.

Ele pressionou a boca contra o ouvido dela. — Lamento pelas crianças. Mas esse é o único jeito.

— Você é louco — ela conseguiu dizer.

— Não, Joshua é o louco. Porque esse é o tipo de coisa que eu nunca faria, a não ser que eu fosse ele.

Joshua ligou o carro com um estrondo de canos. A música soou nos alto-falantes, Johnny Cash cantando sobre a grama tão verde de casa. Ela arrastou-se no banco em direção à porta, mas não havia maçaneta. Ela tentou passar por cima do banco, mas Jacob agarrou-a pelos cabelos e puxou com força. O motor disparou e o carro saltou à frente, balançando nos amortecedores ao arrastar-se ao longo da estrada de terra estreita.

Renee encolheu-se contra o banco, a cabeça virada em direção à janela escura. Somente o contorno das árvores era visível e os cumes das montanhas pareciam corcovas negras contra um céu violeta. Johnny Cash chegou ao último verso da balada, acordando de um sonho para descobrir que estava na prisão, com uma sentença de morte.

— Por que, Jakie? — Perguntou ela para a janela. No brilho do painel, ela conseguia ver o rosto dele no vidro. O rosto contraído, os olhos apertados e a pele com cicatrizes brilhantes faziam com que ele parecesse um demônio.

— Porque você quis que eu fizesse isso — disse ele.

Joshua esticou a mão até o chão e pegou uma lata de cerveja, controlando o volante com o cotovelo enquanto a abria. A espuma espirrou no para-brisa, molhando as cabeças gêmeas penduradas no espelho. — Não, ela quis que *eu* fizesse isso — disse Joshua. — Certo, querida?

— Cale a boca — disse ela. — Você fez com que Jake fizesse isso.

— Foi ideia dele. Só o que eu fiz foi incentivá-lo o tempo todo. Eu sempre quis o melhor para ele. Diferente de você.

— Eu dei tudo a ele. — Ela virou-se para Jacob. — Eu dei tudo a você.

As lágrimas brotaram e parecia que ela estava olhando através de um vidro cheio de graxa. Jacob a olhou com desprezo e disse: — Você deu tudo a Joshua. Você teve Mattie por ele.

A voz dela falhou, como a mente também estava falhando. — Eu não sabia.

— Eu achei que Christine compensaria tudo. Mas ela não era perfeita como Mattie. Ela não era uma Wells.

— Como pôde?

— Christine foi fácil. Sem choro, com um saco plástico, sem sangue, nenhuma pergunta.

Renee não disse nada. Ela estava perto da morte, mas não se importava mais. Talvez no céu ela tivesse suas filhas de volta. Ela passaria a eternidade implorando pelo perdão delas e, talvez um dia, no lado mais distante do sempre, elas a amariam novamente.

Johnny Cash começou uma música sobre um ladrão de estrada que morria e voltava várias vezes. No vocal, estava Willie Nelson e, depois, alguém que ela não reconheceu. Ela perdeu-se nos sons das guitarras, um jogo de "Faça um Desejo" de dissociação e desespero.

Joshua terminou a cerveja e jogou a lata para trás. O carro caiu em uma vala e ele saltou, batendo a cabeça no teto. Ele xingou e reduziu um pouco a velocidade. A noite tornara-se líquida e o Chevy movia-se como um peixe.

— Olha só, você é um doce e tal — Joshua disse a ela. — Mas você não é doce como o dinheiro.

— Sabe o que é engraçado? — Jacob disse para o irmão.

— O quê?

— Você será mais rico do que o velho.

— Que foda. Isso é ótimo. Talvez eu cave o túmulo do velho desgraçado e coloque o esqueleto dele sentado na mesa de jantar. E mije no café dele.

— Ele sempre amou você mais.

— Não, isso era a Mamãe.

— Você a teria matado se eu não tivesse chegado primeiro.

— Bem, parece que você ganhou de mim em uma coisa.

Johnny Cash estava concentrado em um acorde de guitarra repetitivo. Joshua parou o carro e desligou o motor.

— Aqui estamos.

Ele abriu a porta e a luz interna do carro acendeu. Renee podia ouvir o rio correndo lá embaixo. Ela lembrou-se de quando passara pela ponte e imaginou a água a uns 10 metros abaixo. Não era uma queda suficiente para matá-la, a não ser que a cabeça batesse em uma pedra. Mas o azar perseguia a família Wells.

E, algumas vezes, você tinha que fazer a própria sorte.

Joshua deixou a porta aberta depois de sair e a luz interna

lançou um brilho amarelo meio sujo. Jacob agarrou o pulso de Renee, uma máscara de alegria malvada no rosto. Ela não lutou. Esses dois homens já a tinham reduzido a farelos. Não havia mais nada pelo que lutar.

Joshua abriu a porta de trás. — Traga-a aqui.

O sotaque sulista de Jacob voltou, uma réplica bizarra do sotaque do irmão. — Acha que devemos bater na cabeça dela primeiro, ou só jogá-la da ponte?

— Você quer ter certeza. Não é o tipo de coisa que se deixa ao acaso. E se ela aparecer viva uns dez quilômetros abaixo?

— Seria uma merda, verdade.

— Você faz. Você gostará mais do que eu.

— Nossa, Josh, obrigado. Que gentil você é.

— Sou Jacob, lembra-se? Não fique todo confuso agora ou nunca conseguiremos acertar a história.

— Certo, Jake. Você é o Wells agora. Eu sou merda de porco, passeando por aí com uma vadia mexicana em um trailer no Tennessee.

— E você vai adorar cada minuto. Eu sei que gostei, mas agora é o momento da grande troca de papéis.

A mão de Jacob apertou-se em torno do pulso de Renee, lançando fagulhas de dor pelo braço. Joshua entregou alguma coisa ao irmão e Renee viu o objeto enferrujado sob a luz do carro.

Uma chave inglesa.

Ela quase podia ver o relatório da polícia: *Traumatismo craniano, seguido de asfixia por afogamento.*

A última vítima acidental de Jacob.

E quem seria a próxima vítima? Joshua? Carlita? Ou ele plantaria mais sementes, cada broto com seguro de um milhão de dólares?

— Segure-a por um segundo. — Joshua saiu do lado do carro e foi até a porta traseira. Ele a abriu e inclinou-se para dentro, o hálito azedo por causa da cerveja e do cigarro, com um leve toque de salsa. — Venha cá, doçura.

Renee recuou, chutando, até estar atravessada no banco. Joshua entrou e, agora, ela reconheceu aquele sorriso perverso, que ela vira de relance na luz difusa de uma noite há quase uma década. A noite da concepção de Mattie.

Ela jogou o pé em direção ao rosto dele. Ele o pegou e os olhos brilharam sob a luz oleosa do carro, o corte na testa sangrando novamente. — Hmm. Ela ainda tem um pouco de força para lutar, provocando-me para mais uma rodada. O que me diz, mano, quer assistir, em nome dos velhos tempos?

Jacob puxou-a pelo pulso. — Posso fantasiar mais tarde. Agora, é melhor jogá-la no rio.

O rosto de Joshua murchou, as rugas aprofundando-se. — Acho que sim. Dar à água mais tempo para remover as provas.

— Além disso, ainda tem Carlita.

Renee ficou imaginando se eles continuariam com esse jogo para o resto da vida. Trocando de parceiras, brincando com dinheiro e assassinato, enganando um ao outro. Mas aquilo era o futuro. Ela não tinha um futuro.

Joshua puxou-a pela canela. Ela tentou agarrar-se no apoio de braço, mas ele soltou-se do banco. As unhas quebraram-se quando ela tentou se agarrar na cobertura de náilon do banco. Sem salvação.

Jacob a soltou e saiu do carro para juntar-se ao irmão. Ela sabia que era sua última chance. A porta do passageiro estava aberta, apesar de parecer estar a quilômetros de distância.

Ela torceu o corpo para cima, tentando alcançar o banco da frente, mas Jacob estava segurando a outra perna. Os dois a agarraram como um osso na boca de dois cachorros.

— Trate-a como um osso da sorte, mano — disse Jacob.

— Desejo dois malditos milhões de dólares. No três. Um...

Ela contorceu-se. Nada.

— Dois...

— Jacob — disse ela. — Querido?

Mas a palavra era uma mentira. Mesmo o nome dele era uma mentira. Ele sempre fora Joshua.

— *Três.*

Ela foi sacudida na noite úmida.

— Termine logo com ela — disse Joshua.

Ele estava segurando Renee contra o parapeito, os ombros inclinados em direção ao rio, virada para a água gelada e sussurrante lá embaixo. Jacob testou o peso da chave inglesa. Como ela bateria se realmente caísse?

Não, não "se". Quando.

Pense, Jakie, como sempre. A bengala de Mamãe... um acidente. Poderia ter acontecido com qualquer um. Quer dizer, qualquer um com um filho assassino.

Christine. Aquela fora a mais triste. Mas ela mal estava formada, nem falava ainda. Só o que fiz foi salvá-la da vida de uma Wells. Então foi uma morte misericordiosa.

Mattie. Que pena. Mas ela fora culpa de Joshua o tempo todo, do esperma à vítima do incêndio.

A lua aparecera, as nuvens pareciam ovelhas roxas sendo contadas até um sono inquieto. Será que o sangue espirraria no parapeito da ponte? Ele teria que bater nela com o ângulo certo para que o sangue voasse para a água.

— Esmague a cabeça dela — mandou Joshua. — Como você fez com as galinhas.

A chave ficou mais pesada na mão de Jacob. — Eu não matei as galinhas.

Joshua, segurando os braços de Renee nas costas dela, a virilha pressionada contra suas nádegas, empurrou o quadril para a frente, fazendo com que o parapeito de madeira

rangesse com o peso combinado dos dois. — É, claro. Você
pirou, mano. Cortando as cabeças delas, lambendo o sangue
da machadinha...

— Pare.

Vermelho. A noite passara do roxo para o vermelho.

— Você é um fodido doente.

— Cale a boca. Não fui eu. Nunca fui eu.

— Diga isso ao juiz. Eu tenho um encontro com dois
milhões de dólares.

— Eu só estava fazendo o que você faria se tivesse cérebro.
— Jacob segurava a chave com tanta força que sua mão doía.
O metal estava escorregadio com o suor. Ele pensou nas
impressões digitais que deixaria para trás. E o DNA, que ele
compartilhava com Joshua. O DNA que um deles passara para
Mattie.

E talvez para Christine. Ele não sabia com que frequência
Joshua se esgueirara para sua cama durante os anos.

O sangue no Chevy seria o de Joshua. A polícia
descobriria. Apesar de Jacob ter o mesmo sangue.

— Vamos, Jakie, faça — Renee arquejava por causa dos
pulmões espremidos. — Como conversamos.

Joshua virou-se na direção dele, o rosto contorcido como
as cabeças de borracha penduradas no retrovisor. Confusão. O
desgraçado burro se atrasara para sair do ventre e sempre
estivera dois passos atrás, a vida inteira.

Jacob golpeou com a chave.

CAPÍTULO 27

— Sangue por todo lado — disse Jacob, limpando as manchas no parapeito.

— Nenhum assassinato é perfeito — disse Renee. Ela queria vomitar, mas suas entranhas pareciam um punho fechado. — Pelo menos isso você me ensinou.

— Não tenho culpa se você não escolhe direito.

— Você precisa buscar Carlita. Acha que vocês serão felizes juntos?

— Por que se importa? Você conseguiu o que queria.

— Não sei o que eu quero.

Jacob inclinou-se sobre o parapeito. — Ele vai descer o rio em breve. Bêbado como ele estava, ninguém vai questionar uma queda.

Renee olhou para o pescoço exposto do marido, parecendo alabastro no brilho morno da lua. A chave estava no banco do Chevy. Ela poderia pegá-la e dar um golpe em questão de segundos.

Ela o amava.

Quando você ama alguém, deve àquela pessoa.

— Mattie — disse ela, a voz falhando ligeiramente. A adrenalina da morte havia sumido, deixando-a esgotada. Seu coração era uma casca oca batendo contra as costelas secas.

Talvez as lágrimas tivessem sumido para sempre.

Jacob aproximou-se dela, pegou suas mãos. Ele quase a beijou. Depois, ele olhou para a colina, onde a casa dos Wells repousava escura e sombria, como se estivesse relembrando alguma coisa guardada em um armário distante e empoeirado. As primeiras chamas surgiram nas janelas e a fumaça subiu pelo ar. Davidson e sua equipe estariam a caminho em breve, atrasados como sempre, para fuçar nas cinzas dos segredos da família Wells.

Ele colocou o braço dentro do carro, pegou o maço de cigarros amassado e colocou um deles na boca. Ele o acendeu, colocou a mão sob o banco e puxou uma lata de cerveja. Quente, a cerveja espirrou nas calças dele quando ele a abriu. Ele levantou o braço e bateu nas cabeças gêmeas de borracha, fazendo com que balançassem.

Como Joshua. Ele parece igual ao irmão.

E no rastro daquele pensamento, veio outro, brilhante e forte, das profundezas de sua confusão.

E se matamos o irmão errado?

Mas talvez não houvesse um certo.

Renee olhou por sobre o parapeito. No escuro, ela mal podia distinguir o vulto alquebrado nas pedras.

— Ah, Deus, Jake, ele está se mexendo. Ele ainda está vivo!

Jacob correu para o parapeito, a fumaça do cigarro saindo pela boca com a palavra "Merda." sussurrada.

Ele inclinou-se, tentando enxergar no escuro. — Não vejo nada.

— Eu vejo — disse ela. — Eu vejo tudo.

A chave era pesada. Mas ela conseguiu. Ah, sim, ela conseguiu.

O golpe foi abafado, como bater em um saco de gelo enrolado em uma toalha. Jacob deu um grito de surpresa e caiu sobre o parapeito, a cabeça e os braços pendurados do lado de fora.

Ela não verificou a pulsação. Ela não queria tocá-lo. Se ele demorasse muito para morrer, seria merecido.

Ela passou a mão na barriga.

Ela nunca contara a Jacob. Três meses.

Se era de Jacob ou de Joshua, ela nunca saberia.

Mas não importava. Um Wells era tão bom quanto o outro. *E um Wells nunca fracassa.*

Ao percorrer a estrada de terra para soltar Carlita, ela olhou para a casa, as chamas laranjas agora subindo ao céu em uma onda tremulante.

Eu amo você, Mattie. Eu amo você, Christine.

Ela ficou aliviada em ver a casa em chamas ficar borrada.

Ela ainda era humana, mesmo que muito pouco.

Desde que conseguisse chorar, ainda havia esperanças.

Renee cambaleou por uma terra há muito poluída e arruinada, as lágrimas correndo pelo rosto. As lágrimas não apagariam o passado, mas poderiam limpar sua visão para o futuro.

Ela tinha um filho para criar.

Uma última chance.

FIM
###

Sobre o autor:

Scott Nicholson é um escritor de sucesso internacional, autor de mais de trinta livros, entre eles *A Igreja Vermelha, O Abrigo, O Anel de Caveira,* e *Retiro Macabro.*

Para saber mais sobre o autor, acesse **www.AuthorScottNicholson.com**

Sobre o tradutor:

A TranslaCAT (www.translacat.com) é uma agência de tradução do Rio de Janeiro, e traz para o mercado brasileiro a versão em português dos best-sellers do escritor Scott Nicholson.

Tradução de Christiane Jost.

Revisão de Karine Lima.

<u>Outras publicações em português</u>
DEPOIS: O CHOQUE
RETIRO MACABRO
A IGREJA VERMELHA
PÁGINAS POLICIAIS
O ANEL DE CAVEIRA
O ABRIGO
DIA DE BALÃO

www.ingramcontent.com/pod-product-compliance
Lightning Source LLC
Chambersburg PA
CBHW071443170626
46811CB00007B/2475